論創海外ミステリ51

死の舞踏

ヘレン・マクロイ

板垣節子 訳

DANCE OF DEATH

Helen McCloy

論創社

装幀／画　栗原裕孝

目次

主要登場人物

ベイジル・ウィリング……………………………………精神分析医
キャサリン（キティ）・ジョセリン…………………社交界にデビューする娘
ローダ・ジョセリン……………………………………キティの継母
エドガー・ジョセリン…………………………………キティの伯父
ジェラルド・ジョセリン………………………………キティの亡父
アン・クラウド…………………………………………キティの従姉妹
ルイス・パスクーレイ…………………………………ローダの愛人
フィリップ・リーチ……………………………………ゴシップ記者
ニコラス・ダーニン……………………………………軍需品会社経営者
セルゲイ・ラダーニン…………………………………ダーニンの使用人
キャロライン・ジョウィット…………………………ローダの私設秘書
ヴィクトーリン…………………………………………ローダのメイド
アーサー・グレッグ……………………………………ジョセリン邸の執事
ミーナ・ハーゲン………………………………………ジョセリン邸のメイド
パトリック・フォイル…………………………………次長警視正
ダフ………………………………………………………フォイルの部下。速記者
ジェネラル・アーチャー………………………………警察本部長
イゾベル・アーチャー…………………………………その姪
ランバート………………………………………………毒物学者
モーリス・ソーベル……………………………………地方検事

死の舞踏

母に

エルシー　なんて暗くなってきたのかしら！　周りの壁に描かれているこの絵はなんなの？

ヘンリー王子　死の舞踏。ここを行き来する者はみな、見上げなければならない……。

――『黄金伝説』（米国詩人ロングフェローによる詩劇（一八五一）。中世ドイツ詩人アウエのハルトマンの作品に基づく）

本書に登場する多くの人名、商品名は架空のものである。しかし、著名な人物、テルモル、2, 4－ジニトロフェノールなどについては実在する。

本書の事件の解明に、物語の進行中に示される以上の科学的な知識は必要とされない。

第1章　口　絵

　雪は、火曜日の夕方から降りはじめた——大きな雪片が北風にくるくると踊る。ウォース・ストリートにある厚生省の建物では、降雪対策本部の職員たちがマンハッタンの起伏図に小さな旗をつき刺していた。衛生局長がA班を召集した。

　翌朝六時にはB班も駆り出された。車道の雪はきつく押し固められ、タイヤの跡が絡み合うように刻まれている。舗道ではさらさらとした真っ白な雪が吹き溜まりを作り、家々の屋根や車の上には白い上薬《うわぐすり》の膜《まく》が張ったかのようだ。そして雪は、なおも降りつづいていた。街灯が落とす光の輪の中で、雪片が蛾のようにふわふわと舞う。

　ブッチとバディの名が〝除雪要員〟リストに入っていたのは、しごく当然のことだった。二人は、公共事業促進局《WPA》が吹雪のために組織した道路復旧プロジェクトで働いていたのだ。

　荷台に人を満載したトラックが暗い通りを進んでいく。運転しているのはブッチ。バディはその横でがちがちと震え、かじかんだ指を曲げ伸ばししていた。

　人や車がちらほらと見えるだけのレキシントン・アヴェニューを抜ける。ネオンライトがその下の雪を赤く染めていた。家々の明かりが消えた人気《ひとけ》のない脇道に入り、パーク・アヴェニューとマディソン・アヴェニューを横切ってフィフス・アヴェニューに向かう。角にある大きな屋敷の窓から煌々《こうこう》とした明かりが漏れ、陽気なダンス音楽がかすかに流れていた。

フィフス・アヴェニューを進んでいく――真っ暗な空の下に延びる白い道。下り坂に沿ってどこまでも続く、黄色い街灯の二本の列。

「なんだか、寂しいよな……」人の姿を一度も見かけないまま十ブロックも進んだあとで、ブッチがつぶやいた。

そのとき、街灯が消えた。どんよりと曇った冬の夜明け。赤と緑に瞬く信号機以外、通りを照らすものはなにもない。なんとも気味の悪い瞬間だった。

「さあ、相棒！　急ごうぜ！　金をもらって仕事をしているんだ。そいつを忘れるな」

その朝の早いうちに、除雪車がおおかたの雪を道路の両側の側溝に押しやっていた。それでもその上に新たな雪が吹き寄せられ、小山のようになっている。彼らの仕事は、その雪を手作業でトラックに積み込むこと。パワーショベルの数が不足していたのだ。

北風が通りを吹き抜け、ナイフのように切りつけてくる。バディは身震いをして、雪かきの手を休めた。セーターだけではとても足りない。皮ジャケットの一枚でもあればいいのだが。でも、そんな金はとても……。

再び雪を掘りはじめると、ショベルが硬いものに当たった。顔をしかめ、ほかの場所をつつく。また、なにかに当たる。擦《こす》れるような音はしなかったから、アスファルトではない。硬いけれども、ある程度の弾力性があるもの。彼は足元の雪を蹴飛ばし――目をしばたたかせた。

明かりは一つもなかったが、夜明けの淡い光ですべてが作り物のように見えていた。

目の前にあるのは現実のものだろうか？

バディはしゃがみ込み、素手で触った――板のように硬い。

そして、悲鳴。

ブッチが駆け寄ってくる。

「雪の中に死体があるんだ！」バディはしゃくりあげた。「でも、まともじゃない！」

「落ち着けよ！　こんな夜にこちこちに凍っちまったって不思議じゃないだろう？」

「で、でも、凍ってないんだ！」バディが言葉に詰まる。「そ、それ——〝熱い〟んだ！」

第2章　グロテスク

地方検事事務所に所属する精神分析医のベイジル・ウィリング博士は、時代に取り残されたようなパーク・アヴェニューのはずれ、グランドセントラル駅にほど近い古びた屋敷に住んでいる。

大雪が降った次の日の夜、夕食を終えたベイジルは、警察本部長のジェネラル・アーチャーと居間でくつろいでいた。

暖炉で燃える火が本棚のガラス戸できらめき、白い鏡板をほんのりと赤く染めている。ジョンズ・ホプキンズ大学時代からずっとベイジル・ウィリングに仕えてきたジュニパーが――穏やかな話し方をする、ボルティモア出身の黒人だ――もてなしの言葉をつぶやきながら、本部長にコーヒーとブランデーを差し出した。「ごじゅーにどーぞ、お客さま、ごーじゅーに」

従僕が出ていくと、火が燃える低い音と、遠くで鳴る警笛の音しか聞こえなくなった。ジェネラル・アーチャーは大きな釣鐘《つりがね》形のグラスを手の中で回しながら、暖炉の上にあるアンリ・ルソー（一八四四〜一九一〇。フランスの画家）のジャングルの絵に眉をひそめた。そして、夕食の席で大いに盛り上がった話をまた持ち出した。

「すべての警察官が、フロイトの『日常生活の精神病理学』を読むべきだというきみの意見には、どうも賛成しかねるね――捜査に心理学が入り込む余地などまったくないんだから。警察が扱うのは物理的な事実だ――乾いた血だの、脂じみた指紋だの、死人の爪のあいだに残ったわずかな土くれだの、そんな気持ちの悪いものばかりなんだ。捜査のスタート時点で、死体の身元が確認できるケースはほとんどない。

都合のいい容疑者が自宅に一ダースもいるときに、そこの主人が自分の書斎で殺されるなんていう探偵小説とは大違いなんだ。われわれが捜査を始めるときには、だれがだれやらさっぱりわからない——犯人なのか、容疑者なのか、被害者なのか。そうした事件で犯人を探すのに必要になるのは、生物学者とか化学者なんだよ——心理学者ではなくてね。そうだ、今朝、それを証明するのにぴったりの事件が起こったよ。七十八丁目で雪の中から発見された若い女の死体について、今日の夕刊になにか載っていなかったかな？」

ベイジルはゆっくりと立ち上がると、テーブルの上の新聞を調べはじめた。長身でほっそりとした身のこなしは優雅そのもの、〝忙《せわ》しなさ〟とは正反対のものだ。母親がロシア人。それが彼の性格の多くの部分を説明していた——神経の細やかさ、文明がより早く発展した国の人間よりも厚い情、繊細で直感的なところなどは特にそうだ。気の触れた人間と向き合う偉大な医者は、その患者を理解するために、本人も少しだけ気が触れている——こつこつと弛《たゆ》みなく働く姿は、彼がそんな話の生き証人であることを示していた。

「どれどれ……」数ヵ国語を話す人間の多くがそうであるように、彼の英語の発音も、ゆったりとして聞き取りやすい。「昨夜の吹雪による死亡事件が三件。失業者。通行人。身元不明の少女。詳細はなし」

「それだ。その若い女。ただ、吹雪のせいで死んだんじゃないんだ。われわれはわざと、新聞に詳細を伏せていてね」アーチャーはブランデーを飲み終えた。「その女の身元を確認する手がかりがなにもない。それで、きみに訊きたいんだが、心理学がどういうふうに——」

「その女性の死因は？」

アーチャーはベイジルからもらった煙草に火をつけた。答える前に深々と息を吸い込む。

「熱射病」

「なんですって？」

「熱射病だよ」

「しかし――そんなばかな！」

「そこが警察の抱える問題点でね。いつだって、ありえないことばかりなんだ。死体は今朝六時、除雪作業をしていたWPAの作業員が発見した。どのくらい寒かったかは覚えているだろう？　死体は雪の中に埋まっていて、指紋はなし。つまり、かなり長いあいだ、そこに埋まっていたということだ。しかし、WPAの作業員が証言しているんだ。発見したとき、その死体は熱かったとね。温かいんじゃない。熱がある病人のように熱かったんだ。管区の警官が到着したときにも、まだ温かかった。連中は、〝熱い美女《レッド・ホット・マンマ》事件〟と呼んでいるよ」

「それはそれは」

「フォイル警視がすぐに、検死官助手に検死解剖をさせた。わたしが今夜本部を出る直前に、フォイルがとりあえずの報告書を持ってきたよ。正確な死因を確定できないことについて、長々とわけのわからない専門用語が続いていた。結局、結論としてこう結んでいるんだ。『内臓器官、特に、肺、心臓、肝臓は、熱射病による死亡時の状態と非常によく似ている』」アーチャーは鼻を鳴らした。「熱射病だって！　昨日の夜はマイナス十三度だったんだ！　そんなおかしなことがあってたまるか！」

「そうとも言い切れませんよ」ベイジルは急ぐふうでもなく火かき棒を取り上げると、薪《まき》を突き崩して眉を寄せた。「雪の下に埋まっていたんでしょう？　深い吹き溜まりは信じられないような熱を保ちますからね。雪に覆われた湖では、普通よりも薄い氷しか張らない。雪が水温を温かく保つからです。エスキモーは暖をとるために雪で家を作ると、ステファンソン（カナダの北極探検家）も言っています。その死体が発見当初異常に熱かったなら、雪が冷却を遅らせたんでしょう」

「しかし、そもそもどうして死体が熱いんだ?」アーチャーが尋ねる。「冬の夜に、熱射病になどなるわけがないだろうが!」

「あなたのところの医者は、その女性が実際に熱射病で死んだと言っているわけではないんじゃないですか? ただ単に、死体の状態を説明するためにその言葉を使っただけで。化学的な分析のほうはどうなっているんです?」

「いまのところ成果はなしだ」アーチャーがため息をつく。「研究室の連中の言うことは、いつでもこうじゃない、ああじゃないばかりでね。決して、こうであるとは言わないんだ」

「それなら、心理学に頼るしかありませんね」

「しかし、被害者がどこのだれかもわからない段階では、心理学などなんの助けにもならんだろう!

わたしが言いたいのはその点なんだ」

「手がかりはまったくないんですか?」

「重要なものはほとんどない。医者が言うには二十歳くらいで処女。かなり変わった顔立ちをしている——灰色の目に、黒っぽい髪と睫《まつげ》。行方不明者リストに、彼女と人相の一致する者はなかった。指紋の採取記録も、歯の治療跡もない。爪には石鹼かすが残っているだけで、きれいそのもの——どこにでもありそうな石鹼だ。着ているものは上等とは言えないな——大量生産されているものの類《たぐい》だ。大量生産っていうのは、現代の捜査にとっては最たる障害だよ。コートもお粗末な代物だが、フランス語のラベルがついていた——〝バザール〟だかなんだか。クリーニング店のタグはなし。われわれが洗濯屋のタグを六千枚もコレクションしていることを、警察担当の記者が知らないのは実に残念なことだな」

「暴行を受けた形跡は?」

「ない。死後に加えられた二つの跡のほかにはなにも。死体を発見した男が、雪を掘っていてつついてしまったんだ」

　ベイジルは静かに火かき棒を下ろした。

「検死をした医者と話をしてみたいですね」

　アーチャーの目が、暖炉の炎を映してきらめいた。「確か、自分の仕事はただ一つの質問に答えることだけだと言っていたんじゃなかったかね。『ねえ、先生、この男、いかれているんでしょうか？』っていう質問に」

　ベイジルは微笑んだ。「ひょっとしたら、その男に会えるかもしれませんね――仕事ではなしに」

「わかったよ。でも、忘れないでくれ――世界中から心理学の理屈を掻き集めてきても、たった一つの鮮明な指紋に比べればなんの価値もないんだ！」

「どんな犯罪にも、心理的な指紋が残されているものなんですよ」ベイジルはまだ微笑んでいる。「そして、それを隠せる手袋は存在しないんです」

「仕方のないやつだな」アーチャーはいとまごいをしようと立ち上がった。「わたしとしては、オックスフォードの名士の言葉に賛成なんだが――『心理学は厄介でつまらない科学である』ってね」

　ドア口で本部長は立ち止まった。

「言い忘れていたことがあった――もし、きみに本当に関心があるならの話だが。医者がその女の化粧を洗い落としてみると、出てきた顔は黄色く染まっていたんだとさ。日焼けなんかじゃない。鮮やかなカナリア・イエローだ。おかしな話だろう？」

第3章　華やかな死体

1

「ウィリング博士ですか？　地方検事事務所の？　今朝、警察本部長から、あなたがいらっしゃる旨の電話がありました。わたしは、検死官助手のダルトンです。わたしが解剖を担当しました」

きびきびとした事務的な話し方をする若い医者は、チューイングガムを噛んでいた。足早に廊下を進んでいく医者のあとを、ベイジルがゆったりと追う。二人が入っていった部屋は殺風景で寒々しく、消毒液の臭《にお》いがしていた。

「十七番だ、サム！」ダルトン医師が声をかける。

「はいよ」係員の声が返ってきた。

「内臓と脳以外はここにあります」ダルトンのあごはリズミカルに動いている。

ベイジルが最初に気づいたのは、女の裸体のあまりの細さだった。

「ピカソが描く女みたいだな」ぼそりとつぶやく。

「はっ？」ダルトンのあごの動きは一瞬止まったが、すぐにまた動きはじめた。

死体の顔からは化粧が落とされている。色鮮やかな黄色がその顔を覆い、喉元で不規則な線を描いて終わっていた。顔以外の肌は温かみのある象牙色。虚《うつ》ろな目は灰色で、その色の薄さが、羽毛のような黒い睫や、ジャワ人形のように斜めに抜きそろえられた黒い眉と対照的だった。解剖の際に切開された腹部には綿の包帯が巻かれている。

ベイジルは、〝肖像よ、語れ《ポルトゥレ・パルレ》〟方式に従って、死体の顔を分析しはじめた。ベルティヨン（十九～二十世紀。フランスの人類学者、犯罪学者）によって編み出された方法で、フランスの警官はこれを使って、証言だけではつかみ切れなかった顔を把握していく。

「顔の形――卵形。横顔――直線的。鼻について、長さ及び底――短めで水平。高さ、大きさ――こぢんまり。先端――とがっている。鼻腔《びこう》――広がっている。鼻腔の隔壁――明確……」

彼は不意に分析をやめた。生きているときには、さぞかし美しかったことだろう。ベルティヨンというよりはベランジュ（十七～十八世紀。フランスの抒情・諷刺詩人）向けの題材だ。どんよりとした灰色の目は銀色に輝いていたはずだし、干からびて半びらきになった唇は、魅惑的なカーブを描いて微笑んでいたはずだ。どうして、そんなにはっきりと言い切れるのか？　以前に見たことがある顔だという確信が、ゆっくりと心の中に湧き起こっていたから。でも、どこで？　古くから知っているには若すぎる娘だ。最近会ったのなら、どうして思い出せないことがあるだろう？

ベイジルはぐにゃりとした手を取って、持ち上げてみた。長い指。関節はほっそりとして柔らかく、手入れが行き届いている。甘皮は未処理のまま。卵形の爪。自分で洗濯をする女の手ではない。しかし、クリーニング店のタグはなし。

「なあ」サムが口を挟んだ。「その黄色い染みだが、薄気味悪いったらないよな？」

ダルトンが首を振った。

「体内もなんです。結膜《けつまく》は黄色だし、内分泌物もみんな。最初は黄疸《おうだん》だろうかと思ったんですけどね。でも、それじゃあ、ほかの症状と一致しない。熱射病の症状ならみんなそろっているんです――充血、肺の浮腫《ふしゅ》、あちこちに散らばる斑状出血。肝臓は細かく分裂しているし、腎臓は管状に変形している。それに、心筋の破裂が著しいですね」

「ひどい状態だね」ベイジルがうめいた。

そして、口の中を調べる。

「充填《じゅうてん》の跡はなし。虫歯もゼロ。歯の手入れだけは徹底していたようだな」

「でも、衣服は粗末なものでしたよ！」ダルトンが抗議するように言う。

「そこが重要なところだ。まだここにあるのかな？」

「ああ」サムが答えた。「取ってこようか？」

「そうだね、頼むよ」

ベイジルは、襟《えり》と袖口に緑の縁取りがついた、みすぼらしい黒のドレスを丹念に調べた。紙のように薄い底のハイヒールと、レーヨンのぺらぺらの下着類。趣味の悪いものではないが、機械縫いの安物ばかりだ。

「こんなものを着るような娘には見えないんだけどね」

今度はコートに目を向ける――ごわごわとした黒い地で、毛皮はなし。裏地にラベルがついていた。〝バザール・ド・ロテル・ド・ヴィル〟。

「パリで一番庶民的なデパートだ。きみの報告書をそっくり見せてもらいたいんだが」

「なにが引っかかっているんです？」ダルトン医師は、ガムを口の反対側に移した。「よろしければ、コピーをお送りしますけど」

「ありがたい。内臓の毒物検査もしているんだよね？」

「ぼくではありません。市の委託で毒物学者のランバートが担当しました」

ベイジルが顔を上げた。「〝子豚《ピギー》の〟ランバートじゃあるまいね？」

「〝ピギー〟って呼ばれてますよ。ご存じなんですか？」

「ああ――もし、わたしが思っている〝ピギー〟ならね。彼の研究室はどこに？」

「ベルビューですけど」

2

外では、側溝に六十センチも積み上げられた雪に、白っぽい太陽が暖かくもない光を降り注いでいた。ベイジルは、死体仮置場から病院までの短い距離を歩きながら、北風を胸に吸い込んだ。これまで、市の毒物学者と接触することはなかった。地方検事事務所での彼の仕事は、被疑者の健康状態や証言者の言葉の信頼性をテストすることが主だったからだ。しかし、殺人事件を報じる新聞で、〝ランバート医師〟の名前が出ていたことはぼんやりと覚えている。ジョンズ・ホプキンズ大学で知っていた〝ピギー〟・ランバートだろうか？　戦後、パリやウィーンで留学生活をしていたあいだに、戦前の学友たちとはすっかり連絡が途絶えてしまっていた。

ピギー・ランバートの途方もない無礼さと百科事典並みの知識を思い出しながら、ベイジルは昔を忍ぶように笑みを漏らした。しかし、いまでは当然のことながら、そんな無作法さからも卒業していることだろう……。

「地方検事事務所からやってまいりました。ランバート先生はこちらでしょうか？」

「四階です」

研究所は大きくもなければ新しくもなかった。壁には飛び散った酸が染みになっている。椅子やテーブルも、汚れや傷でいっぱいだ。塹壕《ざんごう》で光り輝いているのが兵士の銃だけであるのと同じように、ここでも十分に手入れが行き届いているのは、顕微鏡や秤《はかり》や分離器といった研究資材の類だけだった。

「ランバート先生は非常にお忙しくて」白い上っ張りにゴム手袋をはめた、そばかすだらけの若者が説明しはじめた。

「ある事件のことでお目にかかりたいのです。地方検事事務所のウィリングです」

「はあ……」若者はまだ疑わしそうな顔をしている。

と、研究室の奥のほうにいた男が顔を上げた。

「ベイジル・ウィリング！　ああ、おれなら――」

以前よりもさらに、健康そうな白豚に似てきたピギー・ランバートだった。

ベイジルは顕微鏡を見てにやりと笑った。「〝パレス・シアターの床から採取した煙草の吸殻とマッチ棒〟ですかな、毒物マニア《ヘムロック・ジョーンズ》さん？」

「コンプレックスや性的衝動《リビドー》なんかより、煙草の吸殻のほうがずっと役に立つさ」バイルシュタイン（一八三八～一九〇六。ロシア、サンクトペテルブルク生まれの化学者）の『有機化学ハンドブック』をどさりと床に払い落として、ランバートはベイジルに椅子を勧めた。

「あんたのおもしろくもない本を読んだけどね」とランバート。「占星術師か蛇使いにでもなったほうがよかったんじゃないのか。で、ウィーンにはどのくらいいたんだ？　六週間？」

「パリ、ロンドン、ウィーンに八年近くいたよ」

「国外追放ってとこか？　この国じゃ、フロイト学派は医学関係者によって完全に否定されているからな。おっと、煙草はやめてくれよ！　人の研究室に足を踏み入れた途端に、マッチを引っ張り出すどこかの精神分析医みたいなまねは」

「上品この上ない、懐かしきピギーはご健在というわけだ！」ベイジルはシガレット・ケースをしまい込んだ。「医学関係者が細菌学を否定していたのは、そんなに昔のことではないと思うけどね」

「そいつはまたわけが違う」

「ほう、そうなのかね？」言い返したベイジルは、自分が国外追放者ではないことを説明しはじめた。

「心理学について話しにきたわけじゃないんだ。きみが扱った事件について、少々教えてもらいたいと思ってね」

「どの件だ？」

「雪の中から発見された少女の件――まだ、温かかったという」

「ああ、〝レッド・ホット・マンマ事件〟か。なにを知りたいんだ？」

「死因について」

「正直言って、まったく見当がつかん――いまのところは、まだ」ランバートは、テーブルに重ねられたタイプ打ちの報告書の山に、忙《せわ》しげに指を走らせた。「毒殺者っていうのは、たいていすごく保守的なんだ。昔からあるような手段に固執する――砒素《ひそ》、モルヒネ、ストリキニーネ、シアン化物、ヒヨスチン。だから、おれたちのほうでもすっかり型にはまっちまっていてね、新しいものが使われたときには立ち往生してしまう。ほら、こいつが検死をしたダルトンの報告書のコピーだ。どう思う？」

ベイジルは最初のページをちらりと見て、ため息をついた。「検死報告書を読むと、いつもド・クウィンシー（一七八五～一八五九。英国の小説家、評論家）の小説に出てくる医者の言葉を思い出すよ。『なんて美しい潰瘍《かいよう》なんだ！』まあ、黙って聞けよ。『左肺、赤紫色になった表面部分を切除……腎臓、なめらかな赤褐色の表面……肝臓、草色……脾臓《ひぞう》、濃く暗い紫……胆汁、薄めの黄金色……』ダルトンがこんな芸術的なことを言い出すなんて、だれが思う？『心内膜がセザンヌ・カラーで、脊柱は後期印象派の影響を強く受けているような色合い』

そんなものを目にする瞬間が来ることを想像してみたことがあったかね？　肝臓は毒でも回ったんだろうか？　クロロホルム？　あるいは燐《りん》とか？」

「それも考えてみた。しかし、ほかの症状《イン・ザ・ピクチャー》が現われていないんだ――血球の著しい破壊とか」

「症状《イン・ザ・ピクチャー》が現われていない。ダルトンの言うことと大差ないな」

「貧血及び肥大して薄っぺらくなった脾臓は、慢性的なマラリアの可能性を大いに示している。しかし、マラリアで肌がくすんだ土色になることはあっても、顔だけがカナリア・イエローになるなんていう話は聞いたことがない。ほかの部分は普通の色のままなのに」

「それに、マラリアは確かに高熱を引き起こすが、死んだあとも異常に高い熱が続くことはありえない」

ベイジルがつけ足した。

「いますぐそれを説明できるようなことは思いつかんよ」ランバートは素直に認めた。「十二月に熱射病だと！　ばかばかしい！」

ベイジルは、報告書に添付されていた少女の写真を見つめた。「おかしいな。どこかで見たことがあるような気がするんだが」

ランバートがぎょっとした顔をした。

「そいつは奇妙だ。おれもそんなふうに感じるんだ。この写真を見ていると、どういうわけかサーフィンのことを思い浮かべてしまう。ここ何年も海辺になんて行ってないのに」

3

一人で夕食をとっているあいだも、ベイジルの思いはどうしても死んだ娘の顔に戻っていった——大きな灰色の目、黒々とした長い睫。いつもなら驚くほどの巧みさで、絡み合う思考のジャングルをくぐり抜け、思いや記憶の出所を突き止めることができる。しかし、今夜の彼は疲れていた。気にかかる顔の記憶が絶えず目の前をちらちらする。それなのに、その映像に飛びかかろうとすると、するりと手を逃れてしまうのだ。まるで、彼に逆らおうとする意思が、力づくで奪い去っていくかのように。ベイジルは改めて、無意識層の働きが単なるお題目でも理屈だけのものでもないことを思い起こした。もっと躍動的で人間的なもの——メーテルリンクが言う〝知られざる客〟というものは、目に見えなくて実体がなくても確かに存在している。

夕食後、ベイジルは居間に移り、袖つき安楽椅子《ウィングチェア》に腰を下ろした。目を閉じて、自己分析に集中する。無意識層を働かせるのに、精神分析医がそんなことをする必要もないはずなのだが。

しかし、ついに〝雑誌〟という言葉が心に浮かんできた。彼は週に何十冊もの雑誌に目を通す。おおかたは科学的な機関誌で、若い娘たちにはなんの関係もない。もちろんサーフィンにも……。

「ジュニパー!」

「はい、ご主人さま」

「日曜日にきみが読んでいた古い雑誌はどこにあるかな？　サーフィンをしている女の子が表紙になっていた本だが」

ジュニパーは驚いている。「はあ、キッチンにございますが、ご主人さま」

「またほかに買ってやるから、その本はわたしにくれないだろうか。大事なことなんだ」

センセーショナルな記事を集めた雑誌の五月号だった。以前なら表紙もつやつやとして、けばけばしい色合いを保っていたのだろう。いまはすっかりくたびれて、油染みがついている。サーフィンをしている女の子は真っ赤な水着姿で、ラッパスイセンのようなブロンドの髪。どう見ても、死んだ娘には似ていない。

ベイジルは中のイラストをぱらぱらと見ていった。それから広告も。どうして、死んだ娘の顔をこの雑誌に結びつけたりしたのだろう？　本をひっくり返し、裏表紙の広告に目を落とす。

捜査上の手がかりの発見に興奮できるほど、ベイジルはまだ警察の仕事に慣れていなかった。その娘の姿が目の前にあるというのに――生きていたらかくあらんと思っていた姿、そのままのカラー写真で。大きな灰色の目、黒い睫。斜めに走った黒い眉。窪んだ頰。艶《つや》やかに波打つ黒髪。そして、黄色い染みなど少しも想像させない温かみのある象牙色の肌。

もちろん、断定するのは難しい。死体の顔と写真の顔を比べてみる。ベルティヨンの〝肖像よ、語れ〟方式は、こういう困難を克服するために編み出された方法だ。写真は娘の顔の四分の三を捉えている――検証するにはもってこいのアングルだ。

広告写真のモデルたちがみなそうであるように、その娘の顔もほっそりとして人形のように美しかった。イブニングドレスを着た写真――サテン地のような、深みのあるクリーム色のドレスだ。装身具は長いパールのネックレスだけ――とても本物のようには見えない。そもそも本物であるはずがなかった――広告用の写真なのだから。

かわいそうな娘！　まともな生活をしていたはずがない――自分の容姿を売り物にして、あちらこちらの雑誌や広告にその写真をばら撒いていたなんて。しかし、この娘にはそうするほかなかったのだろう……。

しばらくして、ベイジルはやっと写真の下の印刷文を読みはじめた。

ミス・キャサリン・ジョセリン。ニューヨーク及びパリに居を構えるジェラルド・ジョセリン夫人の愛らしき令嬢。この冬予定されている社交界へのお披露目パーティは、今シーズン最もきらびやかな催しになるに違いない。ミス・ジョセリン――親しい人々からは〝キティ〟と呼ばれている――は、すらりとした優美な体形で有名だ。そんな彼女の、〝スヴェルティス〟への賞賛をお読みいただきたい。

〝スヴェルティス〟は〝百パーセント安全〟だから好きなんです。〝スヴェルティス方式〟にしたおかげで、カロリーを気にすることなく、チョコレートでもマシュマロでも、なんでも好きなものを食べることができるんですよ。顔色だって、どれほどバラ色に輝いてきたことか。〝スヴェルティス〟は無害なだけではありません――元気も美しさも与えてくれるんです！

（署名）キャサリン・ジョセリン

ベイジルは、耳障りがよくて催眠効果がありそうな広告文に、魅せられたように読み入った。いかにもコピー・ライターが使いそうな言い回しだ。

どうしてスヴェルティスで、スリムなモダン女性にならないの？　スヴェルティスは洗練された減量方法。食事制限もマッサージも不要！　うんざりするようなエクササイズもいりません！　スヴェルティスを一錠、夕食のカクテルに溶かすだけ。そうすれば、〝たぷたぷお腹〟とも〝パンパンお尻〟ともさようなら！　スヴェルティスは豪華でおしゃれなボトル入り。普通サイズなら十ドル、ポケット・サイズなら七・五ドル。

ページの下にはトレードマークだろうか――これといった個性もない若者がにっこりと微笑んでいる。白いハイネックの上着と顕微鏡からすると科学者なのだろう。その下には、これまた不可思議な文句。

スヴェルティスが健全な減量法であることは科学が証明済み！　古代ペルシャの美の秘法に基づいた方法です！

第4章　広告の美女

1

警察本部長は数通の手紙に目を通していた。朝の髭剃りのせいで頬がまだ赤い。

「それで、ダルトンはどう言っているんだ？」

ベイジルは肘掛け椅子の上でくつろいだ。

「死体は見られたんですか？」

「写真しか見ていない」

ベイジルはスヴェルティスの広告を書類鞄《かばん》から引っ張り出した。

「これはまた！　なんてよく似ているんだ。気づかなかったな」

「似ているですって？　同一人物ですよ、これは。ベルティヨンの方法でくまなくチェックしたんですから」

「しかし、そんなことはありえない」

「どうしてです？」

「ミス・ジョセリンはちゃんと生きているからさ」

「なぜわかるんですか？」

本部長はボタンを押すと、内線電話に向かって話しだした。「エヴァーツ、水曜日のタイムズ紙はあるかな?」そしてベイジルに微笑みかける。「ベルティヨンだって、ドレフュス事件（一八九四年フランス、機密漏洩の嫌疑でユダヤ系大尉ドレフュスが逮捕されたことで起こった論争）では間違いを犯しているじゃないか?」

「筆跡に関する間違いであって」とベイジルが言い返す。「顔の鑑定に関してではありませんよ」

頼んでいた新聞が届くと、アーチャーは社会面をひらいて折りたたみ、机の向こうからベイジルに手渡した。

「ミス・キャサリン・ジョセリン。昨夜、義母のジェラルド・ジョセリン夫人が催した舞踏会で社交界にデビュー……今年、最もきらびやかなパーティ……これほどのパーティは一九二九年以来……白いベルベット地のドレスにジョセリン家伝来の真珠……屋敷内の本来の基調色であるピンクと藤色に加え、バラ、スイトピー、スミレ、ライラックなどがふんだんに飾られ……有名なダンス・オーケストラが二組……三つの夜食用の部屋《サパー・ルーム》とバーが一つ用意され……」そのあとには招待客の長いリストが続いていた。

ベイジルはアーチャーに新聞を返した。「では、この娘のパーティは死体が発見された夜に催されていたんですね?」

「まさしく。死体は水曜の夜明け前、キティ・ジョセリンがお披露目パーティで踊っている最中に発見された。うちの姪《めい》っこが出席していたんで知っているんだ。なあ、ウィリング」――アーチャーの態度は保護者ぶっているとも言えそうだ――「アメリカに帰ってきてから働きすぎだよ。それに、世捨て人のような暮らしぶりだ。ファッション雑誌やゴシップ記事に目をくれることもないんじゃないのか?」

ベイジルは弱々しく微笑んだ。「あるとは言えませんね」

「そうしていれば、キティ・ジョセリンのこともちゃんと知っていたはずなんだ」本部長は、専門の科目を講義している講師のようにくつろいでいた。「義母のローダ・ジョセリンは未亡人だ。これまでは母娘《おやこ》二人で外国暮らしをしていた。パリやローマやカンヌなんかでね。それがこの春になって、こちらの新聞や雑誌にちらほらと顔が出るようになった。『どこそこの帽子をかぶっているミス・ジョセリン……どこそこのドレスを着ているミス・ジョセリン』なんていう具合に。彼女のことを知らずにいることなんかできなかったはずだよ。一種の流行現象のようだったんだから」

「ランバートが見覚えのある顔だと思っても不思議はないはずだ。彼女はいつこちらにやって来たんです?」

「義理の母親と一緒に、この冬着いたばかりだ——ほんの数週間前。そして、六十丁目辺りにある古いジョセリン家の屋敷に落ち着いた。パーティが催された屋敷だよ。その娘にとってはそれが社交界へのデビューだった。〝非常に美しい〟娘だというのは、姪のイゾベルから聞いて知っている。雪の中で見つかった気の毒な浮浪者と、室咲《むろざ》きのバラみたいなキティ・ジョセリンのあいだに、つながりがあるなんて考えられないな」

「どうしてです?」

「おいおい」アーチャーは仰天している。「富と名声と教養のある人間は、殺人事件などに関わったりはしないものだよ。そのくらい、きみにもわかっているだろうが」

「そうでしょうか?」ベイジルはゆっくりと意味ありげな笑みを浮かべた。「ユスーポフ公爵（帝政ロシア末期、ニコライ大公の助言者であったラスプーチンを右翼政治家たちとともに殺害した人物）、カイヨー夫人（フランスの大蔵大臣夫人。フィガロ紙の反カイヨー派の編集主任を射殺した）、ボカルメ伯爵、フェラーズ卿（十八世紀、英国。重罪人として処刑された最後の貴族）、ブランヴィリエ侯爵夫人（フランスの殺人犯。若い将校と恋仲になり、二人で侯爵家の人々など多くを殺害）。みんな、聞いたことがおありでしょう? 人類の遠い先祖、カインについては言うまでもなく」

「みんな外国人じゃないか」アーチャーがぶつぶつ言う。

「それなら、ハーヴァードのウェブスター教授は? ハリー・ソー（一九〇六年、のちの結婚相手となるショーガールに暴行を働いた男を撃ち殺した裕福な青年）とかエドワード・S・ストークスなんかもいますよ。殺人の衝動なんて、相手構わず押し寄せるものです」

「しかし、このミス・ジョセリンはまだ生きているじゃないか」アーチャーが反駁する。

「では、彼女に訊いてみたらどうです？　死んだ娘は親戚かもしれませんよ」

アーチャーの指がとんとんと机を叩く。彼は首を振っていた。「ウィリング、たまたま似ているというだけで、あれほどがっちりガードされている娘に事情聴取などできんだろうが？」

「『がっちりガード』？　あなたの話を聞いていると、売り出し中の女性用品みたいに聞こえてきますね」

「それに、もし、死んだ娘がジョセリン家の人間なら、とっくに捜索願いが出ているはずだ。もっとはっきりした証拠がない限り、ああいった人間たちには関わりたくないね」

ベイジルはため息とともに立ち上がった。

「招待客リストの中に、きわめて興味深い名前が一つありますね。ニコラス・ダーニン。国際的に軍需品を手がけているという例の男ですか？」

「おそらく。三週間前に、クィーン・メアリー号でやって来ている」

「仕事で？」

「まさか。やつの秘書が客船のニュース・レポーターに話をしている。今回のアメリカ訪問はまったく個人的なもので、商売にも政治にも無関係だとね」

「そんな話をレポーターたちがおとなしく信じたんですか？」

「まあ——そのう」ベイジルの執拗な視線に、アーチャーはもぞもぞと身動きした。「その点については、ばからしい噂があってね。彼がキティ・ジョセリンと結婚するつもりでいるとかなんとか。たぶん根も葉もない噂だろう——ただし、彼も舞踏会には来ていたけどね、お披露目パーティにはちょいと歳を食いすぎているにもかかわらず。四十から五十のあいだくらいだろう、たぶん」

「歳を食いすぎているですって？」ベイジルが笑い声をあげた。「わたしも四十から五十のあいだですけどね、アーチャー。われわれのような老いぼれも、ときには若い娘に老人特有の気まぐれを起こしたりするものですよ。それに、背後に策略上手な母親——あるいは継母《ままはは》でもいるとなれば……」彼は肩をすくめて言葉を濁した。

「まあ、わたしにはなんの関係もなさそうだがね」アーチャーが苛々《いらいら》と声を荒げる。「お望みなら、フォイル警視に会ってスヴェルティスの広告を見せてみるといい。しかし、これだけは言っておくが、もっとしっかりした証拠がなければ、われわれにはなにもできないからな」

「でも、なにもせずにどうやって新たな証拠をつかむんです?」ベイジルは愛想よく尋ねた。

2

このとき、刑事局の指揮を執っていたのがパトリック・フォイル次長警視正だった。小柄で元気のいいこの男は、ワイヤヘアード・テリアほどの用心深さで、周囲の動きに目を光らせていた。ベイジルとは多くの点で意見が対立したが、二人がいい友人同士であることに変わりはない。

「ほう!」スヴェルティスの広告を見るなり、フォイルは驚きの声をあげた。「おかしなものなら山ほど見てきたが、これは中でもぴか一だ」

「どうするつもりだ?」

「本部長が『干渉せず』と言うなら、おれにもなにもできんよ。かなりの証拠がなければ、ジョセリン家みたいな家の人間にはものなんか訊けないんだから。似ているっていうのは証拠にはならないからね。もちろん、このジョセリン家の娘が行方不明にでもなっているなら話は別だが。でも、たとえそうだとしても、おれたちとしては、死体のあとを追いかけている連中がなにを見つけ出すか、じっと見ているしかないだろうな」

「死体が発見された通りで聞き込みはしたのか?」

フォイルが晴れやかに笑った。「そのくらいのことには、おれたちにだって思いついたさ。このセンター・ストリートにいるのが心理学者じゃなくても。近所の民間の警備員が、午前三時半頃、フィフス・アヴェニューの七十九丁目に一九三六年製のビュイックが停まっているのを目撃している。しかし、この国にいったいどれだけ、三六年製のビュイックが存在すると思う? サムソン巡査部長がその警備員と話をしている。もちろん登録ナンバーなんか覚えちゃいない。雪が降っていたせいでナンバー・プレートさえ見えなかったそうだからね。信号機は消えているし、こんな猛吹雪の午前三時に、どこのだれが外に車を停めているのかと気になっただけだそうだ。最初は無人だと思ったらしい。でも、そのうち中で動く人影が見えた。『車の中でカップルがいちゃついているんだろう』と思ったそうだよ。でも、警官でもないんだからそんなのは放っておいた。数分もすると走り去ったそうだ」

3

ベイジルはもうひと骨折ることにした。

刑事裁判所の離れで、記者会見に臨んでいる地方検事のモーリス・ソーベルを見つけた。大きく古びた事務所には、帽子をうしろに引いてかぶった不遜な若者たちが溢れていた。カメラを抱えた者たちは床にひざをついて、一番いいアングルからソーベルの横顔を捉えようとしている。少し距離を置いて見ていると、一種の宗教儀式のようにも見えてくる。宗教ではないにしても、儀式であるのは確かだ。数ヵ月ごとにソーベルが記者団を集めて、不正な金儲けなど過去の話だと説明する。そして一週間ほどすると、今度は記者たちのほうが、不正な金儲けがまた明らかになったと騒ぎ出すのだ。

こうした記者会見のあとなら、ソーベルはたいていい機嫌がいい。しかし、ベイジルの話を聞くうちに、地方検事はあきれたように口を開けた。

「なあ、ウィリング、自分の仕事に専念して探偵ごっこなんかやめてくれないか！　死体仮置場に眠っている浮浪者とたまたま少しばかり似ているというだけで、極めて魅力的な女相続人にしつこくつきまとう気なんて、わたしにはさらさらないんだからな」

4

ベイジルは、地方検事の事務所の中に、自分用の小さなオフィスを構えている。自分の机につき、数日前、ほかの事件の関係で行なった相関性テストの分析に集中しようとしていた。しかしどうしても、あの大きな灰色の目と黒い睫をした青白い顔が、じっくり考え込もうとする頭に割り込んでくる。ペンを投げ出し、窓の向こうの色褪《あ》せた壁を見るともなしに眺める。ぼんやりとした記憶が心の底で渦巻いていた。

彼は電話機に手を伸ばすと、自分が精神科外来の主任をしている病院の番号を告げた。

「ドクター・バートレットを……やあ、フレッドかい？……きみが精神分裂症に効くかもしれないと言っていた新しい薬だが、なんといったかな？　基礎代謝率を上げるためのものだが。薬の量を減らすのに何度か使ったと言っていたね……わかった。大量に与えると危険なんじゃないかな……？　マイヤー、マニエ、プラーントゥフィユ？　ああ、プラーントゥフォル……それにデリアン……？　ありがとう」

ベイジルは受話器を置くと、今度はランバートを呼び出した。

「ピギー、昨日話した件でちょっと思いついたことがあるんだ……いまは話している時間はない。でも、一九三二年の『生理学及び生理化学的生物学年報』を調べてみればわかる。第八巻の百十七ページだ」

5

金曜の夜、『サトコ（リムスキー・コルサコフ作曲のオペラ）』を鑑賞していたベイジルは、一階の上等席で身も心も溶けだしそうになっていた。母方の民族の音楽は大好きだった。ほんの三列前には、奥方と姪を伴ったジェネラル・アーチャーが座っている。ジェネラル自身は、夕刊でも読みながらうとうとしていたほうがよさそうな顔をしていたし、ミセス・アーチャーもトランプでもしているほうがよさそうだった。髪の色とよく合う薄桃色のクレープ地のドレスを着たイゾベル・アーチャーは、細身で神経質そうな娘だったが、その彼女も、ハーレムのナイトクラブにでも行きたそうな顔をしていた。しかし、ミセス・アーチャーはこの冬、姪っ子を〝お披露目〟のためにボストンからニューヨークに連れ出していたのだし、このオペラもその〝お披露目〟の一環だった。彼らは上演中、日曜日の説教でも聞いているような顔をして座っていた――ジェネラルは居眠り半分、ミセス・アーチャーは新しい冬用の衣服のことを考え、イゾベルは……。たとえ精神科医でも、イゾベルのような年頃の娘がどういうもので、なにを考えているかまでは、ベイジルにもわからなかった。しかし、いくら極端なフロイト派ではなくても、彼女が異性にまったく無関心ではないことくらいの察しはついた。

最初の幕間《まくあい》に、ベイジルはイゾベルの隣に都合よく空いていた席に滑り込んで、彼らに話しかけた。

「これが終わったらハーレムに連れて行っていただけないかしら？」即座にイゾベルが囁きかけてきた。少なくとも一人についてては、自分の分析が正しかったことがわかって、ベイジルは微笑んだ。

「あの人たちの考えのほうが正しいんだわ」彼女は続ける。「もう帰るみたいだもの。いったいだれだろうって思っていたのよ。この端から四つ目の桟敷席……わたし、絶対にキティ・ジョセリンだったと思うわ」

「どこですか？」いつもとは打って変わって、ベイジルは素早く首を巡らせた。

しかし、その席はすでに空っぽだった。

「ウィリング先生ったら、本当におかしなことをお訊きになったのよ」アーチャー一家が家に帰る途中、イゾベルが伯父夫婦に話していた。「キティ・ジョセリンの舞踏会で、なにかおかしなことが起こらなかったかなんて。まるで、お披露目パーティでは普通じゃないことが起こるのが当然みたいに」

6

土曜の朝、ベイジルが事務所に着いてみると、地方検事が彼に会いたがっていた。モーリス・ソーベルはどこかもじもじしている。

「おはよう！」彼はぎくしゃくとした笑顔を向けてきた。「きみの勝ちだ！　雪の中から発見された死体を覚えているだろう？　どうやら、ミス・ジョセリンと関係があったらしい。わたしの事務所に来てもらえるかな。えーっと——女の子が一人来ているんだ。本部長の姪御さんの知り合いだ。わたしでは、彼女の話はちんぷんかんぷんでね。なんたって、途方もない話なんだよ。スキャンダラスでもある——もし、それが本当の話なら。わたしとしては、彼女の精神がまともでないことを願っている。そこで、きみの出番というわけだ」

「願っている、というのは？」

「あー、正確には願っているのではないな。でも、彼女が——そのう——神経衰弱でも患《わずら》っていてくれれば、上流階級の人間からどうこう言われなくても済むんだが。金持ち相手のときには、そういう言い方をするものなんだろう？」

ベイジルはソーベルのあとについて、地方検事の書斎に入った。ジェネラル・アーチャーがすでに到着していて、フォイル警視も一緒にいる。大きな窓のそばには、女が一人、部屋に背中を向けて立っていた。恐ろしいほどほっそりとした身体つき。乳白色のタイツと肩でふわふわ揺れているチンチラの毛皮を除けば、全身黒づくめだ。

クリーム色の小さなペキニーズが、緑色の皮ひもを引きずって、ベイジルのほうに近寄ってきた。

「カイ・ラン！　こっちに来なさい！」

女の言葉には外国語訛《なま》りがかすかに交じっている。犬はまったく言うことをきかない。窓から振り返った女をベイジルはまじまじと見つめた。

気味が悪かった。窪んだ頬、斜めの眉、曇り硝子《ガラス》のような灰色の目。そして、黒い睫の下の顔は、ぎょっとするほど白い——この顔なら、ほんの二日前に死体仮置場で見たばかりではないか。死によってだらりと弛緩し、鮮やかな黄色に染まっていた顔。その顔がいま、生きた人間のものになっている。健康的に透き通った象牙色の肌、赤く彩られた唇をして。

「こちらはドクター・ウィリングです――ミス・ジョセリン」ソーベルが紹介する。

若い女はつんと唇を尖らせた。「ジョセリンじゃないわ！　クラウド。二十回は言っているわよ。わたしの名前はアン・クラウドだって！」

第5章　家族関係

「三人だって！」ベイジルが叫んだ。

「三人？」若い女はぎょっとしている。「三人って、どういう意味です？」

「こんなによく似た娘が三人も、という意味ですよ」

「だれが三人目の女の子の話なんかしたんです？」

だれかほかにやって来るのを期待しているのか、犬はじっとドアを見つめていた。しかし、だれも来ない。犬は哀れっぽく鳴きだした。

「静かに、カイ・ラン！」それでも犬は鳴きつづける。「似ているのは二人だけですわ。わたしと従姉妹のキティ・ジョセリン」

「キティ・ジョセリンはいま、どちらにいらっしゃるのですか？」ベイジルが尋ねた。

「それを伺いたくて、わたしはここに来たんです」

ソーベルが内線電話のスイッチを押し、隣の部屋にいる速記者に会話を記録するよう指示した。「それでは、ミス――ええと――クラウド、あなたのお話を最初から聞かせていただけますかな。細かい点も省略しないように。どんなに的外れに思えるようなことも、なんらかの関係があるかもしれませんからね」

「そこでホームズは椅子の背にもたれかかり、目を閉じて両手の指を押し合わせた」灰色の目がきらきらと輝いている。

アーチャーが眉根を寄せ、フォイルがなにやら毒づいた。

「ミス・クラウド、わたしが貴重な時間を割いているのだということを忘れないでいただきたい」ソーベルがぴしゃりと言う。

「この椅子が一番座り心地がいいと思いますよ」ベイジルはそう言って、革張りの肘掛け椅子を地方検事の近くに引き寄せた。女はその椅子に座るために、部屋を横切らなければならなかった。彼女は礼を言って微笑んだが、ベイジルが自分の足取りや身のこなしを見るためにそうしたことには気づかなかった。

「煙草は構わないのかしら?」そう訊いたものの、女は答えも待たずに、太い紙巻き煙草が入ったケースを引っ張り出した。差し出されたマッチに女が身を屈める。ベイジルは、炎に対して女の唇がどう反応するかを観察していた。

「ありがとう」身を起こすと、女はぼんやりと犬を見下ろした。「カイ・ランを連れてきたことを悪く思わないでくださいね。ローダ伯母さんのところには置いておけなくて。あれはキティの犬なんですけれど、彼女がいなくなってしまったものですから……」

「いなくなった!」ベイジルが遮《さえぎ》る。「行方不明者捜索課はどうして気づかなかったんだろう?」

アンが目を伏せ、長い睫をまた上げた。

「事情が——複雑なんです」

「どうか、最初から話してください」ソーベルが嘆願する。

「でも、それってとても難しいことではありません? 始まりがあることなんて、ほとんどないんですもの。いつも、ある出来事の前になにかがあって、その前にもなにかがあるっていうことの連続ですわ。だから、現代作家は常に出来事の途中から物語を書きはじめるんじゃないかしら。わたしとしてはひどく混乱するし、いつまでたっても登場人物たちを把握しきれないんですけれど……。キティがいなくなったのは、ある悪ふざけが発端でした」

「ある——悪ふざけ?」ベイジルは死体仮置場で見た遺体のことを考えていた。「彼女を最後に見たのはいつなんですか?」

「お披露目パーティがあった夜ですわ。火曜日のことです」

ソーベルは意味ありげにベイジルを見た。二人とも、雪の中から死体が発見されたのが水曜の早朝だったことを思い出していた。

「『ローダ伯母さん』とおっしゃっていましたが」ベイジルが問う。「あなたは、従姉妹や伯母さんと一緒に住んでいらっしゃるのですか?」

「この四ヵ月だけです。その前には会ったこともありませんでした。わたしの母は貧しい男と結婚して——アンドリュー・クラウド、生物化学者でした——」

「そのとおり!」突然、ベイジルが叫んだ。「お父さんは一九一三年に、ラマルク（一七四四〜一八二九。フランスの生物学者、進化論者）を弁護する本をお書きになったでしょう?」

「まあ、それでは父のことをご存じですのね」女は喜んでいるようだ。「世間でのジョセリン家の評判を聞くたびに嫌な気持ちになっていましたわ（とにかくお金を掻き集めること以外は、なにもしない人たちですもの）。ジョセリン家の人間を全部合わせても父のほうがずっと偉大なのに、世間からはまったく無視されていたんですから」

「あなたの言い分を認めるダーウィン説信奉者には、決して巡り会えないでしょうね」

女は笑い声をあげた。「ええ。父の本は彼らを怒らせるだけですものね。もちろん父だって十分にお金を稼げるほどの知識人でしたけれど、ジョセリンのお祖父様は両親の結婚を認めませんでした。そして、財産はすべて二人の息子に分け与えてしまったのです——キティの父親であるジェラルド伯父さんとエドガー伯父さんに。父はわたしが十三歳のときに亡くなりました。そのあとは、母と二人でリヴィエラのマントン（フランス南東部、地中海に臨む保養地）で暮らしていたんです。物価が安いところですから」

アンはそこで一息つき、灰皿を探した。「ありがとう」そう言って、ベイジルがソーベルの机から移した青銅の灰皿に灰を落とす。「その母もこの七月に亡くなりました。株価が下がってフランが上がり、父が残したなけなしのお金も溶けるように消えてしまった頃のことです。どうしたものかと途方に暮れていると、ジェラルド・ジョセリン夫人とその娘がカンヌのホテルに滞在しているという記事を、たまたま『ニースの灯り』《エルレルゥル・ド・ニース》紙で見つけたんです。二人がヨーロッパにいることさえ知りませんでした――母はそれほどきっぱりと、実家とは縁を切っていましたから。それでも、わたしは勇気を奮い起こしてローダ伯母を訪ね、ジェラルド伯父さんがアメリカでわたしに仕事を見つけてくれないだろうかと訊いてみました。伯母は、伯父が数年前に亡くなり、それ以来キティと二人でヨーロッパ暮らしをしているのだと教えてくれました。ローダ伯母については、おもしろい話をいくつか聞いているんですよ。母はよく、彼女は〝かわいそうなジェラルド〟を攻め落とした〝冒険家〟だなんて言っていたものです。でも、そんな感じではまったくありませんでした。とても魅力的で、若々しくて、すばらしいドレスを着こなしていました。それに、親切でもあったんです。わたしを秘書として雇ってくれたのですから。わたしはタイプも速記もできませんでした。それでも、この冬、キティがニューヨークで社交界デビューをするときに、そうした関連の記事なんかを書いてくれる人間がほしいのだと言ってくれたんです。船に乗ってアメリカに渡れるなんて、わたしはもう嬉しくて嬉しくて。伯母が助けてくれなければ、どうしていいかわからなかったと思います。お披露目パーティに関する仕事が終われば、すぐにでもニューヨークで本格的な仕事を探しても構わないという約束だったんです。

その夏はカンヌで過ごし、十一月にヴィルフランシュ（ニース東にある古い港町）から出航しました。ここ数週間は、ジョセリンお祖父様がジェラルド伯父さんに残したフィフス・アヴェニューのお屋敷で暮らしていたんです。そこには舞踏室もありましたから、ローダ伯母さんはキティのパーティをホテルではなく、そのお屋敷ですることに決めました。盛大なホーム・ウェディングの準備でもしているような感じでしたわ。もちろん、ずっと大がかりなものですけれど。終始、いろんな人が出入りして……」

　ここにいたって、フォイル警視が口を挟んだ。

「できれば、ミス・クラウド、あなたの従姉妹が失踪した日、屋敷に出入りしたすべての人間のリストをいただけるとありがたいのですが。可能なら、それぞれの人間が出入りした正確な時間も知りたいですね」

　大きな灰色の目が力なく彼を見つめた。「お披露目パーティにはいらっしゃらなかったのでしょうね、警視さん？」

「わたしは——そのう——」フォイルは顔を赤らめた。「もちろん、伺ってなどいませんよ」

「まあ、からかうつもりではなかったんです！　ただ、パーティの当日がどんなふうだったか、ご存じではないのでしょうと言いたかったんです——それが自宅で催された場合には特に。宅配業者にその助手たち、花屋とその手伝いたち、二つのオーケストラの指揮者とそのメンバーたち。私設秘書に、そのまた秘書。友人たちや親戚からの花を届けるメッセンジャー・ボーイ、手伝えることはないかと立ち寄る古くからのお友だち。それに、なにか拾えないかとうろつく記者たちも数人。その上に、屋敷の使用人が総出であたふたとしていたんですから。一日中、知らない人たちが山ほど出入りしていましたわ！　その人たちがいつやって来て、いつ帰ったかなんて、説明できません」

「さぞかし壮観な眺めだったことでしょうね」フォイルがぶつぶつとつぶやいた。

「思い出せることはすべて話してくださいよ」地方検事が口を挟んだ。「その日のことを最初から最後まで」

「ええと、わたしはベッドで朝食をとりました。正確な時間は覚えていません。それから、やはり寝室で朝食をとっていたローダ伯母さんに、郵便物を届けました。そのあと二人で、銀行にジョセリンお祖母様の真珠のネックレスを引き取りに行ったんです。キティがその夜、身につけることになっていましたから。キティ自身はそのとき、ローダ伯母さんのメイドのヴィクトーリンと散歩に出かけていました。そのあと、三人でお昼をとりましたわ――ローダ伯母さんとキティとわたしの三人で。お昼ご飯のあとは、ヴィクトーリンがキティにマッサージをしたり、髪にフィンガー・ウェーブをつけたり、マニキュアをしたり。ヴィクトーリンはかつて、ロワイヤル通りの〈アナトール〉で一番の技術者だったんです。メークアップ・アーティストですわ。ローダ伯母さんが何倍ものお給料を提示して彼女を引き抜いたんです。ジェラルド伯父さんと一緒に、ビューティー・パーラーなんか一軒もない、インド奥地のマハラジャを訪ねることになったときに。わたしとキティが似ていると言いだしたのはヴィクトーリンです。もちろんわたしだって、二人が同じような背丈と体重で、似たような体形をしているのはわかっていました――キティは時々、着飽きたドレスをわたしにくれましたもの。それに、二人がそろってジョセリン家の〝色合い〟を引き継いでいるのも――灰色の目、黒い髪、黄味がかった肌。でも、ヴィクトーリンに言われるまで、顔立ちまで似ていることには気づきませんでした。わたしがまっすぐな長い髪にかなり濃い眉をしていたのに対して、キティはウェーブがかかった薄めの短髪、眉も引き抜いてすっきりとした形に整えていましたから。それで、だいぶ違った感じに見えていたんです。そうした外見上の違いを取り除けばまったく同じ顔立ちをしているなんて、ヴィクトーリンのような専門家が言うのでなければ、とても信じられなかったと思います」

「でも、いまの髪は短いですよね？」ベイジルは、黒い髪と見分けがつきにくい小さな黒い帽子を、まじまじと見つめた。

「ええ——いまは」そう言って、女は帽子を取った。小さな頭で、短い黒髪が艶やかに波打っている。「マントンにいた頃には、髪を短くしたり眉を整えることには関心も払わなかったんです。お金がかかるし、パーティに行くようなこともありませんでしたから。フランス人がよく言うのをご存じでしょう？『カンヌは楽しむため、ニースは退屈するため、モンテカルロは破産するため、そしてマントンは埋葬されるためにある』って」

「それで、髪はいつ切られたんです？」

「火曜日——パーティの夜に。わたしは嫌だったんですけど、キティが——」

「その日の出来事を順番にお話ししてくださいよ」

「そうしようとしていたときに、あなたが中断なさったんだわ。ええと——」彼女は指を額に押し当てた。「次に覚えているのは、ミセス・ジョウィットが毛皮に雪をいっぱいつけてやって来たことだわ」

「ミセス・ジョウィット？」

「ああ、説明の仕方が悪くてすみません。ミセス・ジョウィットは私設秘書なんです。とても費用がかかりますけど、彼女のような人はどうしても必要ですわ。フランキー・シルバーのバンドが純然たるダンス・バンドであるのと同じように、彼女も秘書そのものといった人なんです。わたしはしばらく彼女の仕事を手伝っていました。遅れて届いた出欠の返事を整理したり、彼女宛ての電話に応えたり——たいていがキティの写真を撮りたいという写真家や、パーティに関する情報を求める記者たちからの電話でしたけれど。秘書というのは、作戦部長と広報係をかけ合わせたような存在ですわね。

わたしはどこにいたかですって？　そうですね。六時少し過ぎに、〈ムリリョの間〉でカクテルが配られはじめました。本当はただの居間なのですが、ムリリョ（十七世紀のスペインの画家）が描いたぞっとするほど真っ白なマドンナの絵が飾られているので、そう呼ばれているんです。家の内装はジョセリンお祖父様の趣味ですけど、どんなふうかはご想像いただけると思いますわ。セザンヌはもちろん、現代絵画なんて一枚もないんですから。

わたしはミセス・ジョウィットと一緒に階段を下りていきました。〈ムリリョの間〉にはいろんな人たちが集まっていましたわ。南アメリカ出身の芸術家ルイス・パスクーレイは、マドンナの絵を見るたびに身震いをしていました。ルイスは裸婦しか描きません。あとはお酒を飲んでいるか、ギターを弾いているか、『レ・ジョルナル』紙を読んでいるかです。カンヌではずっとローダ伯母さんにまとわりついていて、こちらまで追いかけてきたんですよ。

それに、カンヌでの知り合いがもう一人――ニコラス・ダーニンです。ものすごいお金持ちですけど、恐ろしげな仕事をしています――毒ガスとか火災放射器用の液火とか。ロンドンに住んでいますが、ビューリ（英国、ハンプシャー州の村）の近くにも御殿のような別荘を持っています。外見も話し方もイギリス人そのものなのに、ロシア人だという人がいれば、リトアニア人だという人もいます。

しばらくするとキティが入ってきて、そのあとにローダ伯母さんが、エドガーという灰色の髪をした紳士と一緒に現われました。会ったことはありませんでしたが、その人がエドガー伯父さんなのだろうと思いました。ローダ伯母さんはアメリカに到着するとすぐに、街中《まちなか》にあるその方の事務所を訪ねていたのに、その方が屋敷にやって来ることは一度もありませんでした。わたしはその方に仕事を紹介してもらおうかとも考えていたんです。でも、あえて近づくことはしませんでした。とても気難しそうに見えたんですもの。わたしのことなど気づきもしませんでしたし、紹介してくれる人もいませんでした。

こうした人たちが実際にわたしの存在に気づいていなかったことは、お話ししておかなければならないと思います。わたしみたいに貧相でみすぼらしい恰好をしていれば、人目について当然なのに。あの部屋にわたしがいることを本当にわかっていたのは、ローダ伯母さんとキティとミセス・ジョウィットだけでした。わたし、透明人間にでもなっていたのかもしれませんわね。

わたしたちはみな疲れていて、執事のグレッグがカクテルを持ってきてくれたときには大喜びでした。ミセス・ジョウィットとダーニンだけがシェリーを飲んでいました。キティは終始落ち着かない様子でしたわ。グラスを手に部屋の中を歩き回っては、贈り物の花に添えられたカードを眺めていたのを覚えています。一階も二階もお花だらけで、むせ返るような香りが立ち込めていました。ミセス・ジョウィットが苦情を言って、グレッグに窓を開けさせたくらいなんです。

グレッグがフィリップ・リーチの訪問を告げたのが、カクテル・パーティの中ほどでした。ぶらりとやって来たふうでしたが、本当は、自分のコラムにダンス・パーティのことを書くための特ダネを探しにきたのだと思います。彼は、ローウェル・カボットという名前で、ニューヨークの新聞にゴシップ記事を書いていますから。ローダ伯母さんは、パスクーレイとのことでおかしな記事を書かれるのが心配で、彼のご機嫌取りばかりしています。

少しすると、使用人の中ではかなり特別扱いを受けているヴィクトーリンが、部屋に忍び込んできました。その夜着る予定のドレスが、直しに出していた仕立て屋から戻ってきたとキティに知らせるためです。それから、カクテル・パーティはおひらきになりました。だれも用がなさそうだったので、わたしは上階《うえ》の自室に戻り、横になって母の古い『ピーターキン・ペーパーズ（米国作家ルクレーティア・ヘイルの小説）』を読んでいました……。まあ、全部話すとなると、ものすごく時間がかかると思いませんか?」

「煙草をもう一本いかがですか?」なだめるようにベイジルが声をかけた。

「ありがとうございます。グレッグは、八時頃部屋に夕食を運んでくれると言っていたんです。それで、そのあとはすぐに休むつもりでいました」

「あなたはパーティには出ない予定だったのですか？」

「ええ。キティは出たらと言ってくれましたが、どうしてそんなことができます？　ちゃんとしたドレスもなければ、パーマもかけていないのに。キティは、生まれたときから、こうしたことすべてに対して準備をしてきたんです。肌にも容姿にも手をかけて、フランス語も十分に勉強してきた。知性だけではない教養を身につけるためにダンスも音楽も習って。ウィンダム・ルイス（一八八四～一九五七。米国生まれの英国の小説家、画家）が言うように――ええ、もちろんあのパーシー・ウィンダム・ルイスのことですけど――〝複雑な要望〟に応えられるだけの教養です」

フォイル警視は、この娘のような話し方にはいかにも慣れているふうを装おうとしていたが、あまりうまくいかなかった。

「上階《うえ》に上がって十分ほどした頃でしょうか。ヴィクトーリンがわたしの部屋のドアをノックして、キティが会いたがっていると言うのです。彼女は自分の寝室でドレスに着替えていたのですが、スカートがちゃんと下がらないのがわかったところでした。パリで急いで買ってきたドレスを、ここで直すつもりだったのですが、どうやらまだきちんと直っていなかったようです。もう、うんざりでしたわ！　縁取りが少しくらい不ぞろいでも、シルエットが非対称なドレスでしたらなんの問題もありません。でも、白いベルベット地のそのドレスは、裾周りが四百インチもあるような見事なサーキュラースカート（円形の布の中心に、ウェストに合うように穴をあけたスカート）で、完全に均等な襞《ひだ》がまっすぐに流れ落ちるデザインだったんです。

キティは、ドレスを直した仕立て屋を探すために、メイドのカーターを送り出しました。その間、ヴィクトーリンとわたしは、なんとかドレスを直そうと、ハサミとピンを手におおわらわだったんです。キティは、ぜんぜん心配しているようではありませんでした。正直言って、あれほど生き生きと楽しそうにしている彼女は見たことがないくらいです。いつもなら青白い顔をしているのに、その夜は頬がバラ色で、目がきらきらと輝いていたんですから。
わたしたちは問題の縁取りをピンで留め、キティにドレスを脱いでもらいました。ヴィクトーリンが一方の端の仮縫いをする傍ら、わたしが反対側の仮縫いをする。サーキュラースカートだからできたんです、なにしろ、とても大きなスカートですから。キティはスリップの上にガウンを羽織って、煙草を吸っていました。その彼女が言ったんです。『ねえ、なんて暑いのかしら！』彼女はガウンを脱いで、部屋の窓を全部開けました。ヴィクトーリンが抗議しましたが、彼女は一向に閉めようとしません。フランス人は新鮮な空気が嫌いなのかとか、ヴィクトーリンをからかいはじめる始末です。不意に、彼女の額に汗が流れているのに気がつきました。おかしなことでしたわ。外では雪が降っているし、部屋の中は窓が開いているせいで寒いくらいだったんですから。彼女は額に手を当てて言いました。『ジンを飲むと必ず頭が痛くなるんだから』
直《じき》にスカートも直り、キティに着てもらいました。見事な仕上がりでしたわ。でも、ちょうどそのとき、キティはめまいでも起こしたかのようによろめいて、鏡台にしがみついたんです。頭痛がして、胸が焼けるように熱いと訴えました。『息ができない。とても暑いわ。暖房を止めてちょうだい』
その頃には部屋も凍えるほどになっていたので、わたしはもう驚くばかりで。ヴィクトーリンは『熱があるんだわ！』と叫んで、体温計を取りに走り出ていきました。わたしは、白いベルベットのドレス姿のまま彼女を寝かしつけ、キルトのカバーを上からかけてあげたんです。でも、彼女はそれをはねのけると、ドレスを脱がせてくれと頼みました。裏地は汗で濡れて、染みになっていましたわ。肌のなんて熱かったことか。彼女がうめくように言いました。『のどがからから』
水を飲ませてあげました。ヴィクトーリンが体温計を持って戻ってきたので、彼女の熱を測りました。三十八度。

わたしは、ローダ伯母さんを探しに階下《した》に下りていきました。外ではまだ雪が降っていましたけれど、家の中の空気は、バラやライラックの香りで実際よりもずっと温かく感じられました。まったくもってお葬式みたいでしたわ。フランキー・シルバーと彼の楽隊が、舞踏室で『悲しみの杯』というタンゴを繰り返し演奏していましたし。お聞きになったことがあるかもしれませんが、フランキーという人は本当に神経質な人で、最初に音響効果を確認させてもらえなければ、どんな演奏も決して引き受けないんですよ。そのときには、萎《しお》れた花の香りが音になったような演奏に聞こえましたけれどね。食堂も朝食用の部屋も小さな応接間も、仕出し屋が持ち込んだ金ぴかの椅子と小さなテーブルでいっぱいでした。〈ムリリョの間〉では移動式のバーが設置されているところでしたわ。

ローダ伯母さんは玄関ホールにいました。ミセス・ジョウィットと一緒に、夕食のメニューを手にした仕出し屋と打ち合わせをしているところでした。伯母は、わたしをひと目見るなり、なにかあったと思ったようです。たぶん、わたしの表情から察したのでしょう。二人のもとを離れて近づいてきた伯母に、こう告げました。

『キティが病気です』

伯母は本当に動転したようでした。同じことばかり言いつづけていましたから。『ありえないわ！　こんなときにキティが病気になるなんて。すべてがあの娘《こ》の肩にかかっているというのに』

わたしたちは大急ぎで上階《うえ》に上がりました。キティは目を閉じて荒い呼吸をしています。髪はべったりと湿り、唇からは血の気が失せ、舌も膜が張ったようになっていました。ヴィクトーリンが新聞で風を送っていました。

『マラリアだわ』とローダ伯母さん。『十一歳のときにローマで罹《かか》ったの。それ以来、ずっと病原菌を抱え込んだままなのよ』

わたしは尋ねました。『間違いないんですか？　熱があるんですよ』ローダ伯母さんは答えました。『高熱が出て、ひどく汗をかくのがマラリアなの。どうしてこんなときに――よりによって今夜なんて』
『お医者様を呼んでこなければ』
わたしはそう言ったんですが、ローダ伯母さんが首を振りました。『この病気が出ても、キティは医者にはかからないの。キニーネを飲んで眠る。そうすれば、三、四日のうちに熱は下がるわ』
伯母はキティのベッドに腰を下ろし、これまでに聞いたことがないような説得力のある声で言いました。『キティ、頑張ってパーティのために起き上がれない？　エドガー伯父さんのディナーには行かなくてもいいわ――お客様をお迎えするのに、一時間かそのくらい起きていてほしいの。全員が到着したらすぐにベッドに戻ってもいいから』
伯母が話しているあいだ中、遠くからかすかに、フランキー・シルバーのバンドが演奏するタンゴが聞こえていました。でも、パーティに対するキティの関心は、すっかり消えてしまったようでした。『起き上がれないわ』かなり苛立っているような声でした。『お義母《かあ》さんが大変な思いをするのはわかっているけれど、わたしにはどうにもできない。ひどく具合が悪いんだから』
と、不意に彼女が笑いだしたんです。『わたしのことより、パーティのほうがずっと心配なんでしょう？　わたしなしでやればいいじゃない？　お披露目パーティでは、デビューする本人なんて一番どうでもいい存在なんだから――結婚式の花嫁付添い人みたいなものよ。ショーを仕切るのは家族と商売相手、一番利益を得るのもその人たちよね』
ローダ伯母さんは、ずいぶん長いあいだ黙っていました。それから立ち上がると、腹を決めたような声でわたしに言ったんです。『アン、わたしのバスルームの戸棚からキニーネの瓶を持ってきてちょうだい。ヴィクトーリン、この娘《こ》に乾いたガウンを着せてあげて』

キニーネを探し出すのに少し時間がかかりました。戻ってみると、キティがまた笑っていました。ベッドの脇に読書用のランプがあったのですが、彼女はその光がわたしの顔に当たるように向きを変えました。六十ワットの電球の光に、わたしは思わず目をつぶりましたわ。その耳に、ヴィクトーリンに話しかけるキティの声が聞こえました。

『どう？　あなたならできるかしら？』」

第6章　仮面舞踏会

アン・クラウドは話を中断すると、聞き手たちの顔を見回した。ベイジルの目からはなにも読み取れない。モーリス・ソーベルは唇を引き結んで、万年筆を机の上で転がしている。ジェネラル・アーチャーは居たたまれない様子で、フォイル警視は混乱しながらもじっと考え込んでいるようだ。

煙草を取り出すアンの手が震えていた。再びベイジルがマッチの火を差し出す。彼女は椅子にもたれかかると、煙を吐き出した。

「説明がとても難しい部分に差しかかりました」声もかすかに震えている。「最初はまったく信じていただけないだろうと思います」彼女の目がソーベルを見据える。「でも、本当に起こったことなんです……。

ヴィクトーリンがキティに答えました。『できますとも、お嬢様《マ・プティトゥ・デムワゼル》！　たとえ、血のつながりのおかげでこれほど似ていらっしゃらなくても、わたしにならできます。顔の上のほうだけが重要なんです――目、眉、鼻、上唇。それだけ変えれば、すべてが変わります。だから仮面舞踏会では、顔が少ししか隠れないハーフ・マスクでも、その人間の正体がわからないんですよ。顔を変えたいなら、ハーフ・マスクで隠れる部分だけを変えればいい。その部分が、人の顔を決定づけているんですから。それに今日《こんにち》では、マキリャージ――こちらの言葉ではメーキャップですか――の技術もずいぶん進みましたからね。目の表情はもちろん、鼻の形や上唇なんかも驚くほど変えることができますよ！　カモフラージュのようなもの――一種の視覚の錯覚ですわ』

わたしが目を開けるとキティが叫びました。『アン、どういうことかわかる？　ものすごくおもしろいことを思いついたの！　こんなこと、前代未聞だわ。くだらない品ぞろえゲームなんか比べ物にならないくらい。あなたがわたしの代わりに舞踏会に出るのよ。みんな、あなたがわたしだと思うわ。髪を切って眉を抜けば、わたしそっくりになるってヴィクトーリンが言っているもの』
みんなで笑いましたわ――キティ、ローダ伯母さん、ヴィクトーリン、それにわたしも。みんな疲れていたし、パーティ直前にキティが病気になってしまったのは大ショックだったんです。だれ一人としてまともではなかったんだと思います。
最初に笑うのをやめたのはキティでした。頬をバラ色に染めて、生き生きとしていました。『あなたならできるわよ、アン！』彼女は叫びました。『できるって思うでしょう？　こんなにおもしろいことはないわ。フィリップ・リーチのくだらない記事のことを考えてみてよ。舞踏会でのキティがどんなふうだったか――でも、それってみんなあなたのことなのよ！』
わたしもやっと笑うのをやめて、言いました。『だめよ――そんなこと、絶対にできないわ』
『どうして？』キティはますます興奮してきました。『学校に双子の女の子がいたけど、あの娘《こ》たち、いつでも先生を混乱させておもしろがっていたわ』
ローダ伯母さんが口を挟みました。『あなただったらきっとできると思うわ、アン。一晩だけのことだし、二人ともずっと外国暮らしをしていたから、大きくなってから会ったことのある人は一人も来ないし』
『エドガー伯父さんがいるわ』
『あの人がキティを見たのは、今日の午後のほんの一瞬だけよ』ローダ伯母さんが答えました。『あなたのことには気づきもしなかったしね、アン。きっと、どちらのことも、はっきりとは思い出せないはずよ。それに、今日のパーティの中心はジョセリン家の従兄妹たちだし。それ以外のお客様も、ほとんどが今シーズン、デビューする娘たちと、ミセス・ジョウィットが選んだ〝独身男性〟たちだわ。彼らは、キティのことを出版物の写真でしか知らないはずよ。この娘《こ》のドレスを着てお化粧をすれば、全員を欺くことができるわ』」

このとき、地方検事が口を挟んだ。「十八歳くらいの娘たちが、そういうジョークをおもしろがるのはわかります。でも、あなたの伯母様のような年齢と地位にある女性が、そんな悪ふざけに加担するものでしょうか?」

「信じてくれとは申しておりませんわ」アンが絶望的な声で言う。「ただ、起こったことをお話ししているだけです。当のわたしだって驚いているんですから。ローダ伯母さんは確かに外見も若いし、パーティやお祭り騒ぎが大好きな女性《ひと》ですけど、あんな悪ふざけに加わったことは一度もありませんもの。呆然としていましたけど、訊かずにはいられませんでした。

『ニコラス・ダーニンやフィリップ・リーチはどうするの? あの人たちなら、間違いなく扮装を見破れるほど、キティのことを知っているでしょう? それに、ルイス・パスクーレイは? 画家の目は鋭いわ』

キティ自身が答えました。『ルイスには秘密を打ち明けるわ。彼はわたしのことを何年も知っているし、あなたのことも数ヵ月前から知っている。でもダーニンには、五、六回しか会ったことがないわ。フィリップ・リーチ——彼についてはお楽しみの一部ね。なんにでも気づくはずの記者を騙すんだから』

その点についてはなにも言いませんでした。リーチの新聞記者としての才能なんか、キティと同じほども信じていませんでしたから。記者というよりは詩人なんです。どうしてゴシップ記者になんかなったのか、わたしにはわかりませんけれど。

使用人たちのことも考えました。でもキティはどんな反論も受けつけようとしません。『ニューヨークに来るまえから一緒だったのはヴィクトーリンだけだわ』と言うのです。『ほかの使用人たちは、この数週間一緒だっただけじゃない。もし、わたしがあなたの部屋に移れば、みんな、具合が悪いのはあなただと思うだけよ。ヴィクトーリン以外のメイドがそばにいるときには、用心して顔を隠しておくし』

ヴィクトーリンが話しだしました。『マダム・ジョウィットはどうしましょう？　アンお嬢様はここ数日あの方と一緒に仕事をしていらっしゃいましたし、キティお嬢様のことも何度か見ているはずですわ。でも、マダム・ジョウィットは眼鏡をしておいででしたわね。もし、その眼鏡が……今夜どこかに見えなくなってしまえば、きっとなにも気づかれることはないでしょう』

『わたしたちには二人とも外国語訛りがある』キティが続けます。『わたしたちの声は、アメリカ人の耳には、実際よりもずっと似て聞こえるはずだわ。このあいだも、ミセス・ジョウィットからの電話を取ったら、すっかりあなただと思い込んでいたもの。ねえ、アン、わからない？　こんな計画、あまりにも大胆すぎて、だれも疑ったりしないわよ。大胆さこそ虚勢の本質ね。万が一、だれかがあなたのことに気づいたって、そんなに恐ろしいことにはならないわ。ご年配の方たちには眉をひそめる方もいらっしゃるかもしれない。でも、若い人たちには大いにうけるはずよ。わたしもその場にいて、見ていられたらいいのに！』

そして、彼女はまた笑いだしました。

拒むことなんてできませんでしたわ。わたしだって人間ですもの、結構おもしろいかもしれないと思ったんです。それに、ローダ伯母さんとキティには恩もありましたし。だって、わたしがこうしてアメリカに来られたのは、あの人たちのおかげなんですもの。

それからの時間は、夢でも見ているような気分でした。そのときの記憶でさえ、夢のように非現実的なんですから。

ヴィクトーリンの手にかかっては、わたしの顔は粘土のように変幻自在でしたわ。彼女によると、キティとわたしの顔の違いで重要なのは五つだけなんだそうです。キティの目は、わたしよりも少しだけ離れ気味で、わずかに緑がかっている。わたしの目は、もっと冷たい感じの青味がかった灰色で、もう少し寄っている。キティの鼻はわたしよりも長めで、唇は瑞々《みずみず》しい赤。肌の色も同じように見えますが、実際には彼女のほうが一トーン暗いんです。彼女はレイシェルの白粉《おしろい》の№2を使っていましたけれど、わたしが使っていたのは№1でしたから。

ヴィクトーリンはわたしの髪を切って薄くすると、旧式の焼きごてでウェーブをつけました。パーマネントをかけている時間はなかったんです。眉毛も、キティと同じように鋭い斜めになるように抜きそろえます。鼻に近い部分の眉をすっかり抜いて、眉墨でこめかみのほうに伸ばしていくと、わたしの目はキティと同じくらい離れて見えるようになりました。ヴィクトーリンは二種類の白粉を使いました。瞼《まぶた》の端に黄緑っぽいアイシャドーを入れることで、わたしの鼻をキティと同じくらい長く見えるようにしたんです。明暗をつけて立体感を出すことで、目も緑がかった灰色に見えるようになりました——印象派の画家が使う〝分光パレット〟と同じような原理ですわ。最後に二色の口紅を重ね塗りして——画家が言うところの〝上薬かけ〟みたいなものでしょうか——わたしの唇をキティの唇と同じ色合いに見えるように仕上げました。

ベルベットのドレスを着て、自分の姿を鏡に映してみると、そこから見つめ返していたのはキティでしたわ！　わたしの外見上の特徴は、二時間ですっかり消し去られてしまったんです。一瞬、アン・クラウドは存在しなくなったのかという、奇妙な感覚に襲われました。夢心地は悪夢の始まりでしたわ。自分の姿を見つめながら、思ったものです。〝わたしはキティ・ジョセリンなの？　病気になったのはアン・クラウドのほう？〟みなさんもお聞きになったことがありますよね？　人間の人格はマスクと魂から成るというユングの理論――ペルソナとアニマでしたかしら？　でも、その瞬間まで、そんな話に気を留めたこともありませんでした。新しいマスクを手に入れた――それなら、新しい人格も手に入るのかしら？　まるでピランデルロ（イタリアの小説家、劇作家）のお話みたい。そうじゃなきゃ、蝶になった夢を見た中国の詩人とか――目が覚めてみると、本当は蝶になったのではなくて、ただ人間になった夢を見ている蝶なのかもしれないと思えてきた詩人のことです。きっと、疲れていて、気が高ぶっていて、死ぬほど怖かったんだと思います。そうでなければ、そんなことを思ったりしませんもの」

話がここまで進んだところで、地方検事は、とても信じられないという目をベイジルに向けた。精神分析医は無言のまま、じっと若い女を見つめている。娘は話を続けた。

「ドレスを着た姿をキティにも見せたかったのですが、ローダ伯母さんが言いました。『もう時間がないわ』そして、ジョセリンお祖母様のパールをわたしの首にかけたんです。エドガー伯父さんには電話を入れておいたとも言っていました。伯父さんが整えてくれた身内だけの夕食会には、キティは疲れてとても行けそうにないと。ヴィクトーリンが軽い夕食をトレイで運んでくれました。わたしはそれをキティの部屋で食べました。それから、ローダ伯母さんと一緒に階段を下りていって……キティを見ることは、その後二度とありませんでした」

アンは、これで終わりだというように、ひざの上で手を組んだ。

「なにがあったんです？」ベイジルが尋ねた。

「舞踏会でですか？　なにも。特別なことはなにもありませんでしたわ。でも、そのあとで……」

「舞踏会で起こった普通のこともお話しいただけますか？」

「そうですね――わたしがキティではないと怪しむ人は一人もいませんでした――わたしが知る限りでは。中年のご婦人たちが、わたしを見て『ローダにそっくり』と言っているのが聞こえました――キティとローダが実の親子ではないことをすっかり忘れていたのでしょう。ジョセリンの従兄妹たちがたくさん来ていましたわ――若々しくて、気持ちのいい方たちばかりです。まるで、テニス・コートかスイミング・プールからでも出てきたばかりみたいな。キティの母方の遠い親戚も何人かいらしていました――お母様のほうの身内は、その方たちだけなんです。八十歳くらいのご老人が、三度も同じ話を繰り返していました。わたしが七歳のときに、チュイルリー宮の庭で会ったことがあると。もちろんそれは、キティのことですけど。

　エドガー伯父さんのことは、ほんの一瞬見かけただけです。間違いなく、なにも疑っていませんでしたわ。階下《した》に下りていったとき、ミセス・ジョウィットがうなずきながら微笑みかけてくれましたけど、眼鏡はしていませんでした。ヴィクトーリンがなんとかうまく、見えなくしてしまったんでしょう。ニコラス・ダーニンともフィリップ・リーチとも踊りました。二人ともなにも気づかなかったのは確かです。〝カッティング・イン〟方式（ダンス中にパートナーを横取りする方式）のおかげで、どちらともほんの数分しか踊らずに済みましたから。ルイス・パスクーレイとは何度か踊りました。でも、もちろん彼は事情を知っています。特になにも言いませんでしたけど、笑い方からして、ローダ伯母さんが全部話したのは見え見えでした。

　申し訳ありませんが、ちゃんとした順番ではなにも覚えていないんです。いろんなことを細切れに覚えているだけで。アメリカでは最初のダンスでしたし、同伴者なしの男性たちが部屋の隅に固まって、女の子たちを値踏みするような目で見ている様子にも不慣れでしたので。小麦取引所《ウィート・ピット》か株式取引所《ストック・エクスチェンジ》っていう感じでしたわ。ひょっとしたら、結婚相談所《マリッジ・ピット》や恋人紹介所《セックス・エクスチェンジ》と呼んだほうがいいのかもしれませんけれど。ぎらぎらした照明に蒸し暑い部屋。空気も悪いし、二つのダンス・バンドが交替で演奏を繰り返しているんです。ほっとできる間なんて少しもありませんでした。ピート・ウェルウィの騒々しいジャズのあとでは、フランキー・シルバーのタンゴやブルースが、〝ほっとした〟感じに聞こえないこともありませんでしたけれど。なんとか、消化の悪そうなものを食べたり、輸入物のシャンパンを飲んだりしようとしましたが、そのうち疲れてきて、具合も悪くなってきました。キティが考え出したジョークも少しも楽しめたものではありません。共有できる人が一人もいないんですもの。

ダンスのパートナーと窓辺に立ち、フィフス・アヴェニューを走っていくトラックを見ていたのを覚えています。雪かき用のショベルを持った男たちが何人も荷台に乗っていました。そしてついに、夜明けの白い光がすべてのものを漂白したようになりました。花々は暑さで萎れ、汚れた食器がサパールームから片づけられる。楽師たちがあくびをしながら楽器をしまい、眠そうな顔をした若者たちがソーセージやスクランブルエッグを食べていました。

重い身体を引きずるようにして上階《うえ》に上がると、ヴィクトーリンがホールで待っていました。彼女はわたしをキティの部屋に入れると、熱いチキンスープを持ってきてくれました。ローダ伯母さんがやって来たのは、ちょうどうとうとしはじめたときです。あくびを嚙み殺しながら訊きましたわ。『キティはよくなりまして?』伯母さんは答えました。『なにもかも大丈夫よ』それで、わたしは眠ってしまったんです。

次の日の午後四時頃まで眠っていました。夕暮れ時の低い光が窓から射し込んでいました。起き上がって、キティのバスルームでお風呂に入り、彼女のガウンを着て、食事のベルを鳴らしたんです。応えてくれたのはヴィクトーリンでした。

『カーターはどうしたの?』わたしはそう尋ねました。カーターはキティのメイドで、前の日の夜、仕立て屋を探しに出された使用人です。彼女のことは、そのときまですっかり忘れていましたけれど。

ヴィクトーリンが答えました。『奥様が二ヵ月分のお給料を持たせてクビにしました』それ以上のことはなに一つ訊き出せませんでしたわ。彼女はオーヴェルニュ（フランスの中南部地方の旧公国）の出身で、本当に頑固なんです。

ヴィクトーリンが食事を運んでくれたときに、ローダ伯母さんも一緒に入ってきました。前の日よりもずっと老け込んでいるように見えました。口元に新しいしわができていましたし、目の周りにも、決してアイシャドーではないくすみが広がっていました。

『キティの具合はいかが?』食べはじめると同時にそう訊きました。

ローダ伯母さんは、まじまじとわたしの顔を見ていましたわ。それから笑いだしたんです。『まあ、キティ、なにを言っているの? どうして自分のことをそんなふうに訊いたりするの?』

わたしも笑いました。伯母さんが冗談を言っているのだと思いましたから。秘密を分け合っているヴィクトーリンの前で、キティのふりを続けたってなんの意味もありませんもの。それで、こう言ったんです。『いいわ。着替えたらすぐに、自分で彼女の様子を見にいくから』

『彼女って?』ローダ伯母さんが訊き返します。

『もちろんキティのことよ!』苛々しながら答えました。もう、そんなジョークにはうんざりでした。そしたら、ローダ伯母さんが優しい声で言ったんです。『どうやら、まだ具合がよくないようね。昨日のパーティで一晩中起きていたのが、かなりのストレスになったんでしょう。あんなに熱があったんですもの』伯母さんは、指先で軽くわたしの額に触れました。『熱は下がったみたいね――あっても三十七度くらいだわ。でも、そのせいで消耗してしまったのよ。今日は一日、寝ていたほうがいいわ』

わたしは喘《あえ》ぐように叫びました。『ローダ伯母さん、どうかしちゃったの? それとも、おかしいのはわたしのほう?』

彼女はまた、まじまじとわたしを見つめます。それからこう言ったんです。

『あなたの頭がどうかしていないことを願うわ、キティ。でも、あなたは間違いなく、ものすごい緊張を強いられていたのよ。そうでなきゃ、わたしのことを『ローダ伯母さん』なんて呼んだりするはずがないもの。ベッドにいて、十分に休まなきゃだめよ……』

そう言って伯母は出ていきました。ヴィクトーリンを睨みつけると、彼女はこう言いました。『お静かに、お嬢様《マ・プティトウ・デムワゼル》』それは、彼女がキティを呼ぶときの呼び方でした。『お休みになるのですよ。明日にはきっと気分もよくなりますから』そして、彼女も出ていってしまいました。

わたしは思いましたわ。『これもキティのおふざけだわ。わたしは気に入らないけど』

起き上がって、ガウンとスリッパのまま隣の居間に走っていきました。ホールに出るドアは開いたままで、わたしが見た限り、外に人がいる気配はありません。それでも、見張られているような奇妙な感じはしていましたけれど。

上階《うえ》にある自分の部屋まで駆け上がりました。昨日の夜、キティはその部屋で休んでいたんです。叫びながら、勢いよくドアを押し開けました。

『これもおもしろいって思っているんでしょう!』

セントラルパークを見下ろす窓から西日が射し込んでいました。部屋は、ホテルの空き室のように、きれいに片づけられて空っぽでした。キティがいるようには見えません。彼女がそこにいた形跡もありませんでした。ベッドからはシーツも毛布も剝ぎ取られて――マットレスと長枕の上に埃《ほこり》よけがかけられているだけなんです。わたしのトランクがなくなっていました。二つのスーツケースも帽子入れも。わたしの服、本、書類。昨日の夜、ヴィクトーリンが呼びにきたときに読んでいた母の『ピーターキン・ペーパーズ』――みんな、消えていたんです。スーツケースの一つには、唯一の身分証明書が入っていたのに――パスポートです。フランスの身分証明も二つ。失効したものと有効のもの。わたしの出生証明書と両親の結婚証明書です。それに、母の結婚指輪も。内側に、両親のイニシャルと結婚した日付が彫り込まれたものでした。わたし宛ての手紙もたくさん入っていました。空っぽの部屋の静けさは、これまでに聞いたどんな言葉よりも雄弁でした。

ひざから力が抜けていくようでしたわ。椅子を手探りしなければならなかったほどです。十分もしてからやっと気を取り直して、メイドを呼ぶベルを鳴らしました。やって来たのは、家つきメイドのハーゲンでした――かなりぼうっとした感じの娘です。キティのことはいっさい訊かないでおこうと思っていました。ただ、こう言っただけです。

『ここにあったものはどこにいったの？　トランクとかスーツケースとか？』

彼女は不思議そうな顔をしてわたしを見ていましたが、やがてぼそぼそと答えはじめました。

『覚えていらっしゃらないのですか、ミス・キティ？』

『なんのことを？』

『ミス・アンがカリフォルニアに行ってしまったことをですわ』

ハーゲンはそう答えたばかりではありませんでした。まったくそう信じ切っていたようなんです。そして、不意に思い出しました。キティのメイドだったカーター。彼女は、キティがアメリカに着いて以来ずっと、キティのドレスの脱ぎ着を手伝ってきました。アメリカ人の使用人では、彼女がただ一人の存在だったんです。わたしが身代わりなのを見抜けるくらい、キティのことをよく知っていたのは。カーターが追い出されたのは、そのせいだったのでしょうか？

恐ろしいほど震えていましたけれど、頭だけはしっかりさせておこうと思っていました。

『ミス・アンが出発するのは見ていたの？』

『はい、ミス・キティ。ミス・アンは昨夜、お嬢様が舞踏会の準備をなさっていた午後十時頃にお発ちになりました』

『一人で？』

『そうです』

『なにを着ていったのかしら？』

『いつもの着古した黒いコートですわ。パリで買われたとかいう。でも、お嬢様、あれがパリ製だというなら、わたしはニューヨーク製のコートで十分ですわ！』

『荷物はどうしたのかしら？』

『今朝、至急便でお送りしました――お嬢様がお休みのあいだに、ミス・キティ』

恐ろしいことに、一瞬、みんなの言うとおりなのかもしれないと思ってしまいました。本当は自分がキティ・ジョセリンだとしたら？　結局、自分の身を証明できるものなんて、アン・クラウドだったという記憶しかないのですもの。そして、その記憶がまったくの思い違いだったということもありえますものね。二重人格については聞いたことがありますわ。まったく別々の記憶を持っているけれども、その両方が間違いなく真実だという。

服を着なければならなかったので、キティの続き《スイート》の間に戻りました。クッションの上に、彼女の小さな犬が座っていました。カイ・ランです。その子は、キティが現われたときと同じように、尻尾も振らずにゆっくりと近づいてきました。でも、相手が見知らぬ人間でもあるかのように、わたしの足元をくんくんと嗅ぎ回ります。そして、鼻先を上げると、哀れっぽく鳴きだしたんです。とうとう、本当のわたしを認めてくれる存在を見つけました。みんな、カーターはうまく追い出したけれど、その犬のことは忘れていたんです！　自分を救ってくれるのは、その犬なのだと思いました。

腰を下ろし、どうすればいいかを考えようとしました。弁護士を雇うお金なんかないし、そもそも弁護士さんなんか一人も知りません。見ず知らずの人が、こんな話を信じてくれるはずもありませんし。ニューヨークでの知り合いと言えば、パリ時代の同級生だけです――ポリー・フレーザー。彼女が書店を経営しているのは知っていました。ローダ伯母さんのところを出たあとは、彼女のお店で働かせてもらおうかとも思っていんです。でも、アメリカに着いてからの数週間は、彼女に会いに行く時間もありませんでした。電話帳で彼女の名前を見つけ、キティの電話機を探しました。持ち運びのできる切り替え式の電話があったはずなんです。でも、すでに取り外されてなくなっていました。残っていたのは床近くの差込口だけです。居間に駆け込み、ホールに出るドアを開けようとしました。鍵がかかっていましたわ。わたしはばかみたいに、閉じ込められた狭い部屋の奥に戻っていくしかありませんでした。

ヴィクトーリンが夕食をトレイで運んでくれました。朝刊が読みたいと言うとそれも。どの新聞にも、解説つきでキティ・ジョセリンの写真が載っていました。わたしがミセス・ジョウィットと作った招待客リストと一緒に。悪ふざけは完全に成功したようです。自分のお披露目パーティに本人が出席していなかったなんて、どんなことをしても証明できませんものね。

その夜、ヴィクトーリンはキティの居間の寝椅子で休みました。わたしは、朝の四時まで眠れずにいましたが、やがてぐったりと疲れて眠り込みました。目覚めるとお昼になっていましたわ。

ヴィクトーリンは、わたしがベッドにいるべきだと言い張りました。休息が必要だと言って。それで、その日は一日中、ほかのだれに会うこともなく過ごしました。あのときほど、あの女性《ひと》の顔が不気味に見えたことはありません。わたしなどよりもずっと心の強い女性《ひと》みたいですし。彼女は正真正銘、農民の出なんです。

金曜の朝、ヴィクトーリンが朝食を運んでくれたときには、ローダ伯母さんも一緒でした。

『だいぶよくなったみたいね、キティ』うんざりするほど甘ったるい声でしたわ。どうして以前には魅力的に思えたのか、自分でもさっぱりわけがわかりません。『夕食には下りてこられそう？　あなたったら、ずいぶんいい機会を逃してしまって——こんなふうに塞《ふさ》ぎ込んでいるんだもの。昨日の午後、ニコラス・ダーニンが電話をしてきたときには、まだ休んでいるからだめなのと言わなければならなかったのよ。それが一番残念だったわね。今夜はオペラに行く予定なの。大丈夫なようなら、あなたにとってもいい気晴らしになるんじゃないかしら』

もちろんわたしは行くと言いましたわ――だって、逃げ出せる唯一のチャンスですもの。でも結局は、余計混乱することになってしまっただけでしたけれど。

ヴィクトーリンが、舞踏会の夜よりもずっと気合を入れてドレスを着つけてくれました。そのときにはパーマをかける時間もあったので、キティそっくりのウェーブを出すのに、前ほど苦労をすることもありませんでした。キティは、目を見張るほど鮮やかな朱色のドレスを持っていたんですよ。その夜、ヴィクトーリンが着せてくれたのはそのドレスでした。着終わった頃にローダ伯母さんが入ってきてしげしげとわたしを見つめ、ヴィクトーリンにうなずきかけました。そうして、伯母と二人で階段を下りていったんです。

グレッグが礼儀正しく、心のこもった挨拶をしてくれました。『いってらっしゃいませ、ミス・キティ。お元気になられて、よろしゅうございました』

『ありがとう、グレッグ。だいぶよくなったわ』それ以外、なんと言うことができます？

キティ・ジョセリンはわたしで、出ていったのがアン・クラウド。使用人全員がそう信じているのはすぐにわかりました。

ルイス・パスクーレイを交えて家で夕食をとりました。彼はしょっちゅう食事をしにやって来ます。ジョセリン家の馬丁《ばてい》の住まい兼馬車置場だった隣の建物に住んでいるからです。いまは一階が駐車場になっていますが、ローダ伯母さんが二階部分をアトリエとしてルイスに貸しているのです。食事のあいだ中、彼はじろじろと嫌な目つきでわたしを見ていました。ローダ伯母さんと同じように、彼のことも前よりも嫌な感じだと思いましたわ。

でも、不意に、ルイスも二日前の悪ふざけの共犯者だったことを思い出しました。夕食後、ローダ伯母さんが音楽室でピアノを弾きはじめたので、近くに座っていたルイスにそっと囁きかけました。『こんなことから、わたしを救い出してくれる気はないの？』

彼は冷ややかな目でこう答えただけでしたわ。『キティ、なんのことだかさっぱりわからないな』

他人が自分に対して持ち、そうであるように強いているイメージ。それが本当の自分と違っているなんて、経験したことがおありですか？　ちょうどそんな感じなんです。実際には、その千倍も悲惨ですけど。

わたしたちは車で劇場に向かい、まっすぐジョセリン家の桟敷席に入りました。本来はエドガー伯父さんのものですが、ローダ伯母さんがニューヨークに移ってきてからは、二人で共有していたようです。すでに到着していた伯父さんを、わたしは必死の思いで見つめましたわ。だって伯父は、キティが倒れた日の夕方、カクテル・パーティでキティとわたしの両方を見ていたのですから。たとえ興奮に満ちた舞踏会では騙されたとしても、これほど近くから落ち着いた状態で見ているなら、きっとわたしの扮装など見破ってくれると思っていたのです。

でも伯父は、これ以上はないというほど当たり前の顔で、キティとしてのわたしに挨拶をしました。最初の幕間に、舞踏会にいらしていた数人の男性がわたしたちの桟敷席にやって来ました。ジョセリンの従兄妹たちは『やあ、キティ』と言い、ほかの人たちは『こんばんは、ミス・ジョセリン』と声をかけてきます。彼らのだれ一人として、疑いや戸惑いを感じる人はいないようです。

もう耐えられなくなりました。第二幕が始まる直前、わたしはエドガー伯父さんにこっそりと訴えたんです。『恐ろしいことが起こっています。わたしはキティではありません。わたしはアン・クラウドで、キティはいなくなってしまったんです。みんな、彼女はカリフォルニアに行ったのだと言っていますが

――つまり、アンがという意味ですが――そんなことはありえません。なぜなら、わたしがアン・クラウドだからです。そして問題は――キティがいまどこにいるのかということなんです』

エドガー伯父さんは、ただただわたしを見つめるばかりでした。ローダ伯母さんが身を乗り出して、『妄想』とか『神経が高ぶって』などと言っています。

もう、たくさん。わたしは立ち上がって大声で叫びましたわ。

『わたしはアン・クラウドよ！　キティ・ジョセリンなんかじゃない――絶対に違うわ！』

ちょうどそのとき照明が落ち、オーケストラがわたしの声を呑み込みました。ほかの桟敷席にいた方たちには、わたしが立ち上がっているのは見えても、叫んでいることまではわからなかったと思います。

エドガー伯父さんが言いました。『家に連れ帰ったほうがいいみたいだな』

わたしは疲れていた上にぶるぶると震えていました。桟敷席を出て車へと戻りました。ルイスとエドガー伯父さんが、看守のようにわたしを両脇から支えていました。エドガー伯父さんが帰るとき、ローダ伯母さんが言っていました。『もちろん、こんなことはご内密にお願いしますよ』伯父さんは憤然として答えましたわ。『当たり前だ！』

そのときに気づいたんです。わたしには頼れる人が一人もいない。どうにかして、自分でこの屋敷から脱出する方法を考えなければと。

キティのバスルームについている錠は旧式のものでした。きっと、ジョセリンお祖父様の時代のものなのでしょうね。鍵は錠に差し込まれたままでした。ヴィクトーリンの目を盗んで、その鍵を部屋着のポケットに滑り込ませておきました――そう、キティの部屋着です。その夜、ヴィクトーリンがバスルームに入った隙に、さっとドアを閉めて鍵をかけ、彼女を中に閉じ込めました。彼女は叫び立て、ドアをどんどんと叩いていましたけれど、外に聞こえるはずはありません。壁が古くて厚い上に、寝室と居間がバスルームをホールから隔てていましたから。

次の課題は、ホールに出るドアの錠をなんとかすること。鍵は、ヴィクトーリンと一緒にバスルームの中でしたから。可能な方法はただ一つでした――錠をこじ開けること。そんなことはしたこともありませんが、時間なら一晩中ありますし、それしか方法がないんです。方法が一つしかないときには、どんなことをしてでも、それでやりとおすしかありません。眉用の毛抜きを二つ、裁縫用のハサミを一つ、ヘアカーラーから外した針金を三本、だめにしました。でも、以前、新聞で読んだ話をふと思い出したんです。ギャングによって水も漏らさぬような密室に閉じ込められた男が、十セント硬貨を使って窒息寸前に脱出したという話。硬貨は持っていませんでしたが、キティの鏡台で爪やすりを見つけました。片側がちょうど十セント硬貨と同じくらいの大きさと厚みです。それを使い、朝の五時までかかってなんとかドアをこじ開けました。

自分の服は一枚もありませんでしたから、キティの服を着なければなりませんでした。箪笥《たんす》の引き出しから手袋を取り出したとき、いなくなった日の朝、彼女が持ち歩いていたハンドバッグがあるのに気がつきました。開けてみると、小銭が少し残っています。わたしが持っていたなけなしの数ドルは、部屋の中の持ち物と一緒に消えていました。だから、そのお金を拝借することには、なんの躊躇《ためら》いも感じませんでしたわ。そうしてカイ・ランを抱き上げると、階段を下りていったんです。正面玄関のドアは夜間の戸締まりで鍵がかけられ、一階の窓もみな、泥棒除けの閂《かんぬき》が下ろされていました。無駄にする時間はありません――もうすでに六時近かったのです。使用人たちがわたしをキティだと思い込んでいる可能性に賭けることにしました。わたしは堂々とキッチンに入っていったのです。まだ早い時間だったので、メイドが一人いるだけでした。そこでカイ・ランが役に立ってくれました。『お散歩に連れていきたいんだけれど』できるだけもっともらしく聞こえるように言いました。メイドは正面玄関の鍵を取りにいこうとしましたが、『いいのよ』と引き止めて、勝手口から出てきたんです。

まずはレストランに入って、コーヒーと新聞を頼みましたわ。その新聞で、ソーベル地方検事のインタヴュー記事を見つけたのです。『強請《ゆす》りは過去のものだ』とおっしゃっていたインタヴューです。警察本部長のジェネラル・アーチャーさんのお名前も出ていました。そのとき、その方の姪御さんが舞踏会にいらしていて、少しばかりお話したことを思い出したんです。それに勇気づけられて、わたしはまっすぐ警察本部に向かいました。ハンドバッグの中にキティの名刺がいくらか残っていましたので、その名刺を部長さんにお渡ししました――そういうことですわ」

最初に沈黙を破ったのはベイジルだった。

「一つだけお伺いしたいことがあります」彼は静かに切り出した。「従姉妹さんは普段、どのくらいの量のスヴェルティスを呑まれていたのですか？」

「スヴェルティス？」若い女は目を見張っている。「あの減量剤ですか？　キティは、あんなものは呑んでいませんでしたよ。減量なんて、彼女には絶対に必要ありませんもの！　彼女はいつでもほっそりしていて……」

やがて、女の大きな灰色の目に理解の色が広がった。

「ああ、あの広告のことですね？　彼女がスヴェルティスを推奨しているという」

「ええ……ちょっとひっかかっていたものですから」かすかな皮肉っぽさをこめて、ベイジルは認めた。女は笑っている。「どうという意味もありませんわ。スヴェルティスの会社の人が、雑誌か新聞でキティの写真を見たのでしょう。彼女がとてもスリムなので、自分たちの広告にぴったりだと思った。すべて、広告代理店が処理していました。キティは一回の広告につき五百ドルから千ドルを受け取っていたはずです。一度は二千ドル受け取ったこともあると思います。でも、彼女は自分が勧めるものの半分も自分で使うことはないし、スヴェルティスについては一度も試したことはないと思いますよ。太ろうとして、食事のたびにミルクを飲んでいたくらいですから……」

第7章　薬についての詳細

ベイジルが地方検事事務所に戻ってきたのは、その日の午後遅くだった。窓の向こうに、灰色の冬空が低く垂れ込めている。部屋の中では、デスクランプが灯っていた。地下室よりもまだ陰鬱な空気が漂っている。

ソーベルがメモ帳の上で鉛筆を浮かせた。

「なあ、ウィリング、きみの専門だろう？　二重人格？　記憶喪失？　それとも単にいかれているだけかね？」

ベイジルが微笑む。「ミス・クラウドなら監督下において、精神状態に関する詳細な報告書をあなたに提出すべく準備しているところですよ」

「現時点での判断としては？」

「あなたやわたし同様、彼女も正常だということです」

「まさか」ソーベルは鉛筆を投げ出した。

「残念ですがね、地方検事」ベイジルがぼそぼそと言う。「神経衰弱やヒステリーのほうが好都合なのは、わたしにも十分理解できますが」

ソーベルにも笑ってみせるだけのたしなみはあった。「わたしは別に、あの娘の頭がいかれているほうがいいと言っているわけでは――」

「そんな可能性はありませんね」

「──しかし、そうじゃないなら、こんなおかしな事件はないじゃないか。あんな妄想を抱いていて、ほかの点では完全に正常だなんて、そんなことはありえないだろう?」

「妄想って?」

「キティ・ジョセリンでしかありえないのに、自分がアン・クラウドだと思っていることさ。社交界の女性というのは、しばしば精神的に不安定になるものだからね。たとえば、ほら──」ソーベルはタイプ打ちの原稿をぱらぱらとめくりはじめた。「彼女の証言にもある。『わたしがキティ・ジョセリンで屋敷を出ていったのがアン・クラウドだと、すべての使用人が信じていました』われわれが普通の人間から得る証言とは、まったく性質が違うものじゃないか? 『ナポレオン・ボナパルトであるわたしをジョン・スミスだと、すべての使用人が信じていました』と言っているようなものだ」

ベイジルは煙草に火をつけると椅子に背を預け、ふわりと立ち昇った煙を通してソーベルを見つめた。

「じゃあ、雪の中から発見されたのはだれの死体なんです? それに、どういう理由で死んだのでしょう?」

ソーベルが眉をひそめても、ベイジルは先を続けた。

「アン・クラウドは、雪の中から発見された死体が温かかったことは知らないはずです。警察がまだ新聞社には伏せていますからね。それなのに、キティの病気に関して、高熱と発汗について長々と説明していました。偶然でしょうか?」

「ふむ。その死体がキティ・ジョセリンだと知っているんじゃないのか?」

「それだけではありませんよ。死体が身につけていた衣服についても、自分のもののような言い方をしていたじゃありませんか。クリーニング店のタグがなかったのは、マントンに住んでいたときには自分の手で洗っていたから。ジョセリン邸に移ってからは、ローダが雇っている洗濯女が、彼女の衣服を洗っていたからです。一般のクリーニング店に回されることは決してなかった。それに、犬の件もあるし」

「探偵小説みたいな話はやめてくれよ！　犬に宣誓なんかさせられないだろう――警察犬でも無理なのに、ペキニーズなんかなおさらだ」

「ええ、もちろんそうでしょうね」ベイジルが認める。「まずは、あれがキティの犬だということを証明しなければなりませんが、それも難しいでしょう。だけど、ここに連れてきた娘の犬でないことだけは確かです。彼女の命令にはなに一つ従いませんでしたからね。それに――たぶん、こんな状況だからでしょうが――くんくん鳴きながらドアを見つめていましたし」

「わかった、きみの言うとおりだ」ソーベルは電話機に手を伸ばした。「本部長とフォイル警視に、もう一度ここに来てもらってくれ」

地方検事が受話器を戻すとベイジルが言った。

「アン・クラウドがどうなっていたかを考えると恐ろしいですよ。もし、死体が発見されていなかったら」

「彼女はいまどこにいるんだ？」

「病院に。でも、解放して、書店を経営する友だちのところに滞在させたほうがいいでしょう。精神科の病院というのは、正常な人間にとってはこの上なく居心地の悪いところですから」

「またしても、彼女は正常だという前提か！」

「深刻な心の病の場合、単純にわかる外的サインが四つあるんです」ベイジルが応じる。「興奮、塞ぎ込み、衰弱、混乱。彼女と話したとき、その一つでも兆候がありましたか？」

「い、いいや――しかし――」

「神経学的には、まったく健康な状態です――反射作用も反応も正常ですし、協調性も認識力も完璧、神経症的な症状も見られません。平均的な自由連想時間は一・四五七秒――ユングが教育を受けた女性たちに行なった実験結果よりも優秀なくらいです。彼女がした話についても、本人に十分確認しましたが、答えはすべて理路整然としています。専門的な心理テストも、あなたから得られる結果より上々なんじゃないでしょうかね」

「それはどうも！」ソーベルが言い返す。「それでもしわたしが、非常に魅力的な娘でもあれば――」タイミングよく社内電話のベルが鳴り、本部長とフォイル警視の到着を告げた。

「ウィリングはあの娘が正常だと言うんだ」ソーベルは非難めいた声を出した。「つまり、彼女の話はおそらく本当だろうと」

アーチャーがどさりと腰を下ろす。「まさか。とても信じられないような話じゃないか」

「いいえ、アーチャー。大いに信じられる話だと思いますよ」ベイジルは革張りの椅子の肘掛けに座っていた。「策略的な継母にいまにも死にそうな舞踏会の主役、そして、その娘になりすました現代版シンデレラ――〝死の舞踏（死神が人々を墓場に導く絵。中世芸術にしばしば見られる主題で人生の無常を象徴する）〟を踊るシンデレラだ――なにもかも辻褄が合う……」

「しかし、姪っ子のイゾベルもそこにいたんだ。主役の娘がキティ・ジョセリンじゃないなんて、夢にも思わなかったと言っているんだぞ」

フォイルが口を挟んだ。「でも本部長、それではなんの証明にもなりませんよ。人間を取り違えた事例なら、あちこちの警察にいくらでもあるじゃないですか。まったくの別人が目撃者の代役を務めたケース。わざとではなくても、無実の人間を犯人だと証言してしまったケース。一度も会ったことのない男の死体を、夫のものだと思い込んでしまったご婦人たち。理由はわかりませんが、そんなことがしょっちゅう起きているんですから」

「人を認識する能力というのは非常に不安定なものですからね」ベイジルが加勢する。「これは、心の病でも真っ先に確認することの一つなんです。しかし、正常な人間の場合でも、光とか距離とか親密性の度合いによって、その能力は信じられないほど変わってきます。平均的な健康人で、よく知っている相手を見分けられるのは五十ヤードから九十ヤードのあいだまでです――光の条件がいい場合で。舞踏会の客のおおかたは、出版物の写真でしかキティ・ジョセリンを知りませんでした。しかも、人工的な光のもとでみな、アンを見ていたのです。ジョセリンの屋敷で、キティ自身の継母からキティとして紹介されたのですよ。アンをキティだと思って見ていたはずです。キティだと信じていたわけですし、人には信じていることしか見えないものですからね。しかし、人を姿ではなく臭いで区別する犬は、そうそう簡単には騙されないでしょう」

「たいそうなご講義をありがとう」ソーベルがうなった。「キティ・ジョセリンの殺害事件に戻るとしようか――もし、あれが殺人ならばの話だが。こうした事実にもかかわらず、自殺や事故の可能性も否定できない」

「事故ではあるかもしれませんね」

「どうして?」

ベイジルは最大限の博識ぶりを装った。それがソーベルを苛立たせることを知っているからだ。「死亡する前の高熱、死体の驚くべき高温が、新しい発熱性《パイレティック》の薬を示唆していますから」

「パイ――なんだって?」

「熱を上げる薬です。痩身剤の成分としてよく使われるものですが」

ソーベルは仰天している。「これはなんと!」

「非常におもしろいですよね。アン・クラウドの話が本当なら、キティはスヴェルティスはおろか、いかなる痩身剤も使わないはずなんですから」

「どうしてもっと早く教えてくれなかったんだ?」

「まずはランバートに確かめてもらいたかったんですよ。それに——」ベイジルがにっと笑った。「探偵のまねごとはやめろとも言われていましたから」

「自殺だったことを望むとしよう」ソーベルがつぶやく。

「それなら、どうして彼女はアンの服を着て屋敷を出ていったりしたんでしょう?」

「殺人のはずがない!」ジェネラル・アーチャーが大声をあげた。

「どうしてです?」

「どうしてって——そのう、つまりだ! わたしが所属しているクラブにエドガー・ジョセリンも所属しているからだ!」

「残念ながら、それでは証拠になりませんね」とソーベル。

「だが、こんなことはあまりに——ばかげているじゃないか! だれが、お披露目パーティの当日に、その主役を殺そうなんて思うんだ?」

「新聞に載る彼女の写真を見飽きた人間がいたのかもしれませんね」

「もっと真面目になってもらえんかね、ウィリング!」そう言ってソーベルはアーチャーに向き直った。

「この事件はだれに担当させます?」

「きみがやるかね、フォイル?」アーチャーが尋ねた。「わたしとしては、きみから直接報告をもらえるとありがたいんだが」

「ええ、やりますとも」フォイルが答える。「補佐役をおつけになりますか、地方検事?」

ソーベルは机の上で鉛筆を転がしていた。〝上流社会での不評〟と世間での知名度アップの可能性を天秤にかけているのがベイジルにもわかった。

しばらくすると、その顔にいつもの笑みが広がった。

「いいや。せっかくの評判をだれかと分かち合う気なんてさらさらないよ、フォイル。こんな事件を解決すれば、どれだけの人間の気分を害そうが、有名になれること間違いなしだ。まずはキティの継母に会うことからだな――ローダ・ジョセリン。通常どおりここに来てもらうこともできるが、これだけ奇妙な状況だ。警戒心を持たれないようにしたほうがいいだろう。できるだけ早くジョセリン邸に押しかけるのはどうかな――今日の夜にでも？」

「わたしは遠慮する！」ジェネラル・アーチャーが叫んだ。「一芝居打つのなんてご免こうむる！」

「わたしは行くぞ」ソーベルの笑みは厚かましいほどだった。「今回は完璧な口実があるからな。表向きには、ミセス・ジョセリンに報告をしにいくだけじゃないか。死体が義理の娘さんのものだと確認されたとね。ウィリング、もし時間があるなら、きみも一緒に行ってもらいたい。ミセス・ジョセリンが、アン・クラウドは気が変なのだと言って、一杯食らわせようとするかもしれんからな。われわれに説明したことを、彼女にも納得させてもらわねばならん」

「それは楽しみですね」ベイジルは思わず口にしていた。「この事件は、高度なチェスのゲームのようにわたしを惹きつけますから」

「結構。まずはコーヒーとサンドウィッチでも注文して、それから出かけるとしよう。いつ夕食にありつけるか、わからんからな」

ジェネラル・アーチャーが帰ってしまうと、やっと残りの三人もくつろげた。ソーベルの机をテーブル代わりに使い、新聞紙をテーブルクロスのように広げる。もうすでに日が暮れかかっていた――ベイジルが一番好きな時間だ。大都会に街灯が灯ると、いつでも、大きな劇場のフットランプが一斉についたような錯覚に襲われる。

「サンドウィッチをもう少しどうだね、先生？」

「いいや、結構」

フォイルがパン屑を新聞紙に集めはじめた。その視線が金融面に落ちる。

「どう思う？　アメリカンシェルの株価がまた上がっている。十五セントも」

「石油の株か？」ベイジルが尋ねる。

「いいや。軍需品だ」

第8章　偽りの証言

ジョセリン邸はすでに崩れ落ち、いまではその場所に天を突くような高層マンションが建っている。しかし当時は、セントラルパークに面するフィフス・アヴェニューの東六十丁目の角に、その屋敷は建っていた。灰色の石が積まれた大きな家。ヨーロッパの古い貴族の館ほどもありそうだった――ホテル・ド・ギーズ、デヴォンシア・ハウス。アーチ形の天井の下に急な階段が内側のドアまで続いている。外側のドアは錬鉄《れんてつ》製の格子がはまったガラス戸で、階段室の照明に内側から照らされて、繊細な黒いレースのように浮かび上がっていた。

フォイルが呼び鈴を鳴らす。しばらくすると、使用人が階段を下りてきてガラス戸を開けた。

「ミセス・ジョセリンの娘さんについて、重大なお知らせがあって参りました」ソーベルがきびきびと告げる。「至急、ミセス・ジョセリンご本人にお会いしたいのですが」

「失礼ですがお名前は、お客様？」

「モーリス・ソーベル、地方検事です。こちらは警察本部のフォイル警視。それにウィリング博士です」

「わかりました。どうぞこちらへ」

一行はアーチの下の階段を昇り、二つ目のドアを抜けて薄暗いホールに入った。

「ここで待つんだ、ケイシー」フォイルは同行していた警官の一人に声をかけた。「ダフ、きみは一緒に来てくれ」速記者にはそう命じる。

さらに階段があり、その奥には廊下が延々と続いているようだ。大きな家の中心では、外を行き交う車の音も届かない。別の使用人が現われる。体形は英国の執事のように丸々とはしていないが、立居振舞は英国人そのものだ。

「こちらへどうぞ、みな様……」

エレベーターで二階に上がり、応接間に通される。古風でしっとりとした色合いの緑が、窓にかかった年代もののブロケード（朱子地に様々なデザインを浮織りにした紋織物）や、ルイ十六世時代風の椅子に張られた布地の上できらめいていた。黄味がかった大理石を張った暖炉の中では薪の火が踊り、ぱちぱちと音をたてている。

執事がじっとベイジルを見つめていた。

「わたしのことは覚えていらっしゃらないようですね、先生」

「きみのことを？」ベイジルは探るような目で相手を見つめた。男は、よく訓練された執事にはあるまじき顔で笑っている。不意に、目の前の灰色の髪やきっちりとした黒い上着、縦縞《たてじま》のズボンが溶けだしたかのように見えた。代わりに現われたのは、茶色い髪と汚れたカーキの軍服だ。

「もちろん覚えているとも！　アメリカの参戦前、ネトリィ（英国、ハンプシャー州南岸。サウサンプトン市近郊の村）にいたときのことだ。ええと――名前はアーサー・グレッグ、近衛歩兵第四連隊にいたんだったね。不眠症と無言症を併発した戦争神経症だった、違うかね？」

「そのとおりです。いまではよく眠れますし、顰蹙《ひんしゅく》を買うほどのおしゃべりですけどね」

「それはよかった。きみは運がよかったんだ」

「いい医者に恵まれましたから」グレッグが巧みに言い返す。「しかし、こんなふうにお客様をお待たせしてはいけませんね」男は不意に執事に戻っていた。

「それで」ドアが閉まるとソーベルが大声をあげた。「あの男はこの件とどういう関係があるんだ？　もし、その戦争神経症とやらが――」

「いまはもう全快していますよ」ベイジルが答える。「彼は、爆発のあとの土砂崩れに巻き込まれてしまったんです。危機一髪というところで助け出されましたが、その後、話すことも眠ることもできなくなって。単なるショック症状ですよ。ネトリィで三ヵ月も過ごすうちによくなりました。いいやつですよ。あの男の証言なら信用できるでしょう」

「まあ、戦争神経症患者が確かな証人とは言い難いがね」ソーベルはぶつぶつとつぶやいていた。

部屋の中を歩き回っていたフォイルが、両びらきのドアの前で立ち止まるとそれを開けた。奥には、磨き上げられた寄木の床が細長く広がっている。窓からカーテン越しに射し込んでくる街の明かりで、ガラスのシャンデリアがちらちらと輝いていた。

「舞踏室だ！　舞踏会はここでひらかれたんだ」フォイルが振り向く。「カクテル・パーティもここでやったんだろうか？」

ベイジルが微笑む。「ひどい思い違いをしているのでなければ、暖炉の上にかかっているのがムリリョの絵だ」

フォイルとソーベルが首を上げ、ムリリョが好んで描いた陰鬱で幼げな聖母像を見つめた。二人がなにも言えないでいるうちに、一組の男女が部屋に入ってきた。

「ミスター・ソーベル？　フォイル警視？　はじめまして……。わたしがローダ・ジョセリンです。こちらはわが家の古くからのお友だちで――ミスター・パスクーレイですわ」

低く甘い声だった。アン・クラウドが〝恐ろしく甘ったるい〟と言ったのはこれだったのかと、ベイジルは即座に納得した。

「どうぞおかけください」落ち着いた調子でローダは続けた。「うちの娘《こ》に関するお知らせというのを聞かせていただけますか？　死ぬほど心配していたものですから」

ローダは青いブロケード地の部屋着を着ていた。息を呑むほど深いピーコック・ブルーが、彼女に気品を与えている。ちりちりとした茶色の髪には灰色のものが交じりはじめていたが、横顔にはまだ美しさの名残があった。しかしそれも、彼女がこちらに顔を向けるまでのこと――ぞっとするような口元が露わになった。唇が、輪郭もわからなくなるほどぎゅっと引き結ばれていたのだ。

パスクーレイは、エアコンが効いた応接間のためにアルカディア（古代ギリシアの奥地にあった桃源郷）を捨てた、中年のファウヌス（ローマ神話の林野・牧畜の神。ヤギの耳、角、尾を持つ半人半獣）といった容貌だった。その途中で虚飾を身につけ太鼓腹を育んできたのだろう。ローダに対する態度は、恋愛時代の献身と家庭生活の欺瞞とを混ぜ合わせたような感じだ。

しかし、ベイジルの医者としての目は、不自然なほどの青白さや重たげな白い手の震え、瞼のたるみを見逃しはしなかった。彼はしっかりと心に留めておいた。モルヒネ中毒者。

「どうなんですの？」椅子の肘掛けを握り締め、身を乗り出しながら歌うような声でローダが問う。若者のような適応力だ。

ソーベルが深々と息を吸い込んだ。「ミセス・ジョセリン、ショックに対する心構えをなさってください……」そっけない言い方だった。「どうやら、娘さんは亡くなられたようなのです」

衝撃。白粉で覆われた褐色の頬に、斑《まだら》模様が浮き上がった。長く細い指が、ピーコック・ブルーのドレスの襞を引っ張っている。

「きっと、なにかの間違いですわ、ミスター・ソーベル」

「そうは思えないのです、ミセス・ジョセリン。問題の娘さんは四日前に亡くなり、市の死体仮置場に安置されています」

ローダが首を振った。「お間違えになっているんですわ。でもそれも仕方のないことですね。義理の娘のキティ・ジョセリンには従姉妹が一人おりました。アン・ジョセリン・クラウド。キティにとてもよく似ています。わたしはその娘《こ》を数ヵ月前に秘書として雇ったんです。でも、この前の火曜の夜に出ていってしまって——それも突然。子どもじみた口論があって、アンはカリフォルニアに行くといって飛び出してしまったんです。トランクはあとから送ることになっていました。だからそうしてやりましたが、その後、彼女からはなんの連絡もありませんでした。もちろん、わたしたちは、あの娘《こ》がまだ怒っているのだろうと思っていたのです。彼女の身になにかあったなんて、思ってもみませんでした。あの娘《こ》の私生活については、だれもなにも知らなくて……。かわいそうな娘《こ》！　発見されたのは彼女の死体なんですわ」

声は冷静だったが、ローダは挑むような目を向けてきた。

「どなたの証言で、あなたがたはその死体が娘のものだと判断なさったのですか?」

ソーベルはちゃんと答えを用意していた。「今朝ほど、若い娘さんがわたしの事務所を訪ねてきて、ある証言をなさったのです」彼は忍耐強く説明を試みた。「そのお嬢さんはアン・ジョセリン・クラウドだと名乗りました。従姉妹のキティ・ジョセリンが五日前に病気になり、舞踏会でその代役を務めるようあなたに説得されたと話しています——一種のおふざけとして」

ローダが眉を上げた。「なんてばかげた話！　わたしは、そんなことなどいっさいいたしておりません！」

「そのお嬢さんは、舞踏会のあと再びキティに会うことはなかったと話しています。そして、彼女自身が、このお屋敷に閉じ込められたのだと——」

「ミスター・ソーベル、あなたはきっと、ご自分のおっしゃっていることがわかっていらっしゃらないのですわ。わたしなら、あなたのお話をひと言でまとめることができます。アン・クラウドだと言って今朝あなたとお話したのは、キティ・ジョセリンだということです。ルイス——」ローダは物憂げに片手を上げた。「――この恐ろしい状況をこの方たちに説明して差し上げて」

パスクーレイが一行に顔を向けた。

「家族のスキャンダルが外部に漏れるのは残念なことです」男の声は憤然としているように聞こえる。「しかし、こうなっては仕方がないでしょう。ミセス・ジョセリンの義理の娘さんは、いつでも向こう見ずなところがありました――軽はずみというか。単純に言えば、心の病です」

ローダが話を引き継いだ。「いまどきの若い人たちがどんなふうかは、あなたにもおわかりでしょう、ミスター・ソーベル？　あの浪費の仕方ときたら――煙草だ、カクテルだ、その上夜遅くまで……。止めることなど不可能ですわ。そんな子たちが、いともたやすく精神的にだめになってしまうのは当然なんです。それにキティは、小さな頃から空想好きで――とても内向的な娘《こ》だったんです。いつでも空想上の遊び友だちがいて、長々とおしゃべりをしていましたわ……ここ数ヵ月は、従姉妹のアンが大のお気に入りでした。だから、自分のお披露目パーティの夜に突然出ていかれたのが、ひどくショックだったのでしょう。それで、こんな妄想を作り上げてしまったんですわ。自分がアンで、いなくなったのがキティだなんて！　精神科医を訪ねるのを躊躇った理由は、ご理解いただけると思います。キティが一日、二日でよくなってくれればと期待していたんです。あの娘《こ》が――精神的に不安定だなんて、だれにも――たとえお医者様にだって――知られたくはありませんでしたから。家の者みなにとって、この数日は悪夢のようでした。一時《いっとき》たりともあの娘《こ》を一人にはしておけないのですから。メイドのヴィクトーリンが毎晩、キティの寝室に続く居間で眠っていました。でもあの娘《こ》はヴィクトーリンをバスルームに閉じ込めると、今朝早くに家を抜け出してしまったんです。ほかの者はまだ眠っている時間でした。みな一日中、気が違いそうな思いで過ごしてきたんです。できれば、警察になど連絡したくはありませんでした。スキャンダルや不愉快な評判は避けたいですからね。どうやらあなたのお話ですと、頭の混乱したあのかわいそうな娘《こ》は本当にあなたたちをお訪ねして、自分はアンで、キティはいなくなったのだなどとお話ししたようですね」ローダはため息をついた。「わたしの落ち度ですわ。いまになってわかりました。すぐに精神科のお医者様を呼ぶべきだったんです」

耳障りのいい、なめらかな話し声がやんだ。ローダが優雅なしぐさで椅子に身を沈める。部屋の豪華な内装が、彼女に威厳のようなものを与えていた。ソーベルもフォイルもいくぶん圧倒されたような状態だった。地方検事がベイジルにもの問いたげな目を向ける――「とんでもないいたちごっこに巻き込んでくれたものだな?」

やがて、ローダがまた大袈裟に話しはじめた。

「でもひょっとしたら、まだ間に合うのかもしれないわ……」そうつぶやきながら、彼女はひたとベイジルを見据えた。「先生は『時間と知性』をお書きになったウィリング博士でいらっしゃいますよね？先生にキティをお引き受けいただくことはできませんかしら?」大きく見ひらかれた茶色の目がきらきらと輝いている。「もちろん、報酬はお出ししますわ。いくらでもご用意しますとも――もしキティがまた……おわかりいただけますかしら?」

「ミセス・ジョセリン」ベイジルは静かに話しだした。「精神科医をしていて本当にがっかりすることがありますよ。心優しいはずのご家族が、いかに頻繁に自分の身内が正常でないことを望むものか、思い知らされることがありましてね」

ローダの目が光った。しかしベイジルは彼女が口を挟む前に先を続けた。

「今日の午後、アン・クラウドだと名乗る女性に一連の心理テストと神経系のテストを行ないました。しかし、心のバランスを崩している兆候や神経を病んでいる症状は一つも見られません。ということは、彼女の証言を単なる〝妄想〟として簡単に片づけてしまうことはできないということです。あなたは、彼女がキティ・ジョセリンであってアン・クラウドではないという明確な証拠を提示しなければならなくなりますよ——もし、できればの話ですが」

ローダの赤く彩られた唇がひらいたが、言葉は出てこなかった。やがて、彼女の身体がずるずると床に滑り落ちはじめる。どうやら気を失ったらしい。

「なんてひどいことをおっしゃるんですか！」叫び声をあげたパスクーレイの顔も、チョークのように白い。

ベイジルは、職業上の冷静な目でローダを観察していた。素人が——男でも女でもそうだが——医者を前にして失神のふりを装えると思うなんて、なんとおかしなことだろう。しかし前にも同じような経験をしていたベイジルには、現代女性の弱点がわかっていた。

「水を用意してください」パスクーレイに言う。「頭にかけるんです。フィンガー・ウェーブのことなんて気にしないで」

ローダは目を開けるとうめき声を漏らした。

「とても気が高ぶっているんです、ドクター・ウィリング」なかば諦めたように、彼女は説明を始めた。「ほんの少しのことでも動揺してしまうのに、こんなショッキングなお話には耐えられませんわ。心臓が——」そう言って左胸に手を押し当てる——「あまり強くないものですから」

肘掛け椅子に座り直すローダにいそいそと手を貸すパスクーレイは、ほかの男たちを遠回しに非難しているようにも見えた。背中のうしろに小さなクッションをあてがい、青いサンダルの下には足台まで置いてやっている。

ソーベルの疑いが再び燻《くすぶ》りはじめていた。彼はローダにひたと視線を据えている。片方の手を背中のうしろで握り、もう一方の手を前に伸ばして——法廷でのお気に入りのポーズだ。声にも、被告側の証人に質問をするときの鋭さが加わっている。

「あなたがお話を再開する前に、ミセス・ジョセリン、もう一つだけはっきりお伝えしておかなければならないことがあります。キティ・ジョセリンと判明した死体ですが、自然死ではありませんでした」

「ああ、なんてことだ！」

パスクーレイだった。ソーベルはぎょっとして顔を向けた。ベイジルは彼らしくもなく、モルヒネ中毒者の症状のことを忘れていた。

パスクーレイは両手に顔を埋《うず》めてすすり泣いている。

「こちらの方々はみな精神不安定のようですな」フォイル警視がうんざりとした調子でつぶやいた。

「ルイス！　しっかりなさい！」

ローダの態度は豹変し、まるで別人が部屋に入ってきたかのようだった。物憂げな様子やどっしり構えた落ち着き、かすかに残っていた若々しい魅力も消え去った。代わりに現われたのは、厳しい顔つきをした老練な女。声さえも変わっている。耳障りのいい話し方がかりかりとした鋭い口調になっていた。

「ルイス！」

パスクーレイは大きな白いゼリーのように震えていた。すすり泣きは止まっていたが、顔は依然両手に埋めたままだ。

ローダがソーベルに向き直る。

「自然死でないのなら、なんだとおっしゃるんです――事故ですか？」

「死体が発見された状況では殺害されたのだと思われます」

パスクーレイが涙に濡れた顔を上げた。いまや白い顔は緑がかっている。

「殺人ですって！」悲鳴があがる。「信じられない！」

ローダが嘲《あざけ》るような目で相手を見つめた。

「そんなに怯えないで」静かな声で彼女は諭す。「キティを殺したいと思う人間なんて、いるはずがありませんわ。十八歳でしかなかったんですよ。この世に敵なんておりませんもの。発見されたのが毒殺死体とでもいうなら、アン・クラウドのほうがよほどありえますわ」

しかしパスクーレイは聞いてなどいなかった。

「ぼくはなにも知りません！」そう叫びたてている。「無関係なんだ！　なにもしていない！」

気持ちの弱いほうの人間を見分ける検事の勘で、ソーベルはパスクーレイを攻撃しつづけた。

「ご自分の無実を証明するには、本当のことをすっかり話してしまうのが一番いい方法なのですよ。この事件についてご存じのことを、あなたやミセス・ジョセリンが隠していたとなれば、殺人事件における事後従犯人（犯人をかくまったりした者）になってしまいますからね。あなたご自身が殺人犯として疑われる可能性もありますし……」

「そんな」パスクーレイは必死に訴えはじめた。「どうするつもりなんです？　キティが死ねば、ぼくたちのどちらにとっても身の破滅だというのがわからないんですか？　だからあなたは──」

「ルイス！」ローダの目は怒りで燃えていたが、声はまだ冷静だった。「あなたに同席してもらったのは助言してもらうためで──裏切ってもらうためではないわ！」

「だから、助言しているんじゃないですか、ローダ」まるで二人だけで話しているような様子だった。

「遅かれ早かれ、警察がみんな嗅ぎつけるんです。やつらはいつだってそうなんですから」男の顔は引きつっている。「お願いですから、いまここで本当のことを話してください。そうすれば、無実だって信じてもらえますから。これは殺人事件で、いまがぼくらにとっては最後のチャンスなんですよ。闘ったってむだなんです。破滅させられるだけなんだ！」男の声が高まり、ひび割れる。「わからないんですか？

破滅ですよ！　あなたにはそんな経験がないから――」

「ルイス！」

男は震えながら椅子に沈み込んだ。「もし、あなたが話さないというなら――ぼくが話します。ぼ、ぼくは――あなたのために電気椅子にかけられる危険なんか冒したくありませんからね」肩をすくめて、「留め金に縛りつけられてのたうつことになるそうじゃないですか――数分間は」

「反射作用ですけどね」ベイジルがつぶやく。

「医者たちはみなそう言いますよ。でも、実際には、あなただって知らないわけでしょう？　電気椅子にかけられたことなんてないんだから」男は甲高く笑った。「真っ黒焦げだ――身体中。肉の焼ける臭い。おお、嫌だ！　考えてみれば、みんなあなたのせいじゃないですか！」

パスクーレイはローダに向き直ったが、女の目を見て一瞬のうちに黙り込んだ。

やがて、ぶつぶつとつぶやきだす。「そんなふうに見なくてもいいですよ。あなたは――冷たい女性《ひと》だから、ローダ。自分で産んだ子猫を食べてしまう母猫みたいに……」

男は不意に口を開けると、恐怖に取りつかれたような目で女を見つめた。

「まさか！」ひび割れた声で男が囁く。「あなたが――キティに毒を盛ったんじゃないでしょうね？　あなたはいつだって彼女を憎んでいた」

第9章　ありふれた風景

「少し落ち着いたらどうなの、ルイス?」ローダの声は冷ややかだった。

それからソーベルに向き直る。

「では、キティが殺されたのかもしれないというなら、事態はまったく変わってきます」

「キティが死んでいるということはお認めになるのですな?」ソーベルが尋ねた。

「わたしにはわかりませんわ。娘たちが二人とも家を出ていった。明らかにそのうちの一人が死んでいる。どちらが死んだのかは、わたしにはわかりません。でも、最初に出ていったのがキティで、舞踏会でその代役を務めるようアンを説得したのがわたしであることは認めます。そうしなければならない理由がわたしにはあったのです。もし彼女たちがこの件に関係しているというのなら、わたしがお話しします」

「それが一番賢い方法でしょうな」ソーベルが答えた。「もし弁護士をお呼びになりたければ……?」

「いいえ」ローダがパスクーレイに目を向けると、男は縮み上がった。「お話ししてしまえば、馬が盗まれたあとで馬小屋に鍵をかけたようなものだと言われるでしょうね。隠さねばならないことなどなにもありません。キティが死んでしまったのなら、わたしが生きる目的など……」

フォイル警視が会話の進行役を担った。

「用意はいいか、ダフ?」

「大丈夫ですよ、ボス」警察の速記者がはめ込み細工の机につき、ノートを取り出すと万年筆のキャップを外した。記録天使（人間の行ないの善悪を書き留める天使）のように無表情な顔だ。

「よろしいですよ、ミセス・ジョセリン」ソーベルが言う。「第一に、舞踏会でアン・クラウドにキティの代役を務めさせた理由をお聞かせ願えますか？」

ローダは躊躇っている。パスクーレイがすすり上げる音以外はなにも聞こえない。やがて彼女は肩をすくめると、単調な声で話しはじめた。個人的な秘密を打ち明けているというよりは、まったくの他人の話でもしているように。

自分の秘密を明かすことに被虐的な喜びを感じているのだろうとベイジルは思った。彼女は何年もある役割を演じてきた。いま、その芝居が終わろうとしている。ついに彼女は、告白をすることの喜びを存分に味わうことができるのだ。


「舞踏会でキティの代わりを演じるようにアンを説得していたときには、ちょっとしたジョーク——悪ふざけ——だと思い込ませようとしていたんです。アンのような娘を納得させるには、それが一番いい方法だと思いましたから。でも、わたしにとっては、生きるか死ぬかの大問題でした。わたしの全人生がキティの成功にかかっていたのですから」

「よくわかりませんな」ソーベルが口を挟む。

「まったく単純な話ですわ。わたしは無一文ですもの」

「無一文？」

ソーベルが息を呑む。ベイジルは、彼女が少し前に「いくらでも支払う」と言ったのを思い出して苦笑いをした。

「現金を得る必要もないのに、あんなにたくさんの広告にキティを出させていたとお思いなのですか？」

ローダは苦々しく言い放った。「あの娘《こ》のお小遣いや掛けの利かない経費を捻出するには、それしか方法がありませんでしたもの――使用人のお給料とかアメリカへの渡航費とかレストランでの食事代とか。それにもちろん、彼女の名前が一般に広まれば広まるほど、商売をなさっている方々への信用も増しますし。もしお金持ちになれないなら、次の手段は有名になることですわ。フランスの旧体制は、警句がそれなりの力を持つ独裁政治だったと言われています。いまのアメリカは、派手な宣伝が物を言う金権国家ですものね。わたしたちには、派手な宣伝を使うしかなかったんです――お金は消えてしまいましたから。この家も家具も抵当に入っています――飾られている絵でさえも。それが売れたとしても、借金を返してしまえばほとんどなにも残りませんわ。ジョセリン家に伝わる真珠もパリで売ってしまいました――こっそりと。舞踏会でアンがつけていたのは、養殖真珠で作られた本物そっくりの偽物です。高く見積もっても数千ドルにしかならない代物ですわ。

どうしてみなさん、そんなに驚いていらっしゃるのかしら？　母親や継母が愛する娘の社交界デビューになけなしのお金をつぎ込むというのは、なにも初めてお聞きになる話ではありませんでしょう？　すばらしい結婚を元手に、家の財政を立て直した話ならいくらでもありますもの。正直なところ、ほとんどの母親たちが、お披露目パーティは一種の先行投資か思惑買いであることを白状すると思いますわ。わたしはそれを、普通よりももっと大きなスケールでやっただけのこと――もっともわたしは、なんでも大がかりにやるほうですけれど……」

ローダは一息つくとテーブルの上にあった翡翠《ひすい》の小箱を開けた。なにも入っていない。

「ああ！　煙草入れもなくしてしまったし……」

ベイジルが自分のケースを差し出した。

「ありがとうございます……。夫のジェラルド・ジョセリンは生粋《きっすい》の商売人でした」彼女は先を続けた。

「亡くなったときには膨大なお金を残してくれたのですが、わたしはそれをあまりにも無分別に使ってしまったのです。それで、わずかな収入を得て暮らしていくか、残ったお金でやっていくかを決めなければなりませんでした。わたしは残ったお金で生活することに決めました。というよりも、それをキティにつぎ込むことにしたのです。ほんの小さな頃でも、あの娘《こ》は本当にきれいでしたもの。間違いなく結婚できる、それも恵まれた結婚をしてもらわねばと心に決めたのです。彼女が十一歳のときから、ただそれだけのためにお金のかかる教育を受けさせてきました。あの娘《こ》はいつでもなんとかやってきましたし、結婚したときにはわたしにもそれなりのことをしてくれるでしょう。それで、ルイスと結婚してパリで平和な老後を送ろうと計画していたのです」

「なるほど。この件に関するミスター・パスクーレイの利害はその点にあったわけだ」ソーベルがつぶやく。

ローダは検事のそんな言葉など無視した。「亡くなった夫の家族を避けて、ヨーロッパで暮らしていました。そんな人たちが周りにいたら、わたしの計画もうまくいかないかもしれませんから。でも、結局はキティをニューヨークに連れてくることにしたんです。こちらでは花嫁の持参金制度というものがありませんものね。先の春にパリで娘の服を作らせました。デザイナーや仕立て屋には、彼らの服を着たキティの写真をアメリカの雑誌に載せるからという条件で、値引きをしてもらったんです。そうした写真を見たデラックスという広告代理店が、新しいマニキュアの宣伝に協力してもらえたら一千ドル払うと言ってきました。こちらに来る船の上で知り合ったゴシップ記者のフィリップ・リーチも、自分のコラムでずいぶんキティのことを書いてくれましたわ。ほかにもあちらこちらからお褒めの言葉をいただいて、実際こちらに着く前にはもう、彼女は一種の名士のようになっていたんです。

だれもが、彼女のことを膨大な遺産を相続したお金持ちだと思っていました――キティ本人でさえも。

あの娘《こ》はアメリカ育ちのお嬢さんたちよりもお金のことには疎《うと》かったので、わたしがすべてを管理していました。父親があの娘《こ》のために始めた信託資金も、一九二九年の大恐慌で露と消えていたんです。実際には、従姉妹のアン・クラウドと変わらぬくらい貧乏でしたわ。二人とも、そんなことは知りませんでしたけれど。

ニューヨークに着くとすぐに、義理の兄であるエドガー・ジョセリンに会いにいきました。彼にも、こちらの財政状態については話していません。わたしはただ、キティにふさわしいお披露目パーティを準備するにはお金が足りないとだけ話したんです。彼はキティに一番近い親戚でしたし、自分に娘もいなかったので、パーティのために五万ドルを用意してくれることになりました。なんとか六万ドルにしてくれないかと頼みましたがだめでしたわ。わたしとしては七万五千ドルは欲しいと思っていたのに。去年のシーラ・バーンのパーティでも、お花代だけで三万ドルかかったんですよ。パーティ全体にしたらいくらかかることやら！

おそらくあなたたちにも、わかりはじめてきたことでしょうね。そのパーティの数時間前に、キティが病気になってしまったときのわたしの気持ちが……。

エドガー・ジョセリンは、五万ドルの小切手を渡してくれたわけではありませんでした。彼のもとに送られた請求書について、その額までは支払うという約束をしてくれただけなのです。キティが倒れたときには、食べ物も花もすべての生ものが届いていました。ミセス・ジョウィットはすでに自分の仕事のおかたを終え、準備期間がかなり短かったという理由で、通常の二倍の料金をわたしに約束させていました。オーケストラの指揮者は二人とも、その日のためにほかの約束をすべてキャンセルしていましたから、その分も余計に支払わなければなりません。舞踏会がその夜にひらかれようとひらかれまいと、エドガーはそうしたお金のすべてを支払わなくてはならなかったのです。もう一度舞踏会をひらく余裕などわたしにはありません。エドガーからはそれ以上出せないとはっきり言われていたんですから。信用だけで二度目の舞踏会を準備することも不可能でしょう。商売をなさっている方々は、すでに実情を疑いはじめていましたもの。

パーティの延期など考えられないことでした。キティとわたし自身の売り出し作戦のためにはどうしても必要なことだったのです。ナイトクラブで歌ったり、ドレスショップを経営したり、偽りの回想録を書いたりなどという気は、わたしにはかけらもありませんでしたから。そうしたことも過ぎてしまったことなら楽しいかもしれません。でも、自分の生活がかかっているとなれば、楽しいはずなどありませんものね。エドガーに事実を話せば、キティに対してならなにがしかのものを出してくれるかもしれません。でも、わたしにはなにもしてくれないでしょう――当然のことながら。あの人は離婚した奥さんの生活を支えてあげなくてはなりませんでしたし、亡くなった場合の遺産はすべて子どもたちで分配されることになっていましたから。

キティ同様わたし自身のためにも、あの娘《こ》の人生につまずきは許されなかったのです。脇道にそれることもなりませんでした。あの娘《こ》が病気だろうとなかろうと、すべてがスケジュールどおりに進められる必要がありました。だからこそわたしは、アンにあの娘《こ》の代役をさせようと思ったのです」

「かなり切羽詰まった計画ですな」ソーベルが言う。

ローダは首を回すと彼を見つめた。「切羽詰まっていたのはわたしのほうです……」

今度ばかりはソーベルもなにも言えなかった。

「もちろん、代役を立てているあいだにキティが死んでしまうとわかっていれば、こんな危険を冒したりはしませんでしたわ。でも、そんなに重症だとは思っていなかったんです。ヨーロッパでも同じようにマラリアを発病していましたし、いつもならほんの三日ほどで治まってしまうんです。アンが舞踏会でキティの代わりをしてくれれば、この窮地は乗り越えられると思っていました。二、三日もすればキティもよくなって、すべてが計画どおりに進みはじめるだろうと。あの娘《こ》はすでに、ニコラス・ダーニンの気も引きはじめていましたし……」

ローダは煙草をもみ消すと、もう一本いいかしらとベイジルに訊いた。

ローダ……なんとぴったりの名前なのだろう。相手に煙草ケースを差し出しながら、ベイジルは思っていた。たぶん、ギリシア語で〝バラ〟を意味する言葉。しかしいまの彼は、フランス語の動詞を思い出していた。獲物を狙ってうろつき回るという意味の〝ローデ〟という言葉を……。

「アンは舞踏会でわたしの期待以上にキティの役割を演じてくれましたわ」彼女は話を続けた。「女性の人格がドレスや外見でどれほど変わるかというのは、実に興味深いことですわね。午前三時に、ヴィクトーリンがわたしに会いたがっているとグレッグが報告してくるまでは、すべてうまくいっていたんです。緊急な異常事態だというのはすぐに察しがつきました。そうでなければ、彼女が舞踏会の最中にわたしの邪魔をすることなどありえませんもの。わたしの居間で待つようにとグレッグに伝言を頼んだのですが、彼女は廊下でわたしを待ち構えていました。魔女のような顔をしていましたわ。

『奥様！』ヴィクトーリンは叫びました。『キティお嬢様の具合を見に、たったいまアンお嬢様のお部屋に行ってきたところなんです――いなくなっていましたわ！』

二人で四階のアンの寝室に駆けていきました。ベッドカバーがめくれ上がっていました。椅子に夜着が投げ出されていたのですが、少しも汗で濡れていません。ということは、かなり前に出ていったということです。あの娘《こ》の病気は、それはもう大量の汗をかくものですから。『バスルームにはいないの？』そう訊くと、ヴィクトーリンは答えました。『いいえ、奥様。わたしはこの階も、下の階もくまなく探し回ったんです』

『アンの服がなくなっていないか調べて』

クローゼットの中を調べていたヴィクトーリンが叫びました。『黒いコートがなくなっています。あのコートのことなら、よく覚えていますわ。バザール・ド・ロテル・ド・ヴィルのコートです。キティお嬢様は、アンお嬢様の服を着て出ていかれたんだわ。こんなことが起こるなんて。信じられません！』

わたしだって信じられませんでした。キティはかなり具合が悪そうだったんです。あんな状態で出ていくなんて正気の沙汰《さた》ではありません。いまあの娘《こ》になにかあれば、これまでかけてきたお金がすべて無駄になってしまいます。映画を撮影している最中に主演女優が行方不明になってしまったようなものですわ。

わたしは腰を下ろし、なにがあったのか考えようとしました。最初に思い浮かんだのは誘拐でした。でもすぐに、そんなことはありえないと思いましたわ。誘拐なら、アンではなくてキティを連れ去ったはずですものね。お金を持っていそうなのはキティのほうですから。でも誘拐犯は、舞踏会でキティとして踊っているのがキティではないことも、アンの部屋で病気で寝ているのがアンではないことも知るはずがありません。だからもしその人物が夜間に忍び込んできたなら、アンをキティだと思って連れ去ったことになるんです。わたしとしては、キティは自分の意志でこの屋敷を出ていったのだという結論に達しました。でも、どうしてそんなことを？

わたしはアンの寝室に鍵をかけ、自分の居間に下りていきました。そして、ヴィクトーリンにルイスを探して連れてくるように頼んだのです。頼れる人間は彼しかいませんでしたから。待っているあいだ、舞踏室からの音楽がかすかに聞こえていました。それがなんだかとても気に障って……。

ルイスと一緒に戻ってきたヴィクトーリンがこんなことを言いだしました。家つきメイドのハーゲンが、十時過ぎに黒いコートに帽子をかぶって正面玄関から出ていく〝ミス・クラウド〟を見かけたと言っていると。ルイスにもヴィクトーリンにも、キティがアンの服を着て出ていく理由など思い当たりません。高熱と時間の遅さ、外の吹雪を考えれば、とても信じられない話ですから。ルイスが叫びましたわ。『気が違っている！』彼がもう一度ゆっくりと繰り返すあいだ、わたしたちはただお互いの顔を見つめ合うばかりでした。『気が違っている……ほかに考えられますか？』

二人とも、精神的にまいってしまった人たちのことを考えていました。突然家を出て、何日も一銭のお金も持たずにさ迷い歩いている人たちのことです。キティがいなくなった説明として、わたしたちに考えられるのはそれだけでした。あの娘《こ》はきっと、アンの服を着て夢遊病状態で出ていったのだと。

キティの空想癖と内向性についてはお話ししたとおりです。痩せすぎで、決して丈夫ではありませんでした。この家に移り住んで、パーティの準備をしていた数週間は、みなひどく慌《あわただ》しい毎日を送っていました。キティはその前にもパリで、ずっと衣装合わせを繰り返してきたのです。その緊張が、あの娘《こ》の神経をまいらせてしまった可能性は考えられますわ。ひょっとしたら、あの夜倒れてしまったのも、身体よりは精神的な原因が大きかったのかもしれません。

このときになって初めて、世間に名を知られていることが、どういう形で跳ね返ってくるものかにも気がついたんです。ありがたいことにキティは名士でした。でも、もしいま、警察に彼女の捜索を依頼したりしたら、新聞各紙がその話を聞きつけるでしょう——野蛮な見出し文字がどれだけことを大げさにするか、考えただけでもぞっとしましたわ——『記憶を失った有名美女』とかなんとか……。

そんなスキャンダルは、キティはもちろんわたしをも破滅させてしまいます。精神に問題のある娘がすばらしい結婚などできるはずがありませんものね。それにもし新聞社が舞踏会での代役話を嗅ぎつけたり、わが家の経済状況をすっぱ抜いたりすれば、もっと恐ろしいことにもなりかねません。

それでわたしは、即座にすべてを秘密裏に処理しようと決めたのです。家族に私生児や盗癖のある人間がいることを必死に隠そうとする人々と同じように、心を鬼にして。

わたしは言いました。『警察には連絡しません。慎重な弁護士に相談するか、私立探偵を雇ってキティを探すことにしましょう』

でもヴィクトーリンが、キティの写真は広く宣伝に使われていると言いだしました。もしぼうっとした状態で街をさ迷っていたなら、わたしたちが見つけ出すよりも先に、だれかに気づかれてしまうかもしれないと。

一瞬、わたしは途方に暮れてしまいました。そうしたらルイスが――」

「違う！」パスクーレイが飛び上がって叫んだ。「あんなことを言いだしたのはこの女性《ひと》だ――ぼくじゃない！　マクベス夫人みたいなあの女――まともじゃないんだ！　彼女がぼくを言いくるめ、こづき回し、脅したんだ！　悪いのはみんなあの女だ！　ぼくはなにもしていない！」

男は椅子に倒れ込むと、またすすり泣きを始めた。ローダは口元にかすかな笑みを浮かべながら、その男を見ていた。

「そうね、ルイス……」

すすり泣きがやんだ。

「いいわ、それなら」ローダがばかにしたようにつぶやいた。「言いだしたのはこのわたしです。キティがちゃんと家にいて公の場に姿を見せている限り、だれもさ迷い歩いている娘がキティ・ジョセリンなどとは言えないだろうと指摘したのは。扮装は成功したんです。キティが見つかるまでのあいだ、どうしてアンがそれを続けられないことがあるでしょう？

もしキティが公の場から姿を消し、続く数日間の約束もキャンセルしたとなれば、どんな言い訳をしても噂が広がりはじめます。でも、いなくなったのがアンであれば、小波《さざなみ》一つ立つことはありません。アンはアメリカでは知られていませんし、お金もほとんど持っていません。父方で親しくしている親戚もなければ、母方の親戚とのつき合いも完全に切れていました。だから伯父のエドガー・ジョセリンでさえ、あの日の午後、カクテル・パーティで一緒にいても彼女には気づかなかったんです。ニューヨークにいる友人も一人だけでした——書店を経営しているとかいう学校時代の友だちです。でもその方も、アンがニューヨークにいることは知りません。彼女がいなくなっても気がつく人間は一人もいないのです。

わたしたちがしなければならないのは、使用人たちにアンは遠いところに行ったのだと思わせることだけでした——カナダとかカリフォルニアとかに。すんなり信じてくれるだろうと思っていましたわ。家つきメイドの一人でさえ、アンの服を着て出ていくキティをアンだと思い込んだのですから。アンの荷物はどこかの駅に至急便で送っておけばよかったんです。申し出があるまではその駅の預かりということで。パーティの翌日にはキティも休んでいて当然ですから、アンにもあの娘《こ》の部屋で同じことをしていてもらいました。その次の日には、キティのドレスを着て公の場に顔を出せばいいでしょう。あまり明るくないところ——オペラがぴったりでしたわ。そして三日もすれば、キティも見つかるだろうと思っていたのです。

警察に保護される前に見つけ出せる可能性に賭けていました。お金もそんなに持っていないのですから、そう遠くに行けるはずもありません。わたしたちが雇った私立探偵のケリーとレイノルドも、数日中にはスキャンダルなしで見つけ出せると言い切っていました」

「でも、そううまくはいかなかった」不意にフォイル警視が口を挟んだ。「どうして彼らは死体仮置場を確認しなかったんでしょうね？——彼女はそこにいたのに。行方不明者を探す場合にはそれが鉄則なんですが。それにあなただって、娘さんが家を出られたときに病気だったのはわかっていらしたはずでしょう？」

「わたしたちはみな、あの娘《こ》が生きていることしか考えていなかったんです」ローダの答えは少しばかりなめらかすぎる。「病気のことはあまり深刻には考えていませんでした。確かにマラリア性の高熱は出ていましたが、普通なら一日かそこらで引いてしまいますから。少し休んで、もとの生活を取り戻してくれるだろうと期待していましたわ。こんなことがあったなんてだれにも知られずに」

ベイジルは思っていた――彼女は嘘をついている。キティが生きていると彼らが信じていた本当の理由はなんなのだろう?

「わたしたちが抱えている問題は一つだけでした」ローダが先を続ける。「キティのふりを続けることをアンが拒んだらどうするのか? 計算高い娘《こ》ではありませんでしたわ。秘書として雇ったときにも、お給料のことやアメリカへの渡航費にこだわったりしませんでしたもの。でも、普段はおとなしいくせに、肝心なときに扱いにくくなるタイプの典型でした――どうでもいいような善悪の問題にこだわったりして。あまりにも重大な問題でしたから、間違っても拒絶されることなどあってはなりません。そんなことになったら、恐れていた事態を引き起こしかねませんもの――スキャンダルをです」

ローダはうっすらと笑みを浮かべてパスクーレイに向き直った。「この難問を解決したのがあなただと言ったら、またヒステリーを起こすのかしら、ルイス?」

パスクーレイは顔を上げるとうめいた。「ああ、なんていう人だ」

「ルイスはとてもいいことを思いついてくれたんですよ」ローダは冷静に先を続けた。「公の場で他人のふりをするなんて、ひどく特異な経験だったに違いない。アンは凄まじい緊張にさらされていたはずだ。暗示にかかりやすくなっている彼女の状態をうまく利用できるかもしれない。クリストファー・スライ(シェークスピア『じゃじゃ馬馴らし』の導入部分に登場する鋳掛屋)に使われたのと同じ方法を使ってと。

つまり、舞踏会の翌日、アンがキティの夜着を着てキティの寝室で目を覚ましたとき、わたしたちはみなで彼女がキティであるように話したり振舞ったりしようということにしたのです。それでも彼女が自分はアンだと言い張るなら、妄想だということにしようと。

アンがこちらに移ってきてから、彼女とキティが一緒にいるのを見たことがあるのは、この屋敷ではルイスとヴィクトーリンとわたしだけでした。髪を切ってしまうと、あの娘《こ》はキティそっくりに見えましたわ。使用人たちもすっかり騙されて、彼女をキティだと思って接していました。もちろんケリーとレイノルドには、キティの失踪を隠すために従姉妹が代役を務めていることは話してあります。でも、その従姉妹が嫌々やっているのだということまでは知らせる必要はありませんよね。すべてうまく片づいたときには、アンにはこれも悪ふざけの一部だったと思わせればよかったんです――少しばかり説明をして――そして――」

ぱきんという鋭い音が響いた。ダフ巡査が小声で悪態をついている。万年筆のペン先を割ってしまったのだ。

「書くものならそこにありますわ」

苛々したようにローダは部屋を横切ると、小さなはめ込み細工の机に向かっていった。その引き出しを開けると、年代物のペンがずらりと並んでいた。と、彼女の肘がインク壺に当たり、瓶がひっくり返って転がった。こぼれた液体がどっと吸い取り紙に広がり、飛び散った黒いインクが女主人のピーコック・ブルーのドレスを裾まで汚した。

第10章　出てきたボトル

1

ローダは、ハンカチーフをスカートに叩きつけて汚れを取ろうとしていた。まるで、泥水をかけられて不機嫌になった、わがままな猫のようだ。

「上階《うえ》に上がって着替えてくるまで、お待ちいただけますかしら?」

フォイルはソーベルの顔を見たが、地方検事は首を振っている。

「申し訳ありませんが、奥さん」とフォイル。「いまはその時間がありません。ミスター・パスクーレイと使用人の方々からお話を伺いたいのです。それに、ミス・ジョセリンのお部屋はもちろん、お屋敷中を調べさせていただく必要があります。お嬢さんはこの家で具合が悪くなったのです。ここで毒を盛られた手がかりが残っているかもしれませんから」

ローダはしばし警視を見つめていたが、やがて肩をすくめた。

「ご自由にどうぞ。お手伝いできることがあればなんでもいたしますわ」

パスクーレイはまたびくついている。

「ぼ、ぼくは逮捕されるんですか?」かすれた声でそう叫ぶ。

「いまのところはまだ」フォイルが答えた。

ベイジルは警視の態度の変わり様をおもしろがって見ていた。事情聴取の初めでは、確かに気おくれしていたようなのに、ローダの話を聞き終えたいまでは、彼女もまたいつもの〝事件〟の一つになっていた。たぶん、この屋敷もすっかり抵当に入っているという事実が、いくらか影響しているのだろう……。

フォイルはドアを開けると、自分の職場にでもいるような落ち着きで、階段の下り口へと向かっていった。

「おい！　ケイシー！」

下の階の暗闇からグレッグが不意に姿を現わした。

「ミスター・ケイシーに、あなた様がお呼びになっていると伝えてまいりましょう」

「きみにもいてもらいたいんだ」フォイルが答える。「本部に電話をしてもっと人を寄越すように言わなければ——まったく、この屋敷ときたらマディソン・スクエア・ガーデン並みに広いんだからな。使用人たちをひと部屋に集めておいてほしい。そして、わたしが呼びにいくまでは、そこから出さないように。ケイシー、きみはミセス・ジョセリンとミスター・パスクーレイを隣の部屋に移して監視していてくれ……」

グレッグはフォイルを見つめたままだった。

「さあ、どうしたんだ？　行きたまえ！」

「恐れ入りますが、刑事さん——ミス・キティは誘拐されたのでしょうか？」

フォイルはしばし相手の顔を見ていたが信用することにしたようだ。

「誘拐じゃない。殺されたんだ」

「殺されたですって！」

「ああ。でも、わたしが話すまでは、ほかの使用人たちには黙っていてもらいたい」

ベイジルとソーベルは〈ムリリョの間〉に残された。ソーベルがあくびをしながら腕時計を見る。「ああ！　もう真夜中近くじゃないか！　四時間もこの屋敷にいたんだ」彼は断りもなくベイジルの煙草を一本抜き取った。「あんなに明け透けに話をする女も奇妙だな……それともこれも芝居なんだろうか？」

ベイジルは暖炉の火を見つめていた。「殺人の疑いをかけられれば、人はどんなことでも話しますよ。本当のことだろうが……その一部だろうが……」

「じゃあ、キティ・ジョセリンが夢遊病状態で家を抜け出した可能性もあるんだな？」

ベイジルは微笑んだ。「純粋数学でもない限り、ありえないことなんて存在しませんよ」

「確かに。しかし――」

「そういったケースも過去にはあるんです。専門的な用語では遁走《とんそう》（あてもなく衝動的に出奔すること。その間の記憶はないことが多い）と言うんですが。心の病というのはみな、現実社会で直面する恐怖が形になったものなんです――たいていは精神上の恐怖ですが、遁走の場合には肉体的な恐怖もありえます。しかしキティの場合、完全に正常な状態で、彼女なりの理由があって逃げ出した可能性も十分にありますね」

ソーベルは黙っていた。しかしすぐに、堰《せき》を切ったようにしゃべりだした。

「アンが屋敷を抜け出したりせず、キティの死体も身元がわからないままだったら、ローダとパスクーレイはどうするつもりだったんだろう？　アンに一生キティの身代わりをさせるわけにもいかないだろうし。あの二人には、キティが生きていて簡単に見つかると思う理由がなにかあったんじゃないのかな。まだなにか話していないことがありそうだぞ」

「そうかもしれないし、まったくの逆かもしれませんね」ベイジルが答える。「彼らがキティに毒を盛ったのだとしたらどうです？　その場合、彼らはキティが死んでいるのを知っていて、死体が発見されることも身元が判明することも望まなかったはずです。彼女が死ぬ前に、アンの服を着て家を出ていくように娘を説得する口実を考えなければならなかった。そしてアンにキティの身代わりをさせる。彼女の死を隠し、死体の身元が確認されるのを防ぐために。アンの精神状態が不安定だということにして、永遠にキティの代わりをさせようとしたかもしれませんね。一度、自分に対する認識に疑いを植えつけてしまえば、いつかはアンも本当に気が狂ってくれるかもしれませんし」

「なんていう連中だ。しかしその場合、どうしてキティの行方を追う私立探偵を雇う必要がある？　それに、そもそもどうしてキティを毒殺しなければならないんだ？」

「まさにそこですよ。彼らの話によると、キティを生かしておくことこそ彼らの最大関心事ですからね。彼女が条件のいい結婚に恵まれるように」

「ローダが自分の困窮についてあれほどはっきりと口にするのも、もっともなことだ。心理学的なアリバイのようなものになるからね」

「その点と私立探偵がね」

ソーベルは煙草の吸い差しを暖炉の中に投げ込んだ。

「きみの言う減量剤に使われる薬というのは、効きだすのにどのくらい時間がかかるんだ？」

「診療所の同僚によると、大量に与えれば十分から十五分、死に至るまでは三時間から四時間だそうです――あるいはもう少し長く」

「じゃあ、カクテルというわけだ」

ベイジルがうなずく。「どんなカクテルが最適だと思います？　二つとして同じ味がするものはありませんよ。ほとんどがシェイクされると不透明になります。そして、すべてが共通して二つの溶剤を含んでいる――水とエチルアルコールを」

ソーベルは胸ポケットから鉛筆と使用済みの封筒を取り出して、ひざの上でメモを取りはじめた。

「アン・クラウドによると、キティがカクテルを飲んだのが午後六時から七時のあいだ。その約十分後に具合が悪くなる。とすると、死亡時刻は午後十時から十一時のあいだになってくるな――遅くても真夜中だ。ローダによると、メイドがアンの服を着て家を出るキティを見かけたのが十時過ぎ。彼女の死体は、ここから十ブロック先で翌日の夜明けに発見された。すべて辻褄が合うな」

ベイジルは煙草に火をつけると、再びケースをソーベルに回した。

「その事実が容疑者を限定してしまうことにはお気づきですよね？　カクテル・パーティのときにこの部屋にいた人間に」

自分たちが殺人の行なわれた場所で煙草を吸い、話をし、冗談を言っていることに気づいて、二人はしばし黙り込んだ。手がかりとなるような血痕も混乱も残さない、少しばかり洗練された殺人。大理石の暖炉でぱちぱちと音をたてる薪、色あせた金縁の額に入った古い絵画、散らばった椅子、灰皿――そうしたものがみな、キティ・ジョセリンがカクテルをすするその瞬間を見ていたのだ……。

「間違いなくそう思うのか？」ソーベルが問う。

「あの日、ここでカクテルを飲んだほかの人間はみな生きていますし、そのあとの舞踏会でも異常はありませんでした。ということは、一つのカクテルにだけ毒が入っていたということです。この部屋でそれがキティに手渡されるまで、どれがそのカクテルなのか、わかっていたのはだれなんでしょう？」

ドアが開き、青と白の大きなハンカチで額を拭きながらフォイルが入ってきた。

「手配は完了しました。残りの人間が到着し次第、使用人たちに話を聞いて、ミセス・ジョセリンの屋敷を調べます。まったく！　キティがいなくなったときにすぐ連絡をくれればよかったものを」

「あるいは、そもそも病気になったときにね」ソーベルが応じる。「カクテル・パーティのときにここにいた全員のリストが欲しいな」

「それならすぐにもご覧になれますよ」フォイルがノートを取り出しページをめくった。「アン・クラウドの話を聞きながら作っていたんです」彼は、観光客のグループを美術館に案内するガイドのように、抑揚のない声でそのリストを読み上げはじめた。

「第一に家族。

ローダ・ジョセリン　キティの継母
エドガー・ジョセリン　キティの伯父
アン・ジョセリン・クラウド　キティの従姉妹及びローダの秘書」

「いや、まさか、警視」ベイジルが口を挟んだ。「アン・クラウドのことは考えなくても――」

「あえてだ。おれたちは常に、最初に事件を報告した人物を疑うからね」フォイル警視の答えは冷ややかだった。

「そういうものなのかい？　それなら犯罪現場に居合わせても、用心して報告しないことにしなければ」

「アン・クラウドは除外してもいいんじゃないか」ソーベルが言う。「一般に殺人犯が自分の犯罪を報告するのは、それによって第三者を出し抜けるときだけだからね。しかしこの件では、殺人行為自体、証明することができなかったかもしれないわけだし――もし、アン・クラウドの話がなければ」

「おそらく彼女は殺人については知らないのでしょう」警視はリストの続きを読み上げた。

「第二に友人たち。

ルイス・パスクーレイ　画家

ニコラス・ダーニン　　　　　　ロンドンのインペリアル・エクスプローシブ社の経営者」

「化学産業会社か」ベイジルがつぶやく。

「なにか関係があるのか？」

「いいや——たぶん、なにも。先を続けてくれ」

「三番目、お披露目パーティに商売上の関係があった人々。

ミセス・ジョウィット　　私設秘書

フィリップ・リーチ　　ゴシップ記者

最後に使用人たちです。

グレッグ　　　　執事

ヴィクトーリン　ローダ・ジョセリンのメイド」

「全部で九人か」ベイジルが言う。「そのうち、あとの舞踏会でアンの身代わりに関係しているのは四人だけだ。ローダ、パスクーレイ、ヴィクトーリン、そしてアン本人……。アンが舞踏会に姿を現わしたときに驚いていた人間がいたかどうか、彼女に訊いてみたほうがいいかもしれないな」

「どうして？」

「もし殺人犯が代役について知らなかったなら、ひどく驚いていたはずだからだよ。キティに成りすましたアンが、元気に舞踏会に出てきたのを見たら。その人物はキティが夕方、致死量の毒が入ったカクテルを飲むのを見ていて、その頃にはもう死んでしまったか、死にかけていると思っていたはずだからね」

グレッグがドア口に現われた。「ほかの刑事さんたちがお着きになりました。それと――正面玄関に報道関係の方が数人」

「なにが――数人だって?」フォイルが息を詰まらせる。

「ジャーナリストの方たちです。たぶん、パトカーのあとをついていらしたのでしょう。事情を知りたがっておられますが」

「うるさいやつらだ」フォイルは苦々しげに毒づいた。

モーリス・ソーベルのほうは、萎れかけた花が最初の雨粒の一滴を受けたかのように生き生きしはじめている。

「連中のことならわたしにまかせてくれ、警視」地方検事は即座にそう切り出した。「きみが心配する必要はない。わたしがうまく追い払ってやるよ。時間もかなり遅いし、わたしがここにいても意味はないだろう。きみも一緒に来るかね、先生?」

ベイジルは、劇の第二幕が始まったばかりのところで退出を促されたような気分になった。

「警視に異存がなければ、捜査の様子を見ていたいのですが」

「おれは構わんよ。残って見ているといい、先生。ひょっとしたら、いつも言っているような〝心理学上の指紋〟とやらが見つかるかもしれないし」

フォイルはにっこりと笑った。ソーベルも笑みを浮かべて、きびすを返した。

「グレッグ」フォイルが続ける。「今度はミス・ジョセリンの部屋を見せてもらえるかな」

2

一行はエレベーターで上の階に上がっていった。グレッグが居間、寝室、バスルームと案内していく。窓からセントラルパークが見下ろせるスイートルームだった。

グレーと渋めのオリーブグリーンで統一された古いフランス製の家具が部屋を飾っている。椅子はグレーがかった白地のブロケード張り。居間には、緑と白の磁器タイルでラフォンテーヌ（十七世紀のフランスの詩人）の寓話を描いた平炉《へいろ》があった。

カメラマンたちが写真を撮り終える脇から、警視と部下たちが部屋を調べて回る。必要と思われる事項はすべてダフによって書き留められていった。ドレスとコートがいっぱいに詰まったクローゼット。一着一着がハンガーに吊るされシルクの埃除けがかけられている。何段にも重ねられた銀色の横木には靴の列――これもかなりの数だ。衣装箪笥の引き出しには、ニオイイリスの香りがついた高級な下着類が詰まっていた。しかし、手がかりはなし……。

「あの机はどうだ？」ベイジルが促す。

フォイルが脇に座り込み、ざっと書類に目を通していった。まずは、ヨーロッパの切手が貼られた〝ミス・キャサリン・ジョセリン〟宛ての手紙。

「ちょっと訳してもらえるかな、先生？」

ベイジルはフォイルの肩越しに手紙を覗き込んだ。

「フランス語にイタリア語。学生時代の友だちからのものだな。残念ながら、役に立ちそうなものはないようだ、警視。女学生の単なる噂話だよ」

次に出てきたのは、アメリカの切手が貼られた英語の手紙類だった――招待状、請求書、広告。贔屓《ひいき》にしてくれと請う美容師たち、写真を撮らせてくれと嘆願する写真家たち。そして、煙草の推奨に一千ドルの支払いを約束するというデラックス広告社。アドレス帳もなければ、一通のラブレターもない。

「まあ、現代人はラブレターなど書かないからね」とはベイジルの意見。「電報か電話だ」

「あっ、小遣い帳のようなものが出てきたぞ」初歩的な足し算の間違いを二つ見つけて、フォイルは思わず微笑んでいた。「それに小切手帳」〝キャサリン・ジョセリン〟の署名がされ〝自分〟宛てに振り出された五十ドルの小切手。まだ切り離されていなかったし、もはや現金化されることもない……。台紙の裏には花やギリシア風の横顔が悪戯書きされていた。

「金に細かいお嬢さんではなかったようだな」フォイルが言う。「これなら、義母がなんでも取り仕切って、金のおおかたを持ち出せるはずだ」

顔を上げてみると、ベイジルはすでにそばを離れ、バスルームのほうに歩きだしていた。

「それはなんなのかな？」ベイジルは、小さなエナメル引きの金庫のようなものの脇に立っているダフに尋ねた。

「冷蔵庫ですよ、先生。コールドクリームだとかそんなものがいっぱい入っています」

ベイジルは扉を開け、香りや色がついた軟膏のようなもののコレクションを一瞥した。「一セントくらいで売っている羊の脂《あぶら》とたいして変わらないね」

扉を閉め、バスルームの中に視線を巡らせる。鏡つきの戸棚にその目が留まった。

「なにか特別な物でも探しているのかい、先生？　それともただ見ているだけか？」フォイルの声が隣の部屋から哀れっぽく聞こえてきた。

「ただ見ているだけだよ……」ベイジルは鏡つきの扉を開け、歯磨き粉やうがい薬や防腐剤入りの化粧水といった当たり前のものが並んでいる棚を眺めた。

「さあ、ミセス・ジョセリンの部屋に移るぞ」フォイルが声をあげる。「ケイシーが電話でつかまるか試してみてくれ、ダフ。夫人を上階《うえ》に連れてきてもらいたいんだ」

上の階に上がってきたローダは落ち着かない様子だった。すばらしいドレスをべっとりとインクで汚してしまったことで動転しているのだろう。その染み一つだけでも、彼女の容貌を損ねるには十分だった。それは――象徴的にも見え……。その言葉が、奇妙な可能性につながる考えをベイジルの心にひらめかせた。

「ここにはなにが?」閉じたドアの前を通り過ぎながらフォイルが尋ねた。

「なにもございませんよ」

グレッグがドアを開ける。中にはだれもいなかった。家具には覆いがかけられ、床にうっすらと埃がたまっている。

「経済的な理由のためですわ」ローダがさっと口を挟む。「使っているのはほんの数部屋だけなんです」

彼女のスイートは廊下の突き当たりにあった。建物の角に当たる居間には、キティの部屋の倍ほども窓がある。紫檀《したん》の家具とパルマ製の紫のカーテンで飾られた部屋はずっと豪勢だった。

「ここでなにを見つけようとなさっているのか想像もつきませんわ」ローダの口調には皮肉めいたものが交じっている。

「ただの手順なんですよ、奥さん」フォイルが答える。「いずれにしても、このお屋敷で殺人事件があったのは事実なんですから」

「部屋は毎日、きっちり清掃されるんですよ」今度の声には嫌味がたっぷり。警官の一人が指紋採取用の道具を取り出したのを見ての言葉だった。

ベイジルはまたバスルームに入っていったが、そこで再び戸惑うことはなかった。彼の靴が床のタイルを擦る音が聞こえてくる。居間に戻ってきた彼の手には、ハンカチーフに包まれたなにかが握られていた。

「ミセス・ジョセリン」いつにもない厳しい口調だ。「お嬢さんは〝スヴェルティス〟の名で知られている減量剤を推奨しておられた。宣伝では、娘さんが定期的にその薬を使っているようにほのめかしていましたね。実際にもそうだったんですか？」

「まさか、そんなことはありませんわ」ローダは単純な質問に苛立っているようだ。「キティにはそんなものは必要ありませんでした。あの娘《こ》はいつでも、すっきりとスマートでしたから。だからこそ、スヴェルティスの人間が推奨を依頼してきたんじゃありませんか」

「ミス・ジョセリンが決してスヴェルティスを使用しなかったと言い切れますか？」

「もちろんです。十一歳のときにローマでマラリアに罹ってから、ずっと痩せていたんです。うしろのテーブルにある写真を見ればおわかりになるでしょう？」

銀の写真立てに入ったスナップ写真だった——頬がこけて手脚の長い十歳か十一歳くらいの女の子が、ヴェニスのサンマルコ寺院の前で鳩に囲まれている。一瞬、ローダはどうしてこんな写真を自分の居間に飾っているのだろうとベイジルは思った。が、やがて、これも彼女が演じてきた愛情深い母親役を裏づける小道具の一つだろうと思い当たった。

ベイジルは振り向き、娘と同じように背が高くほっそりとした女に目を据えた。「ご自身でスヴェルティスを服用されたことは？」

女は驚きで目を丸くしている。「まさか、ドクター・ウィリング！」それでも疑わしそうにしている相手に、彼女はつけ加えた。「絶対にありませんわ！」

「このお屋敷でほかにスヴェルティスを呑んでいらっしゃる方は？」

「使用人たちにそんなお金はないと思います。はっきりとしたことはわかりませんが。どうしてそんなことを？」

ベイジルはその質問には答えなかった。「あなた、もしくはあなたの娘さんが、スヴェルティスの瓶を持っていらっしゃったことは？」

「スヴェルティスの人間が小切手と一緒にサンプルを送ってきましたわ。キティが見せてくれたので、二人で一緒に笑ったんです。あの娘《こ》が屑カゴに投げ捨てたのを覚えています。まさに、この部屋にあった屑カゴですわ」

「それはいつ頃のことですか？」

「数週間前——十一月のことです、たぶん」

「でも、広告が出はじめたのは春ですよね？」

「ええ。支払いがとても遅くて。何度も催促の手紙を書かなければならなかったんですよ。本当に失礼な話だわ」

「間違いなく、お二人ともスヴェルティスは使っていらっしゃらなかったのですね？」

「ええ、わたしは使っていません」ローダは苛立ちはじめていた。「キティは痩せすぎだったと、何度言わなければならないんです？　パリの医者が証言してくれますわ。食事ごとにミルクを飲むことで太ろうとしていたくらいなんですから。あまり効果はなかったようですけど」

ベイジルは持っていたものからハンカチを取り払った。自分の指が触れないように気をつけている。

「それでは、ミセス・ジョセリン、このスヴェルティスのボトルがあなたのバスルームの戸棚にあったのは、どうしてなのでしょう？——しかも、半分空になって」

3

フォイルがベイジルの肩越しに覗き込んできた。

スヴェルティスのボトルは宣伝どおり〝現代的〟なデザインだった――ガラスと黒いエナメルが、中身の淡い黄色の錠剤と上品な対照をなしている。ラベルには一切、恐ろしげな化学成分など記されていない――スヴェルティスが、明記を要求される薬品を含んでいないことの明らかな証拠だ。しかしラベル自体は、宣伝ほどロマンチックなものではなかった。国の規制がより厳しく適応された結果なのだろう。ガラス瓶に茶色く描かれているのは、とてもありえないほど細い腿をした妖精像で、脚の長さが身体の四分の三ほどを占めている。この薬の愛用者に、常にすらりとした理想の体形を思い出させるのに大いに役立っているのかもしれない。黒く丸いふたには、金文字で浮き彫りにされたお馴染みの宣伝文句。〝スヴェルティスが健全な減量法であるのは科学が証明済み〟その文字までもが、減量の結果ででもあるかのように細長かった。贅沢さを強調する最後の仕上げとして、たっぷりとした黄色の絹の房飾りが、瓶の底に届くほども長く、ふたからぶら下がっていた。

ベイジルは指先をハンカチで覆いながらふたを外し、薬を二、三錠手のひらに振り出した。一般的なミントソーダよりもわずかに大きなくらい。薬の角が崩れて、瓶の底にはきれいな黄色の粉がたまっていた。

「ど、どうして……」ローダが喘ぐ。

彼女は初めて、本当に狼狽《ろうばい》しているようだった。「サンプルの瓶は間違いなく捨てたんです。それが届いた日に、屑カゴに入れたのを覚えています。それにキティは、決してそんなものを呑んだりはしませんわ」

「自分から進んでは呑まなかったという意味ですね?」とベイジル。

「まあ! まさかそんなことを——? スヴェルティスが原因だったと——?」

「わかりません——今のところはまだ」

彼はそう言って、瓶にハンカチを巻きつけた。ローダが必死の形相で顔を寄せてくる。「もし、あの娘《こ》がスヴェルティスを呑んでいたなら——そもそも殺人事件にはならないんじゃありません? 不注意で呑み過ぎてしまったのなら?」

「確かに」

「それなら——」ローダは指を絡ませながら微笑んだ。「わたしは少しばかり思い込みが過ぎたのかもしれませんわ。ひょっとしたらあの娘《こ》は、こっそりとその薬を呑んでいたかもしれませんものね」

「でも、彼女は体重を増やすためにミルクを飲んでいたんですよね?」ベイジルが穏やかに指摘する。「パリの医者がそう証言するだろうとあなたはおっしゃった。アン・クラウドはすでにそう話しています。それに、小さかった頃の写真も、彼女がずっと痩せていたことを示していますし。つまり、彼女には減量剤など必要なかった」

ローダは黙り込んだ。彼女の心は、罠にはまって必死に逃げ道を探している動物のように、あちらこちらに飛んでいるのだろう——キティに減量の必要はない。あれほど説得力に満ちていた先の発言を、なんとか取り消す術《すべ》を探して。しかし、そんなものなどあるはずもなかった。

「で、でも」息遣いが荒くなっている。「もしわたしがなにか——殺人に関することを知っていたなら、そんなものを自分のバスルームに堂々と置いておいたりはしないでしょう? 違うかしら?」

「今夜われわれがやって来るとは思っていなかった」なんの感情も交えずにフォイルが言う。「あるいは、そんなものがここにあれば、逆に疑われることはないだろうと思うほど、あなたが賢い方でいらっしゃるか――ご自分でご指摘のとおり、これほど〝堂々と〟置いてあるのであれば……」

ケイシーに監視されながらローダが部屋から出ていくと、フォイルは再びスヴェルティスの瓶に目を落として言った。「ちくしょう!」

「どうした?」

「いいかい、先生。あんたもおれも、こんなばかげた推奨の文句がなんの意味も持たないことはわかっている。でも、ひとたび被告側の弁護士が騒ぎだしたら、地方検事はどうやって陪審員たちを納得させたらいいんだ? これだけ国中でスヴェルティスを常用していると宣伝されている娘が、実はそんなものに触ったこともなかったなんて。だから、それを呑み過ぎるなんてこともありえないんだって」

ベイジルは警視の目を捕らえながらゆっくりと答えた。

「殺人者はその点も考えていたんだよ」

第11章　三方からの光

1

ベイジルはいつもの熟考に浸りながら最後の煙草に火をつけた。消えたマッチがスローモーションのように緩やかな弧を描いて、紫檀材の机の横にある屑カゴに落ちていった。

「自分が宣伝している商品の過量摂取が原因でキティ・ジョセリンは中毒死した。そんな偶然などあるはずがないよな？」

ベイジルは頭のうしろで手を組むと、長々と煙草の煙を吐き出した。「推薦状に署名をした時点で、彼女は自らの破滅を招いてしまった。殺人が事故に見えるような、とんでもない機会を殺人者に与えてしまったわけだ。『スヴェルティスを一錠、夕食のカクテルに溶かすだけ……』だれかが一錠分以上の薬を溶かしたんだろうな――そしてそれは、その人物が自分で飲むカクテルではなかった」

フォイルが口笛を鳴らす。「計画的な犯行――それを証明できたらなあ」

ベイジルがうなずく。「ああ、計画的な殺意なら考えられるだろうね。この事件で最も特徴的なのは、悪意に満ちた巧妙さなんだから」

「そうだな……」フォイルは下唇を引っ張っている。「ローダとパスクーレイならどんなことでもやりかねないだろうし……」

ベイジルは眉をひそめた。「使われた毒がスヴェルティスなら、どうもローダの仕業のようには見えないな——いまのところではまだ……」

「どうして？」

「キティが自分で量を間違って死んだように見えないなら、だれもスヴェルティスなんか毒薬として選ばないからさ。殺人者もその点は把握していたはずだ。犯人の計画は、広告のせいでキティがスヴェルティスを常用していると思われていることに基づいているんだろうからね。それなら、その人物は間違いなくキティの身元が判明することを望んでいたはずだ。ところがローダは、キティが消えたあと、アンに代役を務めさせることで死体の身元確認を遅らせようとしている。いや、ほとんど阻止しようとしたくらいだ。それにローダはいましがた、キティはスヴェルティスなど呑んでいないと断言したし。その点については、アンの証言だけではわたしたちにも証明できなかっただろう。

それに、心理学的にも引っかかる点があるんだ——断言はできないが、まったく取るに足りないというわけでもない。毒殺というのは、盗癖や放火癖や動物への虐待と同じように、しばしば性的な抑圧と関係していることがあってね」

フォイルが晴れやかに笑った。「意味はわかったよ、先生！　ローダとパスクーレイに関する限り、〝抑圧〟など存在しないということだ」

「パスクーレイが一人でやったという可能性はある——ローダには内緒で」ベイジルは続けた。「彼女は、毒薬の最初の効果としてキティの具合が悪くなってから初めて、身代わりの計画を立てている。殺人者はキティに毒を盛ったのに、その意思に反して、ローダの身代わり計画に手を貸さなくてはならなくなった」

「あるいはあの女の意思に反して」フォイルが口を挟んだ。「あのメイドだ——なんていったっけ？　マーガリン？」

「ヴィクトーリンか？」

「そう。あの女なら、キティに毒を盛るチャンスがいくらでもあったじゃないか」

「わたしは、ヴィクトーリンやアンではないと思うけどね。偽装計画を阻止できるのはその二人だけだったんだから。アンがキティに似ていることとヴィクトーリンのメーキャップ技術だけが頼りだったんだよ。二人のうちのどちらかが協力を拒否すれば、最初の時点で計画を止めることができたんだ。彼女たちが犯人ならそうしたはずだよ。あの偽装工作こそ殺人計画を台無しにするものだったんだから」

スヴェルティスのボトルはベイジルのハンカチに包まれたまま、フォイルのコートのポケットに収められた。黄色の房飾りだけが、ポケットからはみ出してぶら下がっていた。

「どうしてこんなものがローダのバスルームの戸棚に入っていたんだろうな？　彼女に疑いがかかるようにするための罠だろうか？」

「たぶんね。あるいは、サンプルのボトルを捨てたというのがローダの勘違いだったか」

「それならどうして半分空なんだ？」

「殺人者が瓶を見つけて、抜き取った錠剤でキティを殺したのかもしれない。そうすれば、わざわざスヴェルティスを購入することで足がつくのを避けられるだろうし」

「先生、あんたの考えることときたら、頭が痛くなるようなことばかりだ！」

フォイルは立ち上がって、大きなあくびとともに伸びをした。

「使用人たちに話を聞いて今日はそれで終わりにしよう。というより、今夜はだな」そう言って暖炉の上の時計をちらりと見る。「やれやれ、もう夜中の一時だ！」

2

再び階下の〈ムリリョの間〉で、フォイルは小さな椅子を不気味にきしらせながら腰を下ろした。底の厚い無骨なブーツを、テントステッチ（短く斜めに刺していくステッチ）に覆われた足台に投げ出して。

「まずはきみから始めるとしよう、グレッグ」

ダフがまたはめ込み細工のテーブルにつき、ノートをひらいた。

「ドクター・ウィリングが戦時中のきみを知っていると言っていたが」とフォイルは続ける。「そのあとはどうしていたんだね？」

「故ヘンリー・チザム卿の執事をしておりました。その方が亡くなられたあとにアメリカにやって来たのでございます。このお屋敷がこちらでの最初の仕事でした」

「ここには満足しているかね？」

「はあ——率直に申し上げまして、お給金の支払いはかなり遅れ気味ですし、これだけ大きなお屋敷ですからね、人手が不足しております。わたしにはたった二人の下男しかおりませんし、料理人にも手伝い女が一人いるだけなんです」

「それは大変なことだろうねえ」自分の家《うち》には、ごく普通の働き手が一人と月曜ごとの洗濯女しかいないぞと思いながら、フォイルはにやりと笑った。「ミセス・ジョセリンのもとで働いてどのくらいになるのかな？」

「まだ六週間です。ここの使用人は、奥様が十一月にニューヨークにお着きになったときに、代理店を通して一斉に雇われたものですから。もちろん、マドモワゼル・ヴィクトーリンは別です。彼女はフランスからやって来たミセス・ジョセリンつきのメイドですから」

「ミス・キティがスヴェルティスという減量剤を呑んでいるのを見たことがあるだろうか？」

「いいえ、刑事さん。ご自分のお部屋では呑んでいらしたんでしょうが。なんと言っても、広告でご推奨なさっていたくらいですから」

ベイジルはさらなる事実を胸に刻み込んだ——使用人たちは、キティがスヴェルティスを使用していなかったとは夢にも思っていないらしい。

「グレッグ、お披露目パーティの日の午後、きみがカクテルを作って配ったんだよね?」フォイルが質問を続ける。

「さようでございます」

「カクテルを配ったとき、だれか手伝った人間がいるかね?」

「いいえ。先にも申しましたとおり、なにせ人手が足りませんで。下男か、せめて小間使いの一人でもいてくれると助かったのですが」

「カクテルをグラスについだあと、そのままどこかに置きっ放しにしておいたことは?」

「いいえ。わたしが食器室から〈ムリリョの間〉に運びました——このお部屋です——グラスについですぐに」

「その日、みな同じものを飲んでいたのかな?」

「ミセス・ジョウィットとミスター・ダーニンは、もっと弱いドライ・シェリーを飲んでいらっしゃいました。あとのかたはブロンクス・カクテルです」

「材料は覚えているかい?」

「もちろんです。ジン、イタリアン・ベルモット、オレンジジュース、それに苦味酒のビターズを少々」

「最悪だ」フルーツジュース入りのカクテルが大嫌いなベイジルはつぶやいた。「カクテルの色は何色だったんだろう?」

「色ですか?」グレッグは不思議そうな顔をしている。「普通のブロンクス・カクテルの色ですよ——薄い黄色ですが」

ベイジルは、スヴェルティスの薄い黄色を思い出していた。

「ほかに出された食べ物は?」

「氷に載せた種つきのスパニッシュ・オリーブがひと鉢」グレッグが几帳面に答える。「それに、ミスター・ダーニンがシェリーと一緒にビスケットを食べていらっしゃいました。それだけですよ」

警視はまた下唇を引っ張りはじめた。「ミス・ジョセリンがカクテルをお代わりしたかどうかは覚えているかね?」

「わたしが覚えている限りでは、あの日、カクテルをお代わりされたのはミスター・リーチだけです。あの方はいつも数杯は飲まれますから」

「グレッグ、きみには率直な話をしたいと思っている。医学的な証拠からは、どうやらそのそのカクテルを飲んだときに、キティ・ジョセリンは毒を盛られたようなんだ」

グレッグの顔が青ざめた。「わ、わたしには——なんとも……。英国を離れるとき、いろんな人間が警告してくれました。アメリカでは——そのう——人がいつでも簡単に殺されていると。でも、わたしは少しも信じておりませんでした……いまのいままで……」

「カクテルを作ったときに使ったシェーカーは一つだけだったのかな?」

「はい。すべて同じシェーカーで作りました」

「ということは、ミス・ジョセリンのカクテルに毒が入れられたのは、グラスに注がれて彼女に手渡されたあと、ということになるな……」フォイルが考えを巡らせる。

グレッグは力なく微笑んだ。「わたしにとっては結構なことで」

「もちろん、彼女にグラスを手渡す前に、きみ自身が毒を入れた可能性もあるが……」フォイルはそこで口調を和らげた。「正直なところ、きみがそんなことをしたとは思えない」

「もちろんしておりませんよ、刑事さん！」グレッグが大真面目で声を荒げた。

「彼女がグラスを受け取ったあと、だれかがそれに触ったりはしなかっただろうか？」尋ねたのはベイジルだった。

グレッグは必死に思い出そうと眉根を寄せている。

「こんなことを申し上げてはなんですが、ミス・キティは非常に気まぐれなお方で。あの日の午後、お嬢様は落ち着きがありませんでした――きっと、パーティのせいで興奮していらっしゃったのでしょう。片手にカクテル、もう一方の手に煙草を持って、そわそわと部屋の中を歩き回っておられました。そのうちグラスを置くと、届いた花についていたカードをぱっと取り上げて、送り主の名前を見ていらっしゃった。部屋のあちらこちらにお客様が散らばっておられて。ミス・キティはある方のそばにおられたかと思うと、次の瞬間には……」

「やれやれ、それはまた」

「そのときでしたら可能だったかもしれませんが――お嬢様がカクテル・グラスを置かれたときなら――。ああ、そうだ！」

初めてグレッグの声に感情が交じった。執事はぎょっとして警視の目を見つめている。

「そのカクテルに毒が入っていたわけはありませんよ、刑事さん！」確信に満ちた声だった。

「どうして？」

「ミスター・パスクーレイがそのカクテルを半分飲んでいるからです」

3

一瞬、薪がはぜる音しか聞こえなかった。それからフォイルがグレッグに質問を浴びせかけた。執事はいまやその出来事を鮮明に思い出していた。ミス・キティが半分残ったグラスを置き、一瞬それに背を向けた。ミスター・パスクーレイが自分のグラスをそのすぐそばに置いた。彼が再びグラスを取り上げたとき、それはミス・キティのグラスだった——本人があとで言うには、間違って。ミス・キティが、カクテルを飲み干してしまった相手に、それは自分のグラスだったのにと詰め寄った。彼は謝り、まだ手をつけていなかった自分のグラスを代わりに差し出した。グレッグも自分で新しいグラスを運んできた。しかし彼女はもう欲しくないと言い、そそくさと上階《うえ》に上がってしまった。グレッグは、ミスター・パスクーレイが間違いなく半分残っていたカクテルをきれいに飲み干してしまったと主張した。ちょうどそのとき、真うしろに立っていたのだから確かだと言って。加えて、ミスター・パスクーレイに具合が悪そうな様子はなかった。それどころか、続く数日間は元気そのものだった。いつもなら、かなり塞ぎ込みがちで怒りっぽい方なのに……。

「なんていう事件なんだ！」

フォイルは青と白のハンカチを取り出すと、また額を拭った。ありえない考えが頭の中を飛び交っていた。昼食として食べたものの中に毒が含まれていたのだろうか？　しかしウィリングは、毒が効きだすのは〝十分から十五分〟後だと言っていた。それでは、まったく違う毒が使われたのか？　あるいは、キティの煙草の中に仕込まれていたとか？　カクテルと一緒に出されたオリーブだろうか？　それとも、具合が悪くなってから与えられたキニーネの中とか？　最初は本当にマラリアの発作だったのかもしれない……。確実と思われることは一つ。パスクーレイが半分飲み干したというなら、そのカクテルに毒など入っていなかったということ。そうであれば、容疑者の枠はそのカクテル・パーティの出席者に限られなくなってしまう……。

「パスクーレイが本当にうっかり間違ったんだと言い切れるのかい?」ベイジルがグレッグに問う。「わざとミス・ジョセリンのグラスを手に取った可能性はないんだろうか?」

「いいえ、そんなことはありませんよ。お嬢様に自分のグラスだと言われたときには、本当に驚いていらっしゃったようですから」

ベイジルはその答えに納得したようだ。フォイルは、次になにを言うつもりだったのかと考えていた……。

「じゃあ、これで終わりだ、グレッグ。次はミセス・ジョセリンのメイドに話を聞くことにしよう」

「マドモアゼル・ヴィクトーリンですね?　承知いたしました、刑事さん」

4

薄い上唇とハイネックの黒い毛のドレスからすれば、喜劇ミュージカルに登場するフランス人メイドのように見えなくもなかった。メーキャップの達人であるはずの女は、自分ではフェイス・クリームも白粉も口紅もつけていない。「偶像を作る者は神を信じない（新約聖書に繰り返される偶像崇拝の禁止に関連する言葉と思われる）」ベイジルはそんな言葉を思い出していた。女の顔は、くるみの殻のようにかさかさで、茶色くしわだらけだった。あごの先にある大きなほくろには、真っ黒な太い毛が三本も生えている。爪は清潔だがなんの飾り気もなく、外科医のように短く切りそろえてあった。女は、大きくはあるがしなやかな手を平らな腹の上で組むと、男たちが話しだすのを待っていた。

「お座りください」フォイルが言った。

「ムッシュウ？」

「おっと！　この女、英語がわからないのか。先生、代わってくれ」

キティが殺されたという話を、ヴィクトーリンはグレッグよりもさらに無表情な顔で受け止めた。小百姓の図太さ——小百姓の貪欲さだとベイジルは感じた。それなりの金を払う相手には、善悪を問わず盲目的に従う者——そうした報酬が払われるという十分な見込みがある限りは。

「きっともうすぐフランスにお帰りになるのでしょうね？」ベイジルは打ち解けた調子で話しかけた。

「フランスに？」ヴィクトーリンは戸惑っている様子だ。「マダムはなにもおっしゃっていませんでしたけれど……」

「ああ、マダム・ジョセリンと一緒にという意味ではありませんよ。彼女が大変な負債に苦しんでいるのは、あなたもご存じでしょう？　将来的には小さなホテルにでも移られるのではないですか？　そうした場合、使用人を抱えるなんてとても無理でしょう——たった一人のメイドでも」

ヴィクトーリンの目の奥でなにかが動いた。

「そんなこと、あるはずがありませんわ」女はひらひらと部屋の中に視線を漂わせた。「この小さなホテルのようなお屋敷はマダムのものですもの……家具のどれ一つだって……」

「そんなことはすべて無意味なのですよ」ベイジルが答える。「みな、負債と抵当に食い尽くされているのですから。〝抵当《ビャン・スュル》〟という言葉はおわかりになりますか？」

「もちろんです。クレルモン・フェラン近くにあった兄の農場も抵当に取られてしまいましたもの。だからわたしはパリに出てきて、一人で生活を始めたんです。でも、考えてもみませんでしたわ。マダムまで……」

「もちろんそうでしょうね。わかっていれば、そのマダム・ジョセリンのために、犯罪の共犯者になるような危険は冒さなかったでしょうから——マドモアゼル・クラウドを監禁するようなことに手を貸したことですよ。でも、いまとなってはもう、重大な罪から逃れるためには真実を話す以外に方法はないのだとご理解いただいていますよね？　捜査に当たっているこちらのフォイル警視は、舞踏会の夜、あなたの身に起こったことのすべてについてお話しいただけるよう望んでおられます」

「わかりました」ヴィクトーリンは不承不承、アンが話したことのすべてを認めた。

「マドモアゼルが病気になられた日の昼前、あなたは一緒に散歩に出かけられていますね」とベイジル。

「どちらに行かれたのですか？」

「フィフス・アヴェニューを歩いただけですわ。マディソン・アヴェニューでアート・ギャラリーと布地店を覗いて、屋敷に歩いて戻りました」

「ほかにはどこにも行かれなかった？」

「ええ、どこにも！　マドモアゼルは運動としてお散歩をなさっているんです。肌にもいいですし」

「外出中になにか食べたり飲んだりはしていませんでしたか？」

「いいえ、なにも」

「最後にお嬢さんを見たのはいつですか？」

「舞踏会の夜の九時頃ですわ。マドモアゼル・クラウドの部屋で休んでおられたお嬢様の様子を見にいったときのことです。窓が全部開いていて、部屋の中が冷え切っていました。少しばかり小言を言って、窓を閉めましたわ。まだ興奮はしていましたけれど、陽気さは消えていました。落ち着かない様子で、塞ぎ込んでいる感じでした。マドモアゼルはこう言われたんです。『ヴィクトーリン、急に病気になるのって嫌なものよね？　パリのお医者様にマラリアは治ったって言われたとき、わたしが心から信じたのは知っているでしょう？』」

「では、自殺をほのめかすようなことはなにも言っていないのですね？」

「結果的にはそのようですね。マドモアゼルがマラリアの発作だと思われていたのは、間違いなさそうですから。わたしもそう思っていたので、いつまでもそのお部屋でぐずぐずしていることはありませんでした。あの夜はしなければならないことがたくさんあったんです。舞踏会にいらしたお嬢様たちが、お化粧をなさったりコートを置いておかれるお部屋の管理を任されていましたから。やっとマドモアゼルの様子を見に戻れたのが午前三時でした。でも、そのときにはもういなくなっていたんです」

「舞踏会の日に、いつもと違うように感じることはなにもなかったのかな？」フォイルが急《せ》かすように囁きかける。「まったくなにも？」

ベイジルはその質問をフランス語に置き換えた。

「いいえ！」ヴィクトーリンの黒い目が突然きらめいた。「少し変だと思ったことが一つだけあります――いま思い出したんですけれど。きっと、お二人《セ・メスィウ》には興味がおありなんじゃないかしら。カクテルが出される少し前に、図書室の前を通り過ぎたときのことです。ドアは閉まっていましたが、言い争う声が聞こえてきました――大声の、ええ、凄まじいばかりの怒鳴り声が。本気で怒り狂っているような声でしたわ」

「なんと言っていたかは聞こえましたか？」

「ああ、それは、いいえ。ドアは厚いですから」

「でも、声は大きかった。聞こうとはなさらなかったんですか？」

「ええ」ヴィクトーリンは両手を組むと、唇を引き結んだ。

「声の主はわからなかった？」

「女性の声ならわかりましたわ」薄い唇が意地悪く歪む。「マダム・ジョセリンの声でした」その名前の音を楽しむかのように、ヴィクトーリンはゆっくりと答えた。「間違いありません」

「それで、相手の声は男性だったのですね？」

「ええ、男性です。そちらの声についてはまったく確信はありません。あまり聞き慣れない声でした。でも、たぶん、エドガー・ジョセリンとかおっしゃる方の声ではないかと……」

5

「ちょっと意地が悪かったんじゃないか？」ヴィクトーリンが部屋から出ていくとフォイルが言った。

「ローダが破産寸前だなんて言わなくてもよかったのに」

「そうでもしなければ、彼女からはひと言も訊き出せなかったよ」ベイジルが答える。「あの手のタイプならよく知っているから」

躊躇いがちにドアをノックする音が、次のメイド、ハーゲンがやって来たことを告げた。せいぜい十八から二十歳くらい。たっぷりとした胴とぱんぱんの腿で、黒い制服の縫い目をはちきれそうにしているブリュンヒルダ（ワーグナー『ニーベルングの指輪』の女主人公）といったところか。頬は上気しているが、口で呼吸をしているために、血の気の失せた唇がひらいて乾燥している。そのせいで、実際よりもずっと愚鈍そうに見えているようだ。

「英語は話せるかね？」今度は引っかからないぞとばかりに、フォイルは真っ先に尋ねた。

「は、はい、刑事さん」娘の声は思いもよらずざらざらとしている。

「フルネームは?」

「ミ、ミーナです」娘は喘ぎ、ごくりと唾を飲み込んだ。「ミーナ・ハーゲン」

「結構、それでは」柔らかな口調でフォイルは話しはじめた。「来てもらったのは、きみが舞踏会の最中に、ミス・クラウドだと勘違いした人物が家を出ていくのを見ているからなんだ。それは確かかな?」

「は、はい、刑事さん。で、でも――」彼女はそこでひと息つき、どうしてもどもってしまう自分の癖を抑え込んだ。「それはミス・クラウドでした。この目で見ましたから」

「明るい照明のもとで見たのかね?」

「あー、い、いいえ」素直にそう認める。「もう暗くなっていましたし、お顔を見たわけではありません。ドアから出ていくうしろ姿を見ただけです。でも、どこへ行くにも着ていたくたくたの黒いコートをお召しになっていました。毎日、そればかり着ていらっしゃいましたから」

ベイジルは腕時計を見て、娘に視線を戻した。彼の目は相手の喉に留まっている。

「残念だが、それでは法廷での証言としては通らないな」フォイルが答えている。「実際のところ、きみが見たのはミス・クラウドではなくて、彼女のコートを着たミス・ジョセリンだったんだよ」

「でも、次の日にミス・キティを見ています――」

「翌日見たのもミス・キティではなかったんだ」フォイルは忍耐強く説明した。「ミス・アンだったんだよ。髪を切ってウェーブをつけ、眉毛を抜いていたからミス・キティそっくりに見えたんだ」

「でも、それじゃあ――」ハーゲンはどんよりとした青い目をフォイルに注いだ。「ミス・キティはどうなさったんです?」

「殺されたんだ」フォイルが答える。「毒殺だよ」

「ど、毒殺？」娘の頬から血の気が引いた。「じゃあ……」うめき声に近かった。「次はあたしの番だわ！　そうに決まってる！」

「落ち着いて」いささかうんざりしたように、フォイルは声を荒げた。

ベイジルが口を挟む。

「どうしてご自分も毒殺されると思うんです？」

「た、食べ物です！」娘は泣き叫びはじめた。「こ、ここに来たときから、変な味がしていたんです」

「だれかに話してみたかね？」

「ええ、もちろん。家政婦さんにもミスター・グレッグにもずっと言いつづけてきました。で、でも、あたしの言うことなんか、だれも聞いてもくれなくて。シェフも怒ってしまって、それ以来あたしとは口もきいてくれません。その人はフランス人なんですけど、あたしがドイツ人だからいい料理の味がわからないんだって言うんです。でも、あたしはドイツ人じゃありません——アメリカ人です。三歳のときにアメリカに連れてこられたから、ドイツ語なんてわからないし、いい料理の味もちゃんと知っています。ここで出される料理の味はおかしいんです。本当です！　だれかがあたしを、ど、毒殺しようとしているんだわ！」丸い頬にぼろぼろと涙が零《こぼ》れ落ちはじめた。「し、し、新聞に出ているような悪魔みたいな人間が！」娘は嗚咽に喉を詰まらせ、エプロンに顔を埋めた。

フォイルはゆっくりと頭を振った。「どうやら、ここで出される食事もみんな調べなきゃならないようだな」

「ランバートが喜んでやってくれるよ」ベイジルがつぶやく。「もしわたしがきみだったら、ハーゲン、しばらくは外で食事をすることにすると思うよ」

「そ、そうしますわ、先生」娘の声はエプロンに覆われてくぐもっていた。

「この家の人間と争い事を起こしたことはあるかね？」

「い、いいえ、そんなことは。でも――」

「でも、なんなんです？」

「ある日、埃払いをしていて、マドモアゼル・ヴィクトーリンがパリから持ってきたハンド・ローションの瓶を、わ、割ってしまったことがあるんです」

「彼女はなんと言っていました？」

「なにも言いませんでした。ただ、じっと睨んでいただけです。とても怖かった。なにか言ってくれたほうがずっとましだったのに――どんなことでも……」

「ヴィクトーリンがミス・キティに反感のようなものを見せたことはありますか？」

ハーゲンは驚いて目を丸くした。「いいえ、そんな。あの人はミス・キティが大好きでしたもの」

6

「よし、あの娘が無関係だというのは間違いないな」ハーゲンが出ていくとフォイルは言った。「人を殺すにはちょっとばかり鈍そうだから」

「子どもの頃にあのアデノイド腺様増殖症と歯並びを治していれば、彼女の性格もずいぶん違っていたかもしれないのに」ベイジルが言った。「でも、彼女はなんだってあんなに怯えていたんだろうな？」

「怯えていた？　あの娘は頭が弱いだけだよ」

「瞳孔が広がっていたし、首筋の脈拍も外から確認できるほどだった。心拍数を計ってみたんだが、十五秒で二十二——ということは、一分間で八十八にもなるんだよ」

「それが?」

「おおかたの人間にとって八十以上は速すぎだ」

「キティが毒殺されたなんて言ったから、怯えていたんじゃないのか?」

「いいや。彼女の脈拍は、きみがキティのことを言いだす前から速くなっていた。それに、部屋に入ってきたときにはまだ普通に見えたんだ。この部屋で見るか聞くかしたものが、彼女を驚かせたのに違いない」

フォイルはぐるりと部屋を見回した。しかし、異常なものなど見当たらない——それまではなかったのに、新たに増えているものもなかった。

第12章　滑稽な男

1

ほかの使用人たちは、スヴェルティスのボトルのことなど知らないと言った。ただし、キティがその薬を常用していることは、みなが信じていたようだ。シェフは、〝あのハーゲン《セト・アーゲン》〟という女はヒステリックでどうしようもないとくどくど説明した。本物のフランス家庭料理の栄光とも言える微妙な味加減がわからないなんて、あのかわいそうなドイツ人《ボーシェ》はよほど洗練されていないのだと……。

「確かにおかしな状況だな」事情聴取が一通り終わるとフォイルが言った。「給料はちゃんと払われていないし、屋敷の半分が埃除けに覆われている。家も家具も借金の形《かた》に入っているし、お披露目パーティの資金は親戚からの援助。娘のお小遣いは推薦状やら怪しげな宣伝で稼ぎ、ほかのものはすべてつけ払い――そしてさらに、新聞紙上でのキティの売り込み。『今シーズン、デビュー予定の最も愛らしいお嬢さん』結婚市場の相場操作とでも言うのか……まあ、今夜できることはこれで終わりだな」

「隣のパスクーレイの部屋は見てみないのか?」ベイジルがほのめかす。

「ああ、そうだ、それもやっておかなければ!　あのデブ野郎にはいくつか訊きたいことがあるんだ」

以前の馬車置場は、ジョセリン邸とアパートのあいだに建っている。一階部分には、二頭立ての馬車が優に入れるほどの両びらきドア。その上には、かつて屋根裏乾草置場の出入口だったアトリエの窓が広がっていた。

パスクーレイは掛け金の錠を取り出した。フォイルが彼に隠れて言っていた愛の巣へと螺旋階段が続いている。現代的なフランス様式で飾られたフラット——波紋シルクのような模様が入った薄い色の木材が、角にも刳《く》り形にも装飾品にも遮られることなく続いている。こんなところに巨額の金をつぎ込んだローダの愚かさにベイジルは仰天していた。しかしパスクーレイには、常に人生で最高のものを要求する猫のようなしたたかさがある。この男が、どうして年老いた女の愛人などになったのかは一目瞭然だった。モルヒネの常用癖も、まったく鍛えられていないたるんだ筋肉も、女のようにぽってりとした身体つきも、すべて同じ性質の現われであるように思われる——つまり放縦な生活。こんな男がどうして、芸術家の無我の境地になど到達できるのだろう?

考えるまでもなかった。無理なのに決まっている。

フォイルがイーゼルの前で腰に手を当て、未完成の絵を見つめていた。嵐を含んだ不穏な空。いましがた服を剝ぎ取られたばかりのような裸の女が、タクシーの屋根に座ってギターを弾いている。前景にはスイカと歯ブラシ。この奇妙な絵には、製図家としてのかなりの技術がつぎ込まれているようだ。しかし、構図的なセンスはゼロ。パスクーレイの個人的な欲求や感情や執着が、醜悪な、夢のような象徴として甘ったるく表現されただけのもの——雑誌にぶちまけられた心理的嘔吐物まがいの告白が文学とは言えないのと同じように、とても芸術とは呼べない代物《しろもの》だった。

「これでどうやって生活費を稼いでいるんですか?」フォイルが思わず尋ねていた。

「ああ、まさか」パスクーレイは優越感とも言えそうなものを交えて穏やかに微笑んだ。「ローダ——ミセス・ジョセリン——が、市場で自分の才能を垂れ流しにする屈辱から、ぼくを救い出してくれたんですよ。そのおかげで、純粋な自己表現に没頭することができます」

「芸術は自己表現の終焉から始まる」ベイジルがそんなことをつぶやいた。

彼は、心に病を持つ人々が催眠状態で描く主観的な絵を何枚も見てきたが、それがたびたび、患者たちの隠れた思いを推測するのに役立ってきた。同じ目的から、彼はパスクーレイの絵でも細かな心理分析を試みた。単に心を絵で表わしたもの。想像力によるものだろうか——それとも、このヌード・モデルは本当にキティ・ジョセリンに似ていたのか？

パスクーレイは太った身体を低い椅子に沈めると、煙草に火をつけた。

「どうぞご自由に探し回ってください……」そう言って、ぽっちゃりとした白い手を巡らせる。

「それはどうも」フォイルは素直にそう答えた。

ベイジルはパスクーレイの向かい側の椅子に腰を下ろした。「ミセス・ジョセリンはいつも義理の娘を憎んでいたとおっしゃっていましたが、あれはどういう意味なんですか？」

「言葉のままですよ」逮捕されることはないと知って、パスクーレイはしっかりと落ち着きを取り戻したようだ。「ローダはいつでも、先妻の娘に対するジェラルド・ジョセリンの愛情に嫉妬していたんです。だから、まだ赤ん坊の域も出ていないようなキティを、フィレンツェの学校に預けたりしたんですよ。ジェラルドが死んでしまってすぐのことですけどね。でもそのうちキティが成熟してくると、ローダはその美しさがいい売り物になるんじゃないかと気がついた——ジェラルドが彼女に残した唯一のものが。そのあとはキティをそばに置いて、いいだけ甘やかしてきたんです。古くからの憎しみは胸に抱えたまま。ローダは何度も結婚しましたけれど、自分の子どもには恵まれませんでした。母性本能なんてかけらもない女ですよ。教養のある女性の多くがそうですけれどね。どこかの腺に問題でもあるんじゃないかな。それに——」パスクーレイはくすくすと笑った。「いくら母性本能に溢れた女性でも、ローダくらいの歳になっていれば、自分よりもずっと若くてきれいな義理の娘を愛せるはずがないですよね」

「さて、この部屋を調べるぞ！」

フォイルが、ジョージ・グロース（一八九三〜一九五九。ドイツ生まれの米国の風刺画家）の詳細な人体図が入った画集につまずいた。彼はぴしゃりと音をたててそれを閉じたが、パスクーレイがおもねるような笑い声をあげた。

「どうぞゆっくりご覧になってください、警視さん！」肘掛け椅子に深々と身を沈めたまま、そう声をかける。「ぼくはこんなに早い時間から寝ることはありませんし、そのデッサンは十分にお楽しみいただけると思いますから」

警視の動きを追っていたベイジルの目に、なにやら光るものが映った。敷物の端からウインクでも送っているように見える。割れたガラスの破片？　屈み込んで拾い上げる。ローズカットのダイヤモンドがついたプラチナの指輪だった。目を上げるとパスクーレイがじっと彼を見ていた――病的なほど緑っぽくなった灰色の顔。アトリエの中が特に暑いわけでもないのに、ビーズのような汗が額に浮かんでいる。フォイルもちゃんとことの一部始終を見ていた。

「それはあなたの指輪ですか、ミスター・パスクーレイ？」鋭い口調でそう尋ねる。

「え――ええ――もちろんそうです」パスクーレイは唇を濡らしている。「そ、そのう――置き忘れていたものですから」

「女性もののように見えますけどねえ。ちょっとはめてみてもらえますか？」

小指でさえ太すぎた。第一関節さえ通らない。パスクーレイは唾を飲み込むとぶつぶつと言い訳をした。

「最近はしていなかったものですから。先祖伝来の家宝でしてね。母のものだったんです。感傷的な理由で取ってありまして」

「プラチナの土台は最近のものに見えるが」

「ダイヤモンドだけつけ替えたんです」

「感傷的な理由で？」

パスクーレイは目をそらすと椅子の中でもぞもぞと動いた。「わかりました、警視さん、本当のことを言うと――」

「さぞかしすごい話なんでしょうな」

「――この指輪はぼくのかわいい友だちのものなんです。あなたたちに話して彼女を傷つけたくはないのですが――だめですか？　この前の夜、ここにいて手を洗ったときに外したんです。彼女が帰ったあとで見つけたんですが、その後、そのう、ぼくが――どこかに置き忘れてしまって」

「そのかわいいお友だちのお名前は？　指輪のことで心配しているかもしれませんよ。いま電話を入れて、大丈夫だと知らせてあげましょう――もし、その方がその指輪についてご存じでしたらですが」

再びパスクーレイが目をそらす。「ぼくは――そのう――本当は――し、知らないんです、彼女の名前も住所も」

「電話番号もわからないんですか？」

「ええ。彼女は――そのう、俗に拾ってきた女と呼ばれるもので」

「これはまた、なんと都合のいい話だ！　指輪を見つけたときには、もちろん〝落とし物コーナー〟に記事を載せようなどとは、夢にも思わなかったんでしょうな？」

「ええ。彼女は結婚していましたから。夫に疑われるかもしれないでしょう？」

「そこまで考えていた――そういうことですか？　かわいらしいお友だちを拾ってきて、ここでもてなしをするというあなたのご趣味について、ミセス・ジョセリンはご存じなのですか？」

「まさか！」

ベイジルは指輪の内側を見ていた。ある期間、それをしていた人間がいるのは間違いなさそうだ。宝石商の名前もマークも、擦れて見えなくなっていた。

フォイルはその指輪をポケットに滑り込ませた。「さしあたりは、わたしがお預かりしておきます」

パスクーレイはそのポケットを見つめていた。ビスケットが入っているポケットをじっと見つめる犬のように。

フォイルはフラットの中をてきぱきと見て回った。キッチンは一度として使われた様子はない。ほとんど友人の家で食事をするからというのが男の言い訳だった。掃除はローダのメイドがしにきてくれる。もちろん、そのメイドには一銭も払っていない。どうして、そんなことをする必要があるんです？　バスルームにはニトロベンゾール系のきつい芳香剤の臭いがしていた。生産者が〝夜のキス〟《ベゼ・ダン・ラ・ニュイ》と呼んでいる代物だ。高級ホテルかと見紛《みまが》うほどの大きなバスタブ。珊瑚色のオイルシルクのシャワーカーテンと、中で腰を下ろすためのゴム製のエア・クッションがついている。棚には電気ランプと灰皿。風呂に浸かりながら、本を読んだり煙草が吸えるようにというわけだ。ガラス棚には、薫り高い石鹸や入浴剤が色とりどりに並んでいる。その両端に歯ブラシと重曹の缶。

「これはなんなんです？」フォイルが、外見上はバスルームにあってもおかしくはない大きさの機械を指差した。輪になった帯紐がそこからぶら下がっている。

パスクーレイがぶらぶらとやって来てボタンを押した。帯紐が掃除機のような音をたてて、ぶるぶると振動しはじめた。

「尻の贅肉を取るためのものでしてね」と臆面もなく説明する。「ほかにもいろんなことをやってみたんですよ——マッサージ、体操、フェンシング、乗馬——どれ一つ、効果がなかった。それでこれを試してみようと思ったんです。この機械もさほど役には立ちませんでしたけどね。甲状腺にでも問題があるんでしょうか、ドクター・ウィリング？」

「スヴェルティスは試してみたのかね？」ベイジルの声はいかにもさり気なかった。

「あのペルシアがどうのこうのいうものですか？」パスクーレイの声にもなんの感情も窺えない。明らかにローダは、彼がしっかりとケイシー巡査の監視下に置かれているあいだ、自分のバスルームの戸棚からスヴェルティスの瓶が見つかったことを話すのは不都合だと判断したらしい。

「いいえ、そんなものは呑んだこともありませんよ」パスクーレイが話を続ける。「あまり安全でないという人もいますし」

「キティ・ジョセリンは呑んでいた」ベイジルが言う。「知らず知らずに」

「まさか！　キティはそんなものを呑んだりしませんよ。推奨していただけなんです。逆に体重を増やそうとしていたくらいですからね」

「知らず知らずに——と言ったんですよ」

パスクーレイのあごが落ちた。「ということは——？」彼は喘いでいる。「つまり——それなんですか？」

「われわれはそう信じています。医学的な証拠も、彼女が舞踏会の日の午後に飲んだカクテルにそれが混ぜられていたことを示していますし——あなたが間違って飲んでしまったカクテルですよ」

パスクーレイは喘ぎながらバスタブの縁に座り込んだ。両手でシャワーカーテンをつかんで身体を支えている。

「なんていうことだ！」いまにも吐きそうな顔をしていた。「じゃあ——ぼくのほうが殺されるところだったんじゃないですか！」

「そのとおりです」フォイルの声には同情のかけらもない。「そんなことにならずによかったですね」

「なぜあなたが生きていてキティが死んだのか、それが不思議な点でしてね」とベイジル。「カクテルに毒が入っていたということ自体、なかったのかもしれません」

「でも――その線が濃厚なんでしょう？　ああ、恐ろしい！」パスクーレイは両手に顔を埋めた。

ベイジルとフォイルは互いに顔を見合わせていた。これが演技だなんて、ありえるだろうか？

「ひょっとしたら、あなたにもご協力いただけるかもしれませんよ」ベイジルがなだめにかかる。「キティのカクテルは、間違いなくあなたのカクテルと同じ味がしていましたか？」

パスクーレイがごくりと唾を飲み込む。それから言葉が零れ落ちてきた。

「彼女のカクテルは苦く感じました――ぼくのよりもずっと。グレッグがフランス産とイタリア産のベルモットを二つのシェーカーで使い分けたのかと思ったくらいです」

「あなたが間違って飲んだという苦いカクテルは、確かにキティのものでしたか？」

「彼女はそう言っていましたけど。ぼくにはなにもわかりません。一人にしてもらえませんか！　キティが死んだからって、どうしてぼくがこんなふうに気を揉んだり、いじめられたり嫌な思いをしなければならないんですか？　こんなことがあったら、一ヵ月は仕事ができなくなってしまいますよ！」

「仕事ね……」フォイルはタクシーの上の裸体をしげしげと見つめた。

2

屋敷の外で警察の車が待っていた。

「腹がすいたな」とフォイル。「カフェテリアにでも寄っていこうか？」

「警視、幻滅させないでくれよ！　探偵小説の刑事たちは、たいていリッツのようなホテルで食事をして、シャンパンが冷えていないとソムリエに文句を言ったりするんだぞ」

「おれの給料で、リッツで夕食なんか食えるか」

「わたしの場合も同様だ。確か、レキシントンのこの辺りに二十四時間営業のカフェテリアがあったはずだが」

車が動きだすと、フォイルは小さなブリキの箱を取り出した。製薬会社の馴染み深いトレードマークと〝重曹〟という文字が入っている。

「吐き気でもするのか？」

フォイルが箱を開けた。さらさらとした真っ白な粉がたっぷりと入っている。

「幸せの粉《ハッピー・ダスト》だよ」

「ハッピー・ダスト？　それはまたずいぶん詩的な表現だな、警視」

「違うよ、先生。モルヒネ――悪党どものスラングだ」フォイルは熱心に説明を始めた。「あんたがカクテルのことをあれこれ訊き出しているあいだに、バスルームから失敬してきたんだ。歯磨き粉やらなんやらと一緒に棚の上にあってね。危うく見落とすところだった」

「確か、本棚にはポーの全集も並んでいたな」ベイジルはぶつぶつとつぶやいている。

「麻薬取締班にとってはかなりの衝撃になるぞ。あいつらときたら、こんなものは一掃済みだと思い込んでいるんだから」

「麻薬所持という理由でパスクーレイを逮捕することはできなかったのか？」

フォイルはにやりと笑った。「あの男からはもっともっと引っ張り出してやりたいんだよ――直《じき》にね。そのために、こいつを失敬してきたんだ」

「あの男を見張って売人を捕まえるのか？」

「ああ、気の毒なやつだ。あの男も罰せられることになるさ――たとえ見張られていることに気づいたとしても」フォイルはその箱をオーバーコートのポケットにしまった。「三十グラム近くも持っていたんだ。不足気味のときにはグラム当たり三千ドルにもなる薬を。しかし、あんな絵が金になるわけがない。ローダが買ってやっているんだろうか?」

「ありえるね」

「それなら、彼女のパスクーレイに対する支配力も理解できる。でも、あの男のローダに対する支配力はなにに由来しているんだ?」

「彼女の歳なら、あの男はまだ必要だろう。彼にモルヒネが必要なのと同じように」ベイジルは答えた。

3

カフェテリアは、ネオンライトで地獄のごとく光り輝いていた。赤や金色の幾何学模様が点滅し、スピーカーからは〝ミルクマンズ・マチネー〟なるラジオの深夜番組が鳴り響いている。客は一人もいなかったが、すでに朝食用の皿が並べられていた――シリアル、マフィン、ホットケーキ。

ベイジルは券売機からチケットを取るとスチーム・テーブルのほうに進んでいった。温かいローストビーフ・サンドウィッチとサラダを選ぶ。コンビーフとキャベツをトレイに載せたフォイルがテーブルに加わった。

「サウス・ストリート一二一〇丁目A、夜警をしている人からのメッセージだよ」、〝ミルクマンズ・マチネー〟がスピーカーから鳴り響く。「『ビリーブ・ミー・イフ・オール・ゾーズ・エンディーリング・ヤング・チャームズ』をかけてくれ。うーん、うちにそんなレコードがあったかなあ。探してみるから、そのあいだ『ザ・ギミー・ギャルズ・アー・ゲッティング・オール・ザ・ダフ』を聴いとくれ」

フォイルが満足げに息を漏らしながら腹を突き出す。

「この件で一番興味を引かれるのは、ローダ・ジョセリンのバスルームから見つかったスヴェルティスのボトルだな。あんたたちのような心理学の先生は聞いたことがないだろうが、悪党というのはたいてい致命的なヘマをやらかすもので……」

「……自分の犯罪を隠す代わりに、それで警察に正体をばらしてしまうわけだ」ベイジルが相手の言葉を引き取った。

「好きなだけ笑ってくれていいよ、先生。でも、そいつが本当のところでね。係員がボトルの指紋を調べれば、きっとなにか出てくるさ」

ベイジルが目を輝かせた。

「わたしの場合、最も興味深く思った手がかりは、インクでドレスを汚したときのローダ・ジョセリンの慌てぶりでね」

第13章　うっかりミス

「なんだって？」警視は驚いて、まじまじとベイジルを見つめた。

ラジオの音がまた騒がしくなったのでベイジルは黙っていた。

「わからないな、先生」騒音が収まった隙を突いてフォイルが話しはじめる。「ローダ・ジョセリンはわざとインクをこぼしたのか？　おれたちよりも先に階上《うえ》に上がる口実がほしかったから？　でも、ドレスを着替えたいと言っても、ソーベルが許可しなかった」

「そういう意味ではないよ」ベイジルが答える。「あれはまったくの事故だったんだから」

「それなら――どうしてそれが手がかりになるんだ？」

「わたしが〝心理的な指紋〟と呼ぶのはそうしたことなんだよ。知ってのとおりフロイトは――」

「日曜の新聞でその男が言っていることを読んだがね」警視がうなる。「性犯罪以外の事件では、あまり役立ちそうになかったぞ」

「――フロイトとその仲間たちの理論というのはこういうことなんだ。人間の身体は無意識的な偶然では動きださない。従って、個々人の行動は常に偶然によるものではありえない。病気や、異常な発育過程のせいで健全ではない人たちには――痺《しび》れのために手を滑らせたり、脳にできた腫瘍《しゅよう》のせいできちんと話せない場合もある。しかし、健康な人間の場合、思考と感情のみが活動の点火プラグであり、直接的であれ間接的であれ、活動の発動機に点火されることがなければ決して動きだすことはないんだ。反射作用でさえ、化石化した感情だと言われているくらいだから」

「それで？」

「つまり、無意識の行動、あるいは、われわれが呼ぶところの〝うっかりミス〟は、目的のない偶然ではありえないということさ。もし、人の行動がすべて思考や感情に由来するなら、そうでない行動はみな、無意識の思考や感情の結果ということになる」

「でも、無様な失態というのは不注意のせいなんじゃないのか？」フォイルが反論する。

「まったく注意が払われていない行動ほど優美なものはないよ」ベイジルは言い返した。「夢遊病者が驚くような芸当を披露することがある。競技者も音楽家も手品師も、身のこなしが習慣と同じくらいスムーズになるまで練習をする――つまり、無意識に身体が動くようになるまで。ヘビや豹《ひょう》といった野生動物は優雅さのモデルじゃないか。そうした動物は意識的に動いているわけではないからね。

この理屈からすると、無様な失態、あるいは放心は、意識上の注意力が欠如しているせいではなく、意識と無意識の葛藤から生じるものということになる。この葛藤は、意識が無意識を抑圧するときによく起こるものなんだ。ということは、無意識が表に出てくるのは、夢を通しての言葉や、芸術活動、ヘマという形で現われた行動に限られてくる。失態における無意識の目的が一度理解できれば、その無意識が意識の意図をものともせずに、すばらしい技術や正確さを駆使して自らの目的を果たそうとするのがわかるはずだよ」

「じゃあ、子どもがよく言う『わざとだけど偶然』というのは本当なんだ？」

「そのとおり――フロイトの言うことが正しいならね。人間の活動が伴う限り不慮の死だって無意識の自殺、無意識の殺人なのかもしれないんだ――医者が処方箋を書き間違えたとか、お抱え運転手が木立に突っ込んだとか」

「それが陪審員にどう影響するのか、やっと見当がついてきたよ。四コマ漫画みたいにアインシュタインの理論も解明してくれるとありがたいんだがな！」

「明らかに、本当の意味での偶然は同時発生だけだろうね——動的な要因が二つ以上ある場合の。例えば、二人の人間が路上で偶然出会うとか、人間の関与なしに二つの化学物質が結合するとか」

フォイルはじっくりと考えていた。「じゃあ、そのフロイトとかいうやつの言い分が正しいなら、ローダ・ジョセリンには無意識の目的があってインク壺をひっくり返し、ドレスを汚したというわけなんだな？」

「まさしく。だから、その目的がわかりさえすれば、ローダが自分の意志で語った以上に、彼女について知ることができるはずだよ。失態というのは、夢と同じように暗号化されたメッセージなんだ。それを解読すれば、無意識のつぶやきを盗み聞きすることができるし、真実をつかむこともできる。人が自分の失態をコントロールするのは、反射行動や夢をコントロールするよりずっと難しいことだからね。『無意識は嘘をつくことができない』って言うだろう？　失態についての研究を終えたあとでは、動物の言葉を理解したソロモン王になったような気がしたと、フロイト自身が語っている。彼に対しては、友人たちも隠し事なんてできないんだろうね……。

だから、容疑者たちがしでかしたヘマ——なにかを落とした、壊した、忘れた、ものにつまずいた、言い損ねた——そうしたことはみな、精神分析医にその人物の心の内を語ってくれるものなんだ。弾丸についた跡が、それを発射した銃について専門家に多くを語るのと同じように。この国でそうした失態が証拠として扱われた例は、一つしか知らないけどね」

「どの件のことかはわかるぞ！」話題が自分の得意分野に戻ってきて、フォイルは大声をあげた。「リンドバーク事件だ」

「そう。法医学委員会のニューヨーク学会で秘書をしていたドクター・ダドリー・シェーンフェルト。彼はハウプトマンの心理と性格について、その人物が捕らえられるよりもずっと前に総合的な類型を導き出していたからね。脅迫状に見られた文字の抜け落ちと、コンドンとの会話に見られた音の抜け落ちを分析することで。もちろん、わたしたちの事件では、分析すべきメモも声の記録もない。だからその代わりに、それぞれの容疑者による抜け落ちや失敗なんかを分析していく必要があるんだ」

「これまでのところ、この件で見られる失態は一つだけだ」

「いいや」話しだしていたフォイルを、ベイジルが素早く遮った。「少なくとも四つはある。パスクーレイがキティのカクテルを飲んでしまった――誤って。それに、彼自身も言っているじゃないか。ダイヤモンドの指輪をうっかり置き忘れたと。ローダも自分のドレスにインクをぶちまけてしまっただけではない――自分の煙草ケースをなくしている。どうしてなのかは、すぐにわかるさ。心理的な手がかりは分析されて、物質的な手がかりに近いものに変えられていくべきなんだ」

「ものをなくすのもヘマのうちに入るのかな?」

「もちろん。ものをなくすのは単に、それをどこに置いたのかを忘れてしまうことだ。記憶の喪失の背後には常に、心の葛藤が潜んでいる。つまり、ヘマというのはすべて、心の病気の小型版のようなものなんだ――健全な状態における精神病。なにかを忘れることもなくすことも、小規模な記憶喪失なんだよ。ペンの誤り、つまり文字の脱落や、同じ言葉や文字だけが変わってしまうことも、同じ心理過程から生じている。自己流の方法によって記憶された自動筆記の一部というところかな。足の失態は夢遊病状態で、舌先の失態はうわ言。マラプロップ夫人（英国の劇作家R・B・シェリダンの喜劇『恋敵』に登場する、言葉の誤用で有名な老婦人）やドクター・スプーナー（英国の牧師、教育者。頭音転換で有名な人物）の特徴も軽度の精神病質の表われなんだ」

「ずいぶん専門的な話だな――気が変になりそうだよ、先生。ところで、そのヘマはどうやって解読するんだ?」

「同じ封筒で請求書と小切手を同時に受け取ったとするだろう? きみは請求書をなくし、小切手のほうはなくさなかった——そうした場合、わたしはきみをひどく貪欲であるか、ひどくお金に困っていると判断するだろうね。婚約している娘が大切な婚約指輪をなくしてしまった。本当は結婚などしたくなかったのかもしれない。最初の例では、きみは自分の貪欲さにほとんど気づいていないかもしれないし、二つ目の例の場合、その娘は心から婚約者を愛していると思っていた可能性もある。失態を解読する場合、その行動の裏にどんな無意識が潜んでいたのかを考えればいいんだ。どうしてあの人はあんなことをしようと思ったのか? 要は、望まないことをする人間はいないということさ——意識的にであれ、無意識にであれ」

レモンメレンゲパイを取りにいきながら、フォイルはじっくりと考えていた。

「ホテル・ローリーで夜勤をしているジョー・シュワルツからのメッセージだよ」スピーカーがわめき立てる。「この番組は最高だってさ。六時二十八分ちょうどに『シルバー・スレッズ・アマング・ザ・ゴールド』をかけてくれというリクエストだ。いま、午前六時二十七分。さあ、その曲をかけようじゃないか。楽しんでくれ、ジョー!」

レコードがかかりはじめる。フォイルは音をたててテーブルに拳を置いた。

「そうだ、その点に気づくべきだった!」

「なにに?」

「なあ、先生。容疑者がなに一つヘマなんかしていなかったとしたらどうなる?」

「ほとんどの人間が、毎週のようにうっかりミスをしているものだがねえ」

「おそらくは。でも、犯人がなに一つそんなことをしていないとしたら?」

ベイジルは少し寂しげに微笑んだ。

「犯罪者こそ、そういうことをしでかす人間だと思うよ――気の毒ながら。無実を装う人間は、自然な感情をすべて押さえ込まなければならないんだから――驚愕、恐れ、勝利感。嘘をつかなければならないし、嘘というのは抑圧の形の一つなんだ。そこには必ず葛藤が生まれ、それがヘマを引き起こす。太古の昔から失敗の無様さと罪悪感が結びついているのは、そのせいなんだよ。そればかりか、自分の意識層まで抑圧しなければならなくなる。それは、野生動物が本能を押さえ込むのと同じくらい、文明人の心にも障害を引き起こすはずだ。わたしが治療した〝戦争神経症〟というものも、負傷した敵兵を力で服従させたときの記憶が原因になっているんだ」

フォイルはまた考え込んだ。「あんたは犯罪者のことをよく知らないんだよ、先生。おれが言うんだから間違いない。そうした連中はしぶといんだ。良心の呵責なんてかけらも感じていないさ」

「そうなのかな？　犯罪者が必ずしでかすという致命的な失敗について、話していなかったっけ？　テイタートン事件で殺人犯が忘れたロープの切れ端みたいな。犯罪者が自分で自分の逮捕を導いてしまうような、とんでもないミスを犯す――良心の呵責や自首しようかという思い以外、どんな無意識がそこに働いているんだろう？　シュテーケル（ポーランド人の精神分析学者）はそれを〝無意識による告白〟と呼んだんだが」

スピーカーから突然、カナリアのさえずりが響いた。

「おはよう、みなさん！　ただいま、午前六時四十五分……」

「やれやれ、夜が明けてしまったよ！」フォイルが苦笑いをしている。「ありがたいことに今日は日曜日だ。日曜日にはたいしたこともできない。いくらどうにかしようと思ってもね」

「この件でわからないことがもう一つあるんだが」代金を支払ったあとでベイジルが言いだした。

「一つだって？」フォイルが笑う。

「ああ。パスクーレイはどうしてローダを疑ったんだろうな――彼女のほうでは、どうしてもキティに生きていてもらわなければならないときに？」

「質問するならほかのことにしてくれよ、先生」ため息をつくフォイル。「決定的なミスなんかなにもしていないような殺人犯なんだから」

「待つしかないね、警視。きっとなにかやってくれるから」

外ではもう何時間も前から朝刊が売られており、売り子たちが声を張り上げていた。

「社交会にデビューしたての娘が殺されたよ！　殺された娘について知りたくないかい！」

ベイジルは一部買い求めた。

『雪の中で発見された熱い死体……』

『キティ・ジョセリンはいかにして七十八丁目まで？』

『死のカクテル？』

『ソーベル地方検事との独占インタビュー……』

「余計なことをしゃべりすぎていなければいいんだが」ぶつぶつ言うフォイル。

「きみが思っているほどは話していないみたいだな」新聞に目を向けたままベイジルが答えた。「身代わりについてはひと言も触れられていないし、スヴェルティスの名前も出ていない――ただ〝減量剤〟とあるだけだ」

問題の記事は、わずかばかりの事実をけばけばしく誇張して引き伸ばしただけのものだった——〝ご家庭でのビッグニュース《スペシャリテ・デ・ラ・メゾン》〟といったところ。ゴシップ欄には〝ローウェル・カボット〟による『わたしが知っているキティ・ジョセリン』なる記事。女性向けのページには、〝今日もご機嫌〟欄を担当する女性記者が湿っぽい調子で、『キティ・ジョセリンの恐るべき運命は、すべての現代女性に向けられた教訓である』と書いていた。キティの現代性がどうして彼女の死を招いたのかについては、ひと言も触れずに。

それにもちろん何枚もの写真。〝カンヌでのキティ・ジョセリン〟——水着姿だ。〝女友だちとフィフス・アヴェニューを歩くキティ・ジョセリン〟——その友だちとはヴィクトーリンだった。

様々なテーマで書かれたキティ・ジョセリンの記事ばかり。それが紙面のほとんどを覆っていたせいで、南アメリカでの危機に関する記事にベイジルが気づいたのは、家に帰り着いてからのことだった。サンフエルナンド共和国とモンテンリクェズとのあいだで外交問題が緊迫化しているという記事。国境をめぐるいざこざが絶えなかったところだ……。

たった二行——二ページ目の、目立たない片隅に追いやられて。ここにきて、犯罪とスキャンダラスなニュースのネタが尽きてしまったというのだろうか。しかしいったいどれだけの人間が、地球の真下の読み方もわからないような国で、見も知らぬ人間が死んでいる記事など読みたがるだろう? 社交界にデビューしたばかりの有名な娘が、このニューヨークで殺されたというときに。

それでもベイジルはその記事に赤鉛筆で印をつけた。切り取って、ジョセリン事件として個人的に整理しているファイルに閉じ込む。フォイル警視が与えられても、戸惑うばかりかもしれない資料を。

第14章　ボトルについての新事実

1

月曜の朝、地方検事の事務所がある建物に着いた途端、フォイルは二つのカメラのフラッシュライトと質問の嵐に巻き込まれた。

「あの謎の男はここでなにをしているんですか?」

「彼もジョセリン事件に関係があるんですか?」

フォイルには、記者たちの言っていることがさっぱりわからなかった。口を閉ざしたまま、地方検事の事務所に向かう。

「すみません、地方検事、ちょっと遅れてしまって……」

ソーベルが一人ではないのを見て、彼の声は次第に消えていった。ほかに二人の男が彼に顔を向けている。一人は小柄で、これといった特徴もなく几帳面そう。明らかに事務員か秘書といった雰囲気だ。もう一人は間違いなく名士といった風貌。弧を描く眉と腫れぼったい瞼の下の冷たい目。小さな口は、悲しみをこらえるかのようにしっかりと結ばれていた。揺れるラグランコートの裾にはどこか軽快さのようなものがあるが、ケープの襞にはどっしりとした重厚感が漂っている。手袋をはめた手に握られた、頭が金色のマラッカステッキは細身の剣か鞭のようだ。

「こちらはフォイル警視です、ミスター・ダーニン」ソーベルが紹介する。

「ああ……」

眉がかすかに上がり、瞼の重い目がフォイルの顔に留まった。薄い、水色の目。

「お会いできて光栄です、ドイル警視――」

「フォイルです」警視がそれとなく訂正する。

「失礼――フォイルさん、ええ、そうですよね」柔らかな口調でダーニンが答える。Sの音がわずかに強いが、それ以外に外国語のアクセントはない。

「ミス・ジョセリンの恐ろしい死がどれほどショックだったか、地方検事にお話ししていたところです。わたしは――彼女がとても好きでしたから」男はそこで言葉を止めた。それから、いかにもやっとというように先を続ける。「正直なことをお話ししたほうがいいでしょうね、警視さん。わたしは、ミス・ジョセリンを妻に迎えられたらと思っていたのです」

フォイルは慰めの言葉のようなものをつぶやいたが、ほとんど聞き取れなかった。

「ありがとうございます、警視さん。ご同情には心から感謝いたします。ちょうどミスター・ソーベルにも話していたところなのですが、ミス・ジョセリンを殺害した犯人に関する情報提供に対して、一千ドルの懸賞金を出そうかと思いましてね。ほかになにかわたしにできることがありましたら、どうぞお電話をください」

「とても寛大でいらっしゃいますね、ミスター・ダーニン」

ソーベルが微笑む。フォイルはぼんやりと挨拶のやり取りを聞いていた。その男が話せば話すほど、フォイルは黙り込んでいった。言葉の間違いは、どんな思惑を隠そうとしていることの結果なのだろう？

「では、ほかにお尋ねになりたいことがなければ……」

「十分ですよ、ミスター・ダーニン」ソーベルの声はやけに愛想がいい。

「少しだけよろしいですか？」フォイルが口を挟んだ。「お訊きしたいことが一つあるんですが」

「もちろんですとも！　で、その質問というのは？」

「ミス・ジョセリンが亡くなる前に、婚約までされていたのですか？」

そのぶしつけさに、ダーニンはいまにも怒りだしそうに見えた。しかし、小さく肩をすくめると観念したようだ。

「いいえ、警視さん。まだ、彼女には話していませんでした。しかし――」男は残念そうに微笑む。「こちらの気持ちには気づいてくれていたと思いますよ。ご婦人方はそうしたことには聡《さと》いですからな――年若い娘さんでも」

「もう一つ失礼な質問をお許しいただきたいのですが」とフォイルが続ける。「ミス・ジョセリンがあなたの――気持ちに応えると信じる理由がなにかあったんでしょうか？」

「こら、フォイル！」ソーベルが叫んだ。「そんなことまで訊く必要はないぞ！」

「よろしいんですよ、ミスター・ソーベル」ダーニンは諦めともつかない穏やかな口調で答えた。「正確な答えを出すことはできませんが、コイル警視、ミス・ジョセリンがわたしにまったく無関心だったとは思っていません。もちろん、わたしはもう若くはありませんが――そうですね、心からの献身と一生涯の安定を彼女に差し出していましたから――つまり――彼女にふさわしいものをとでも言いましょうか？若い男では、こうしたものを両方与えることはできませんからね。若いうちは身勝手ですから、警視さん。男が本物の愛の意味を理解するのは中年に達してからですよ――つまり、完全に己を捨てて尽くすという意味の愛ですが」

男は、猫のように物憂いしなやかさで立ち上がった。

それでもフォイルは食い下がった。「もう一つだけ、ミスター・ダーニン。キティ・ジョセリンに消えてもらいたいと思うような人間に心当たりがありますか?」

ダーニンは首を振った。「そんなことがあるはずないじゃないですか! 愛らしい十八歳の娘だったのですよ——なにもかもがこれからという。そんな娘にどうして敵がいるというのです?」そこでため息。「それで終わりでしたら、もう失礼させていただきたいのですが」

「わたし専用のドアにご案内しましょう」ソーベルが言う。「そうすれば記者たちに捕まらずに済みますから」

「ああ、記者たちか! そうでした。でも、わたしとしては彼らを避ける理由はありませんよ。わたしが出す懸賞金について話せば、捜査の進展にも役立つんじゃありませんか?」

ソーベルはぎょっとしている。ダーニンが提供した懸賞金については、自分がインタビューに答えようと思っていたのだ。彼は渋々、記者たちを中に入れるよう秘書に指示した。

ニコラス・ダーニンがその場の空気に緊張していたとしても、記者たちと挨拶を交わす彼は、そんな素振りさえ見せなかった。

〝こいつ、地方検事と同じくらい目立ちたがり屋なんじゃないのか?〟フォイルは内心そう思っていた。〝それに、絶対なにか変だ!〟

「こちらを見てください、ミスター・ダーニン!」カメラマンが叫んでいる。「あごを上げて。もうちょっと右」

驚くほどの素直さで、あれこれと注文をつけるカメラマンたちに、ご立派な男は従っていた。

「わたしはミス・ジョセリンが大好きでした」男は繰り返している。「ですから、彼女を殺した犯人の逮捕につながるような情報には一千ドルの懸賞金をお出しいたします」

「それは大金ですね、ミスター・ダーニン」

「彼女とは婚約なさっていたのですか?」

「もうそれで十分だろう」ソーベルが苛々しながら割って入った。

「そんなことをいまお話ししても仕方がないのではありませんか、みなさん?」声をかすかに震わせながらダーニンが答える。

記者たちでさえ恥じ入ってしまうような口調だった。

「そうですね、すみません、ミスター・ダーニン」

「本当はこんなこと、お訊きしたくないんですよ。でも、わかっていただけると思うのですが——編集長が……」

「ええ、わかりますとも」皮肉っぽさと哀れみが見事に入り交じった笑みが口元に浮かぶ。「わたしにも若かった頃がありますし、仕事を失うのがどういうことなのかも知っています。そうですね、わたしはミス・ジョセリンと結婚したかった、そのつもりで彼女を追ってこの国にやって来た、編集長さんにはそうお伝えになったらいい。そしていまは——すっかり打ち萎れていると。恐ろしいほどのショックでしたからね。これでニュースになるのではないですか? どうか、もう行かせてください」

「ええ。ありがとうございます。すばらしいニュースになりますよ!」

ダーニンはドアに向かいはじめた。

「もしまたお話があれば、ボイル警視、わたしはウォルドーフにおりますから……」

2

「さて、おまえはどう思う、ダフ?」自分のオフィスに戻ったフォイルは部下に尋ねた。

ダフが答えようとすると電話が鳴った。受話器を取り、フォイルを見つめる。

「エドガー・ジョセリンです。本部長がボスに押しつけてきました」

「まったく、なんてこった!」フォイルが電話を代わる。

「フォイル次長警視正です」

「ジョセリン事件の担当者はきみかね?」低い声だったが、抑えつけた怒りのせいか震えている。

「ええ、わたしが――」

「結構、わたしはキティ・ジョセリンの伯父――エドガー・ジョセリンだ。日曜日にジェラルド・アーチャーと話したんだが、今日、きみにかけ直すように言われてね。なあ、警視、きっとなにかの間違いなんだ。水曜の朝に雪の中から発見されたのが、姪のキティであるはずがない。金曜の夜のオペラで会っているんだから。ほかに何十人もの人間が、そこで彼女を見ている。継母はいまは会いたくないと言うし、ジェネラル・アーチャーは、オペラに来ていたのはキティの身代わりの従姉妹だとかなんとか言いだすし。なにかの間違いなのはわかっているが、ジョセリンの名前が薄汚い新聞でローマ教会の休日を汚すのには我慢がならん! わたしは――」

「お会いできればご説明しますよ、ミスター・ジョセリン……」

「結構。十五分でそちらに伺おう」

フォイルは机の上に山になった手紙や報告書、部署内の回覧メモを見やった。時間がなくてまだ目も通していない。彼が一度に複数の事件を指揮しなければならないことなど、だれ一人気づいていないようだ。

「できれば午後のほうがいいのですが、ミスター・ジョセリン。三時頃なら……」

「今日の午後など事務所から出られん! 四時半から重役会議なんだ。きみは――」

フォイルはきっぱりと遮った。アーチャーと違って、彼は人によって態度を変えたりはしない。

「午後からなら、わたしがいつでもそちらの事務所に伺いますよ、ミスター・ジョセリン。でも、午前中はわたしのほうに時間がないんです」

「では、二時半だ！」

「二時半ですね、結構ですよ」

「こちらはちっとも結構じゃないが、あんたには会う必要があるからな。住所は知っているかね？　インダストリアル・フィニシング・カンパニーで電話帳に載っている」

エドガー・ジョセリンはさよならも言わずに電話を切った。

「例の新聞記事はずいぶん反響を呼んでいるようですね」ダフが重い口をひらく。「最初がダーニンで次はジョセリンだ」

「こちらとしては、おれに会いたがるやつより、会いたがらない人間のほうに関心があるんだがね」とフォイル。「フィリップ・リーチというやつが捕まるかどうか調べてくれ。〝ローウェル・カボット〟の名で何紙かに記事を書いている男だ。ゴシップ記事だが」

警視は机の上の書類に目を通しはじめた。最初は指紋検査班からの、スヴェルティスのボトルについての報告書。

「リーチという男はつかまりませんね、ボス」ダフが報告する。「事務所に電話してもいないと言うし、どこにいるのかもだれ一人知らないそうです」

「だめか？」もうなにも警視を驚かせはしなかった。「じゃあ、午前中のうちにミーナ・ハーゲンをここに連れてきてくれ。スヴェルティスのボトルから彼女の指紋が出たそうだ」

「了解。それとダーニンについての極秘情報が入っていますよ、ボス」

警視は二枚の紙を受け取り、『名士録』の写しのほうを読みはじめた。

ダーニン、ニコラス。メリット勲位（一九〇二年制定。二十四人の文武殊勲者に与えられる名誉勲位）受勲。レジオン・ドメール勲位（一八〇二年、ナポレオンにより制定）上級勲爵者。株式仲買人。一八八四年生まれ。パリにて教育を受ける。ヴィクトリア・アンド・アルバート博物館及びルーヴル美術館の東洋美術部門に、スペイン・ムーア様式のファヤンス焼きや中国元朝時代の掛け軸を多く寄贈。住まい――ロンドン、カールトン・テラス・ハウス　A　21。シャトー・アリス。ビューリー。アルプマリティム。クラブ――マールバラ、セルクル・デ・ルニヨン。

二枚目の紙は、ロンドン警視庁《スコットランド・ヤード》からのファックスだった。

お問い合わせのニコラス・ダーニン（照会番号　XL　6392）に関しては、信頼に値すべき情報がほとんどありません。一九一〇年英国に帰化。噂によると出生地はさまざまです――オデッサ、ストックホルム、ブダペスト。両親はロシア帝国生まれとの噂があり。一九一二年よりロンドンでインペリアル・エクスプローシブ・カンパニーを経営。株式仲買人。軍需品関係の会社も多く保有――一九一三年、パリにプドゥリィエ・デ・サーントウを創立。これは一九三七年、グデュル政権によって国有化されています。一九一九年、プラハにバルカ。一九二〇年、ニュージャージーにアメリカン・シェル・カンパニー。一九三二年、ブレーメンにコッホライネケッセル・ミュニーションズファブリック。一九三六年、ブエノスアイレスにコーポラシオン・デ・ミュニシオン・デ・アルジャンティーナ。名前が知られるようになったのは、一九二一年のパレルモ会議で、ルーマニア代表団の経済顧問を務めてからです。一九三六年、前述の会社の株主ではありつづけるものの実際的な商売活動からは引退し、王立委員会の防護役を引き受ける旨を宣言しています。未婚につき多くの女性との噂あり。最近ではこの秋、パリのダールクィン劇場でスージー・カミングスなる女性を同伴しているのが目撃されています。個人的な報道を極度に嫌い、いかなる新聞のインタビューにも答えず、ニュース映像に姿を現わすこともありません。スコットランド・ヤード主任警部、リンデン。

フォイルは口をすぼめて音にならない口笛を吹いた。

3

アン・クラウドの正常性になんの疑いもないことがわかったいま、ベイジルはこの事件での公式な介入権を失ってしまった。

〝でも、個人的にランバートを訪ねることにはなんの問題もないはずだ〟彼は自分に言い聞かせた。〝そして万が一、彼がジョセリン事件についてなにか言い出しても、こちらからは話題を変えなければいいだけのことだ!〟

昼食後、彼は友人の研究室を訪ねていった。真面目くさった顔で栓つきフラスコを前後に揺らしているランバート。その前では、うんざりとした顔のフォイル警視がその様子を見つめていた。

「あの先生は三十分もあんな調子でね」とフォイル。

テーブルの上には、長い黄色の房飾りがついたスヴェルティスの黒いガラス瓶が二本。

「ボトルから指紋が見つかったのか?」ベイジルが尋ねる。

「キティ・ジョセリンの指紋が少し、ミーナ・ハーゲンの指紋が少し。今朝、さらに話を聞くために、ハーゲンに事務所に来てもらったよ。バスルームの戸棚を掃除しているときにちょっと触っただけだと、べそをかきながら認めた。その瓶がいつからそこにあったのか、どのくらいの期間半分空になっていたのかは、覚えていないそうだ。本当かもしれないし――本当ではないかもしれない。もう少しよく思い出してみろと言っておいたよ。あとでまた厳しく問いただしてみるさ」

「あの娘には、こんな殺人を犯すほどの頭はないだろう」

「ああ。でも、共犯者にならなら十分になれるからね。気は弱いし――脅かすのも簡単だ――ぼうっとしているし」

「ジョセリン邸から押収した食料や酒についての報告は?」

「ビルが――うちの助手だけど――今朝、調べたよ」ランバートが口を挟む。「毒が混入した形跡はなし」

彼はフラスコを振る手を止めると、冬の弱々しい光に透かしてみた。液体の上澄みが、濃い赤紫色に変わっている。

「やっぱりそうか」ランバートはフラスコを下ろした。

「やっぱりそうかって言うのは?」フォイルが尋ねる。

「化学者のデリアンの言うとおりだっていうことですよ。このフラスコには二十錠分のスヴェルティスが入っています。そしてこの紫色は、スヴェルティスがジニトロフェノールを含んでいることの証拠です」

「死体のほうはどうなんだ?」尋ねたのはベイジルだった。

ランバートはシンクで手を洗っている。「今朝、蒸発処理で濃縮した腎臓組織の抽出物を蒸留してみたんだ」肩越しにそう返事を寄越す。「2,4‐ジニトロフェノールがたっぷり出てきたよ。もっとはっきり言えば、ヒドロキシジニトロベンゼン‐1,2,4だが」

「ヒ——ド——なんだって?」フォイルが悲鳴のような声をあげる。

「ぼくたちはこの国で義務教育を受けているんですよね」ランバートが楽しげに答えた。「その薬をフランス語で〝テルモル〟と呼ぶことにしましょうか——あなたにも覚えられるように。今朝、腎臓組織の定量分析もしてみましたけど、キティ・ジョセリンが普通では考えられない量の薬を呑んだのは間違いないですね。正確な量を見積もるのは不可能ですけど。毒素というのは普通、死の前に嘔吐物や尿と一緒に体外に排出されてしまいますから。たぶん六グラムくらいかな——トロイ衡で言えば九〇グレーン（ヤードポンド法の単位。一グレーンが〇・〇六四八グラム）。あるいは、体重一キロについて千ミリグラム以上。キティの体重は一〇五ポンドで、だいたい五十二キロくらいですから、体重一キロにつき十ミリグラムが致死量です。もっとも、そうした薬の効き目というのは実に気まぐれで、もっと少ない量でも死んでしまうことはありますけどね。ある医者がこう言っているくらいです——『いわゆる〝治療的〟な投与量と致死量は、しばしば一致する』」

「でも、広告では無害っていうことになっているじゃないか！」

ランバートが微笑む。「古代ペルシャの美の秘法に基づくとも言われていますよ」

「それも違うと言うのかね?」

「まあ、古代ペルシャ人が、ベンゼン環を持つニトロ派生物について知っていたなんて、聞いたことがありませんからね」

「そんなに危険なものなら、処方箋なしでは買えないんじゃないのか?」フォイルが食い下がる。

「ニューヨーク市内では買えませんね」とランバート。「でも、ニューヨーク市民でも市の外に出れば、いくらでも買えます——ニュージャージーやカリフォルニア、ルイジアナ州以外なら、ニューヨーク市外の州内でもコネティカット州でも、アメリカ中のどの州でも買えます。カナダと同じように、そうしたものの販売を規制する連邦の法律が存在しませんから。それに、地方の法律制度では、医学界の発展の速さにはついていけませんからね。当然、組織的に荒稼ぎをしようとする企業はこの点を利用して、スヴェルティスのようなものを開発しているんです。アメリカ医学協会によると、現在、二十三種類もの発熱性の減量薬がさまざまな商標で出回っているそうです。みな、煽情的な新聞や雑誌で宣伝されているものばかりです。スヴェルティスはラジオでも宣伝していました。だけど、広告関係者が超一流の説得力と呼ぶもので成功したのは、スヴェルティスだけでしょうね」

「キティ・ジョセリンが種つきオリーブからこの毒を摂取した可能性は考えられるかな?」ベイジルが尋ねる。

「ものすごい量を食べたんじゃなければ無理だろうね。スヴェルティス一錠には三百ミリグラムのテルモルしか含まれていないから。二十錠は呑んだことになる」

「死後もおかしな具合に体温が高かったのは、そのテルモルのせいなのか?」とフォイル。

「それがテルモルの毒性の特徴ですからね。投薬量が九グラムだったあるケースでは、死後の体温が四十六度ありました。死体が一時間に二度ずつ冷えていくとするなら、雪で風が遮られていた場合、どのくらいの時間温かい状態でいるかはご自分で計算できるでしょう?」

「そして、顔にも黄色い染みができるわけかね?」

「顔に出る場合もあります。ときには手のひらだったり、胴体部分だったりです。内臓器官や分泌物も、普通は同じように黄色くなります」

「それだけいろんなことがわかっているなら、どうしてあのばかダルトンは検死をしたときに教えてくれなかったんだろうな?」

「実際はよく知られていませんからね。わたしだって特別に勉強したばかりですから——それで、いろんなことを知っているんですよ。毒がテルモルかもしれないと教えてくれたのはベイジルですし」

「わたしのほうは、減量剤の広告にキティの名前を見つけてやっと、テルモルのことに気づいたわけでね」とベイジル。「検死報告書を読んだときには、キティの症状で気づくほどには、その薬については知らなかったんだが」

「ほう、そうなのかね？　二人とも、たいした専門家だ！」

「テルモルは比較的最近、発見されたものでしてね」誇らしげにランバートが説明する。「なにもダルトンが、そいつに騙された最初の検死官というわけではないんですよ。『アメリカ医学協会月報』で見つけたあるケースでは、検死に当たった医者たちが率直に報告しています。『われわれは死因について筋の通った推測ができなかった』真実がわかったのは、死者の持ち物からテルモルの錠剤が発見されてからのことだったんです」

「キティ・ジョセリンが太っていたなら、われわれもすぐにテルモルのことに気づいたかもしれないんだがね」とベイジル。「彼女の骨はか細くて、比例するように肉づきも薄かった。そもそもそれが、減量剤のことなんて思いつかせなかった原因かもしれない」

そのときなにかに思い当たったフォイル警視はあまりにも深く思いつめているようで、〝さあ、出てこい〟と言う声がいまにも聞こえてきそうなほどだった。

「だけど、どうしてダルトンはそれを熱射病だなんて言ったんだろう？」

ランバートがまたしても微笑む。「どうしてって、熱射病だったからですよ」

「はっ？」

「体内における熱射病。もちろんご存じでしょうが、生命活動というのは燃焼なんです。あるいは代謝という炎。代謝率が上がれば、体内で発生する熱も大きくなります。そしてそれは、南国の強烈な太陽と同じように、体内器官に影響を与えます。テルモルは、生命活動の炎を吹き上がらせるふいご――いわゆる〝生命作用の触媒〟なんです。脂肪を含めた体内組織を燃焼させるので減量剤として使われています。少量であれば、血色を改善し身体を温め、健康にも貢献します――それが広告で、スヴェルティスは減量剤であると同時に〝強壮剤、及び美的効果も期待できる〟と謳《うた》っている所以《ゆえん》なんです。でも、たとえ少量でも、失明や皮膚発疹、味覚の鈍化を引き起こす可能性については触れていません。大量に摂取すれば、自らの体内細胞が上げる炎で〝文字通り焼き殺される〟ことについてはもちろんのこと」

フォイルは身体が震えてくるのを抑えられなかった。

「これが犯罪史上初めてのテルモルによる殺人だということにはお気づきですか?」ランバートは小鳥のように嬉しそうに、わくわくしながら話している。化学者というのは、警察の人間よりもずっと非情なのだろうか?

「テルモル系の減量剤では、不慮の事故死と自殺が一件ずつあります。しかし、ジョセリン事件の場合は第一級謀殺ですね。法医学の一般的な資料では、こうした件についてはほとんど触れられていません。一九三五年にダグラス・カーが『イギリス医学ジャーナル』から短い記事をいくつか紹介しているのと、一九三二年にディクソン・マンがジニトロベンセンについてちょっとしたものを書いているだけです。でもどちらも、テルモルを大量に摂取した場合の体内における驚くべき症状については、なにも述べていません。彼らが言及しているのは、体外的な中毒反応を示している軍需品工場の労働者についてがほとんどです」

「軍需品工場の労働者だって!」フォイルが椅子から飛び上がった。「まさか、テルモルが軍需品の製造に使われているなんて言わないよな?」

「どうしてです?　今回の事件が軍需品となにか関係あるんですか?」

「大ありさ!」今度微笑むのはフォイルのほうだった。「今日の夕刊を心待ちにしているといい。ニコラス・ダーニン――そういうことだよ」

「それはまたおもしろい」とランバート。「戦争が始まって、テルモルを扱う施設で働く労働者の体重が落ちることに人々が気づくまでは、だれもそれを減量剤に使おうなんて思わなかったんですからね」

「体重を落とすために爆弾を呑んでいるようなものだ！」フォイルが信じられないというように頭を振る。「この悪魔の呑み物は、ほかにどんなものに使われているんだ？」

「毒物というのはたいてい、複数の商業的利用価値があるものでしてね。テルモルの場合、イギリスではクレープゴムの加硫《かりゅう》処置剤として使われてきました。この国では、織物の染料とか、アリマキ用の殺虫剤として使われていますね。それに、化学研究の分野では、ミハエリス方式で水素イオン濃度を示す色指数薬として使われています」

「お手上げだ！」フォイルがうめく。「いったいそれはなんなんだ？」

「単純な理屈ですよ。アルカリ度というのは――」

「そこまで！」ベイジルがきっぱりと割り込んだ。「この男に講義なんか始めさせないでくれよ、フォイル」

「キティ・ジョセリンの体内から見つかったテルモルだが、スヴェルティスという形で与えられたと証明する方法はないのかな？」

警視の声はひどく悲しげだったが、ランバートの答えはそれとはまったく対照的だった。

「スヴェルティスの錠剤を粉にすると、テルモル以外の原材料は二つだけです――苦味を隠すための砂糖と、可溶性を加えるための重炭酸ソーダ。どちらも死体にはよく見られる物質ですから、なんの証拠にもなりません。減量剤に使われる化学的に純粋なテルモル、爆弾や染料などに使われる商業用テルモル、この二つは、一度生体を通過してしまうと区別がつけられません。体外にあるときの商業用テルモルは、純粋なものより煤《すす》けた黄色をしています。かすかな苦扁桃《ビターアーモンド》の香り。純粋なほうは無臭です。溶解点はいろいろですね。でも、一度体内に入ってしまえば、どちらも組織をカナリア・イエローに染めますし、代謝率を上げます。体内組織によってほかの化合物に変えられるのは、どちらの場合も同じです。かなり純度の低い商業用テルモルが使われた場合、モノニトロフェノールが見つかる可能性があります。でもだからと言って、なんの証拠にもなりませんけどね。その存在っていうのは、使われた物質の不純性を示すだけですから」

帰ろうとして立ち上がったフォイルの目が、ガラスの容器に入った色鮮やかな黄色の粉に留まった。

「それはなんなんだ?」

「イーストマン・コダック・カンパニーの最も純粋なテルモルですよ。比較のために、スヴェルティスと腎臓の蒸留液にした実験をこの粉でも試みてみたんです」

「ふーっ! この事件はとんでもない経費を市にかけているようだな」

ランバートはきょとんとしている。「テルモルは高くなんかないですよ。化学的に純粋なものでも、百グラムで七十五セントしかしないんですから。商業用なら、百五十七キログラム入りの樽で買えば、○・五キロ当たりで二十三セントにしかならない」

ベイジルは手のひらにスヴェルティスの瓶を載せていた。

「約五十錠。各錠に三百ミリグラムのテルモルと、砂糖にソーダが少々。そしてこれは普通サイズで定価は十ドル。とんでもない利益を貪《むさぼ》っている人間がいるようだな……」瓶に描かれたしなやかな茶色の女性像を見つめる。「どくろマークのほうがよほどぴったりだろうに。もっとも昨今では、海賊でさえどくろマーク入りの旗なんて掲げないけどね。〝偽りの宣伝〟だと見なされても……」

フォイルがこわごわとランバートの顕微鏡を覗き込んでいる。

「そこに見えるのが本当の殺人鬼ですよ、警視さん」焦点の合わせ方を教えてやりながらランバートが言う。「パラ・ポジションでベンゼン環のヒドロキシル基にくっついている二つのニトロ基。ポジションはただのパターンにすぎません——死を呼ぶデザインですよ」

「そんなものはちっとも見えんぞ!」フォイルが言い返す。「ちっちゃな黄色い四角がいくつか見えるだけだ」

「ベンゼン環を見たことがある人間なんて一人もいませんよ。その辺にある機械よりずっと複雑だし、なによりも小さすぎて見えないんですから」

「それなら、どうしてそこにあるなんてわかるんだ?」

「わたしにだってわかりませんよ」ランバートがにやりとする。「化学というのは数学に似ているんです——正真正銘の虚構に基づいている。詩人より想像力が必要だし、坊さんよりも信仰心が必要なんです」

「ジンとベルモットで商業用テルモルの苦扁桃みたいな匂いが消えるだろうか?」ベイジルが不意に口を挟んだ。

「そもそもがカクテルではないかもしれないんだぞ、先生!」とフォイル。「パスクーレイはいまだにぴんぴんしているんだから」

ベイジルが再びランバートに顔を向ける。「六グラムのテルモルを二人の人間が呑んだとして、一人が死に、一人が生きているなんてことがあるかな?」

「それだけの量を呑んで死ななかったやつの話なんて聞いたことはないけど、薬の効き具合にはそれぞれの体質の違いが関係しているんじゃないかな。おれたちにわかっているものもあるし、わからないものもある。例えば、大酒飲みやマラリア患者の体質は、普通の人間よりもテルモルの影響を受けやすいはずだ」

フォイルが大きな拳をテーブルに叩きつけたせいで、ガラスの容器がかたかたと鳴った。

「気をつけてくださいよ！　割れてしまうじゃないですか！」ランバートが叫ぶ。

「キティ・ジョセリンが慢性のマラリアに罹っていたという事実は、きみにとっても興味深いんじゃないかな」ベイジルがゆっくりと告げた。

ランバートは関心を持ったようだ。「そりゃあ、かなりひどい話だな。それも計算の上でっていう――みたいじゃないか？」

ベイジルの頭にふとひらめくものがあった。「テルモルは薬物中毒者にはどう影響するんだろう？」

「その薬による――当然ながら」

「そうだな――じゃあ、モルヒネは？」

「特に影響が出るとは思えないね……でも、確かめてみたほうがいいだろう」

ランバートは本棚に近づくと、『化学論文要録』の索引の巻を抜き出した。それから違う巻を調べる。

「やったぞ！　当てずっぽうか千里眼か？　フランス人学者のカーエン。モルヒネを定期的に投与されたウサギは、通常のウサギよりもテルモルの影響を受けない。同じ実験が人間に試みられたことはないけど、人の場合もモルヒネ中毒者のほうが影響は少ないんじゃないかな」

ベイジルがフォイルの目を捕らえる。二人とも同じ疑問を抱いていたが、フォイルのほうが早かった。

「パスクーレイがそれを知っていたと思うか――そもそもの最初から？」

第15章　招かれざる客

1

フィリップ・リーチを雇っている新聞社は自社ビルを持っており、編集部はその建物の八階にあった。フォイルは入り口に立つ若い警備員に金バッチを見せた。

「フィリップ・リーチに会いたい」

「はいっ?」警備員は目を丸くしている。読んでいた『恐怖物語』が床に転がり落ちた。「ここにはいませんよ、刑事さん。あの人、人でも殺したんですか?」

「自宅の住所はどこかな?」

「すみませんが、ぼくではわかりません」

「では、編集長のところに案内してくれたまえ」

編集長は、大きな地方ニュース編集室を三分の一ほど入ったところに座っていた。

「それで、警視さん?」男の目は、もううんざりといった様子だ。

「フィリップ・リーチを探している」

「どうしてです?」声だけは、騙されそうなほど柔らかだ。「おかしな金でもつかまされたんですか? それとも不渡小切手とか?」

「彼がそんなことをしたと思っているんですか?」

「いいえ。ただ——あなたが彼を探しているとおっしゃるから……」編集長は椅子の背に寄りかかった。「あなたは、やつがなにをしでかしたと思っているんです?」

フォイルはその質問には答えなかった。「今朝、こちらに電話をかけてもいなかったし、連絡もつかないと言われました。どういうことなんでしょう?」

編集長は微笑んだ。「ミスター・フィリップ・リーチは先の火曜日から出勤していませんでしてね、われわれのほうでも行方がわからないんです。ダーキンという男が彼の仕事を代行しています。出てきたときには、クビですよ、あの男は」

フォイルは記憶を呼び集めた。火曜日——ジョセリン家の舞踏会があった夜だ。「では、朝刊に出ていた『わたしが知っているキティ・ジョセリン』という記事はリーチが書いたものではないんですね? 〝ローウェル・カボット〟という署名があったにもかかわらず……」

「もちろんです。資料室にあった切抜きからのでっち上げですよ」

「しかし、やつの住所くらいは知っているでしょう!」

編集長は、吸い取り紙台の上にあった魔除けのお守りを引っ張った。「ハーヴァード・クラブ。こちらからも電話をしてみました。しかしアニーは、来ていないと言いましてね。やっこさん、時々そこに手紙なんかを取りに行くんです。クラブの人間は彼の住まいまでは知りませんでした——わかっているのは事務所の住所だけです。ずいぶんたくさんの人間から彼に関する問い合わせが入っていましてね。中にはかなり心配そうな人もいましたよ」

「ああいう仕事をしていれば、招待や電話もけっこう受けていたんでしょう」とフォイル。「それはみな、彼と同じクラブに通っていた人たちなんですか?」

「ええ。やつはたいてい午前中はクラブにいて、午後からは自分の事務所にいました」

「最後にクラブに顔を出したのは?」

「火曜日の午後。まだ早い時間に」編集長はフォイルの顔を見つめている。「関心がおありですか?」

フォイルは違う質問で返した。「リーチが現われなかったとき、どうして警察に連絡しなかったんです?」

「警察にですって?」編集長は別の魔除けをいじりだした。「ねえ、警視さん。スタッフの一人が気まぐれを起こすたびに、ヒステリーに陥って『警察を!』なんて叫んでいられませんよ。リーチはこれまでもたびたびこんなことを繰り返してきたんです。しかし、今回はちょっとばかり度が過ぎる。もし彼を見つけたら、ばかも休み休みにしろって伝えておいてください」

「最近、彼の態度で変わった点は?」

「あいつの態度に変化なんてありませんよ、一年中」編集長が三つ目の魔除けを引っ張り出す。

「どんな人間か教えてもらえますか?」

にっこりと笑う編集長。「当てにならない」

「身長とか体重のことを訊いているんですよ。髪や目の色とか」

「約五フィート十一インチ、百五十ポンドほど。髪も目も茶色です」

「彼についてほかになにか知っていることは? 出身地とか父親の名前とか?」

「残念ですけど知りませんね。一九三〇年のある日、ゴシップ記事を持ってふらりとやって来たんですよ。特ダネだったので買い取りました。そのあとも何度か記事を持ち込んだので、コラムを一つ持たせてやったんです。やつのジャーナリストとしての才能には、ぎらぎらと輝くものがある。あいつの書いたスキャンダル記事を読んで思い浮かぶのは、いつもヴァン・ゴッホのひまわりや麦畑の絵なんだ。その色については間違いない——わたしの言っていることがわかってもらえるなら……やつについて知っているのはそれだけですよ」

「彼の写真はお持ちですか?」

編集長は写真部に電話を入れて問い合わせた。

「一枚だけ。集合写真です。リーチの写りはよくないが、拡大はできるでしょう。どうしてやつを探しているのか、説明はしてもらえないんですか?」母音を引き伸ばした話し方は絹のようになめらかだ。

「あいにくですが、いまの時点ではまだ。たいしたことではないんですけどね」

「『たいしたことじゃない!』それなのに、次長警視正なんていう方が直々にお出ましとはね!」

「あなたご自身が最後に彼を見たのはいつですか?」フォイルがさらに尋ねる。

「火曜日ですよ——たぶん、午後七時四十五分頃」

「確かですか?」

「ええ。やつとは七時に、フロリダの社交期に関する記事で打ち合わせをする約束があったんです。やっこさん、ほんの四十五分ほど遅れてやって来ましてね。時計のねじを巻き忘れたとか言って……」

2

パトカーに戻ってきたフォイルは思案顔だった。

「エドガー・ジョセリンとの約束にはまだ早いな」そうダフに言う。「あの私設秘書とかいう女性のところに寄ってみようか。ミセス……ええと、なんていう名前だったかな」

「ジョウィットですよ」ダフが助け舟を出す。

「もしかしたら、彼女からの情報でこの行き詰まり状態がなんとかなるかもしれない」

五十七丁目にあるミセス・ジョウィットの事務所は、地味な色合いの家具がわずかに置かれているだけでゆったりとしていた。唯一の華やぎといえば、銅の花瓶に入った白い菊が、女経営者の机に飾られているだけだ。その横には、丸々とした十四、五歳の女の子の写真が入った鼈甲《べっこう》の写真立て。下の部分にメッセージが入っている。〝ママへ。ジェニィより〟

ひと目見た瞬間から、フォイルはミセス・ジョウィットが好きになっていた。というのも、彼は大柄で、穏やかで、いつもにこにこ笑っている女性が大好きだったからだ。そういう女性は、日当たりのいい農家の台所や焼きたてのパンを思い出させてくれる。彼自身の母親もよく、焼き上がったばかりのパンにバターとブラウン・シュガーを添えて食べさせてくれた。ミセス・ジョウィットが二、三年前まで、写真の女の子に同じことをしていた姿も想像できる。いったいどんな運命の悪戯で、こんな女性が私設秘書になどなったのだろうか？

頭が切れるという感じではないが、極めて有能そう。それに――フォイルは言葉を探していた。〝フェミニン〟というのとはちょっと違う。その言葉ははかなさのようなものを連想させるが、ミセス・ジョウィットにそんな弱さはない。男にとっての男らしさに相当する言葉。女性本能そのものが持つ強さを表現する〝女性らしさ〟のような言葉はないものだろうか？

「わたしたちが伺った理由はおわかりになっていると思いますが、奥さん」気が進まないままフォイルは尋ねた。

相手がうなずく。「昨日の朝刊は悪夢のようでしたわ。もちろん、キティ・ジョセリンについてはほんの少ししか知りません。今シーズン、お披露目パーティをひらいたお嬢さんの一人にすぎませんから。数週間前、彼女がこちらに着くまでは会ったこともなかったんです。それからお会いしたのも五、六回程度ですし。でも、あんなにきれいで若いお嬢さんが——殺されてしまうなんて恐ろしい……」

「ええ、本当に恐ろしく感じるだろうと思いますよ。でも、犯人が捕まってしまえば、たいていはごくありきたりのことが原因だとわかるものです。そこで、二、三、お尋ねしたいのですが」

ダフがノートをひらき速記を始めた。

「できれば、わたしの名前は完全に伏せていただきたいのですが」ミセス・ジョウィットが素早く口を挟んだ。「警察本部長の姪御さん、イゾベル・アーチャーさんのお披露目パーティを今度の木曜日にひらく予定で、ずっと準備をしてまいりました。今朝、ジェネラル・アーチャーさんご本人が何事もなかったかのように、準備を進めてくれとお電話を入れてくださいました。でも、そんなふうに寛大なお客様ばかりではないんです。今日だけでも、五本もキャンセルの電話が入ったんですから」

フォイルは頬が弛《ゆる》むのを抑え込んだ。少しばかり保護者的な顔をしてミセス・ジョウィットの味方に立つなんて、いかにもアーチャーらしい。これほどきちんとした人間が犯罪に関係しているかもしれないなどとは、彼は夢にも思わないのだろう。あるいは、事件のことをすべて把握している警察本部長という立場上、迫りくる商売上の破綻から彼女を救ってやれるかもしれないと思ったのか。

「残念ですが、報道に関してはわたしにはなにもできないんですよ、奥さん——いかにもそうして差し上げたくても。キティ・ジョセリンの名前はすでに報道されてしまっていますし——」

「わたしはこんなことには無関係なんですよ！」ミセス・ジョウィットは語気を荒げた。「本当に、この件については重ねて抗議しますわ。キティは会うたびに、もう自己宣伝はやめるんだと約束していたんです。そんな約束、彼女は守りませんでしたけどね」

「では、キティのスヴェルティスの推奨については、あなたはなにもなさっていないのですね？」

「スヴェルティス……?」ミセス・ジョウィットは眉根を寄せた。

「キティが推奨していた商品の一つですよ。上品とは言えない雑誌に広告が出ていました」

「雑誌は、『ハーパーズ』と『アトランティック』しか読みませんから。それに、そうした雑誌に減量剤の広告が載っているなんて知りませんでしたわ」

フォイルがさっと顔を上げた。

「スヴェルティスが減量剤だというのは、どうしてご存じなんです?」

最初に思ったほど単純な女性ではなさそうだ。ミセス・ジョウィットの顔に浮かんだ表情のなにかが、そう語っていた。

「さあ、どうしてでしょう。どこかでその広告を見て、あとはすっかり忘れていたのかもしれません。でも、キティがそれを宣伝していることは知りませんでした。あの親子のことが新聞に出るようになる前からも、キティのごく一般的な社交活動についてはうちの事務所にも情報が入っていました。でも、彼女がしていた推奨活動については、わたしはまったく無関係なんです。そうしたことを専門にしているデラックス広告社と直接やり取りをしていましたから。そもそもわたしは、キティ・ジョセリンのように華々しく自己宣伝をしているようなお嬢さんのデビューにはかかわらないことにしているんですよ」

「彼女のために例外を冒したのはどうしてなんです?」

「ミセス・ジョセリンが通常の二倍の料金を提示したからですわ」不自然なほどなめらかな答えだった。

心の中で練習でもしていたのだろうか?

「春先に、ヨーロッパにいらしたミセス・ジョセリンから、この冬、ニューヨークで娘のお披露目パーティをひらくからその準備を頼みたいという手紙をいただきました。そのときには、理由も告げずに無理だとお答えしていたんです。でも、彼女たちのことは鮮明に覚えていました。キティはずいぶん派手に自己宣伝をしていましたし、ミセス・ジョセリンにはお会いしたことはありませんでしたけれど、ルイス・パスクーレイとの嫌な噂がこちらにも届いていましたから。わたしにとっては単純にビジネスの問題だったんです——好みとか道徳観の問題ではなくて」彼女の目がきらめいた。「こう申してはなんですが、わたしはデビューする娘さんたちを、精肉業者が肉牛を見るような目で見ていますのよ。扱うお嬢さんたちについてある一定の水準を決めておけば、無制限に仕事を受けるよりも高い報酬を手にすることができます。こうした水準は必ずしも新興のお金持ちを除外するわけではありません——少なくとも、わたしたちが言うところの〝B〟ランクからは。でも、没落《デクラーゼ》したお家は間違いなく排除されます。女学校が、受け入れるお嬢さんたちを選ぶのと同じ原理ですわ」再び瞳がきらめく。「そんなこだわり、あなたたちなら商業上の貞操とでもお呼びになりますかしら？」

「キティ・ジョセリンについては、いつ考えを変えられたのですか？」

「秋になってからです。ミセス・ジョセリンとキティがニューヨークに着いて、この事務所を約束もなしに訪れ、考え直してくれるように頼んできたときのことです」

「準備期間が非常に短かったのではないですか、奥さん？」

「ええ、本当に。でも——最後にはお金がものを言いますから。今年はあまり業績がよくなかったんです。それに、お話ししたとおり、ミセス・ジョセリンは通常わたしが受け取る額の二倍を提示してきましたから。それで、キティのために仕事の枠を広げることにしたんです。ほかの同業者たちは、自己宣伝でもなんでも、数年前よりずっとうまくやっているんだと自分に言い聞かせて」

「私設秘書というお仕事がこんなに、そのう——割り切ったものだとは知りませんでしたな」フォイルがつぶやく。

その言葉にミセス・ジョウィットが微笑んだ。「きっと、わたしの先輩のミス・セヴェランスのことをお考えなんでしょうね。彼女が引退するまで、わたしはアシスタントの一人だったんです。あの女性《ひと》はニューヨークの名門の出でした。数え切れないほどのお友だちがいましたけれど、みんな彼女を慕って集まってきた人たちばかりでしたわ。でも、わたしはまったく毛色の違う人間でした、警視さん――ニューヨークにはほとんど友人もいない、田舎医者の未亡人。自分自身の社会的地位なんてなにもありませんでした。特にこの仕事が好きだったわけではありません。わたしにとっては単純に、職業的な訓練を受けていなくても、女性が日々の糧を得られる方法の一つだったんです。夫が亡くなってからこの仕事を始めました。ミス・セヴェランスのことは知っていましたから。彼女のお兄さんが、昔住んでいた村の近くに土地を持っていらしたんです」

フォイルがポケットからあるものを取り出し、机の上に置く――ローズカットのダイヤモンドが入ったプラチナの指輪。

「これに見覚えはおありですか?」

ミセス・ジョウィットは鼻眼鏡の奥からそれを見つめた。

「見たことがあるかどうかなんてわかりませんわ。どこにでもあるタイプの指輪ですもの」

「ええ――残念ながらそうなんですよね」フォイルはそれをポケットに戻した。「さてと、ほかにもまだあるんですよ、奥さん。フィリップ・リーチと連絡を取る方法について、なにかご存じでありませんか?」

「あの人の事務所やハーヴァード・クラブで連絡がつかないなら、わたしにはそれ以上のことはわかりません」

「そもそも彼がどこの出なのかについてはどうでしょう?」

彼女は首を振るばかりだ。「あの人は、人のパーティやナイトクラブに突然ふらりとやって来るようなタイプの若者ですわ。人当たりも身なりもいいけど、自分が何者で、どこの出身なのかも話さないような。思うに、最近の若い人たちは礼儀がなっていないんですよ」

「舞踏会の日の午後、ジョセリン邸でカクテルを飲んでいた客たちについてはどうでしょう？　なにかお話しできることはありませんか？」

「知っているのはエドガー・ジョセリンだけでした。あの方の若い従兄妹さんたちの結婚式やお披露目パーティを、何度か扱わせてもらいましたから。いつお会いしても気持ちのいい方ですわ」

「アン・クラウドについてはどうです？　パーティの日には一緒に仕事をなさっていたんですよね？」

「ええ。アンのことは本当に気の毒に思いますわ。自分のお披露目パーティなんてありえないのに、従姉妹のパーティの準備を見ているのは辛かっただろうと思いますもの。でも、たとえ従姉妹を妬《ねた》んでいたとしても、彼女はそんな素振りなど一度も見せませんでした。気骨のある娘ですわ」

警視は奇妙な困惑を感じた。「舞踏会の日、ジョセリン家の人々におかしな点はありませんでしたか？　まったくなにも？」

ミセス・ジョウィットは躊躇いながら答えた。「小さなことが二つ」しかし、すぐにつけ加えた。「でも、どちらもこんな恐ろしい事件には関係ないと思いますわ」

「その件についてお聞きしましょう」

「ええ。一つ目は、舞踏会の日、なんのカードもついていない赤いバラの花束がキティ宛てに届いたということです。配達人も帰ってしまったので、どこの花屋から届いたものかもわかりません。使用人たちはその包みを開けもせずに、わたしたちが気づくまで、ほかの花と一緒に〈ムリリョの間〉に置いておいたんです。キティは、カードがなくなってしまったと思っていたようです。わたしは、匿名で送られた花だろうと思っていましたけれど。キティほど有名な娘のところには、山ほどの手紙が届くものなのですよ――お金を請う手紙、脅しの手紙、まったく意味不明な手紙も」

「そういうファンレターはどうなるんです?」

「その日のうちに処分されますわ。お金に関する手紙に答えるのはミセス・ジョセリンが禁じていましたし、その他の手紙については完全に無視です」

「では、そのバラも破棄されたんでしょうか?」

「ええ、もちろん。舞踏会が始まる前に処分しました。というのも――おかしな話なんですが――萎れてきてしまったものですから。二つ目の件というのも、残念ですが、警察の方にはなんの役にも立たないと思います。招待されていない方が舞踏会にいらしていたんです――押しかけ客ですわ」

「舞踏会に」フォイルが繰り返す。「ということはつまり、その人物は夜の十一時か十二時までは屋敷内にはいなかったということですね?」

「いいえ。その男の話では、午後からずっと屋敷の中に隠れていたというのです」

一瞬、フォイルは言葉を失った。が、すぐに叫びだした。

「あなたたちがカクテルを飲んでいるあいだ、その男がずっと〈ムリリョの間〉に潜んでいたというのですか?」

「どこに隠れていたのかは、わたしにはわかりませんけど」

どうやらミセス・ジョウィットは、その事実の重要性を理解していないらしい。

「その男の名前と住所は?」

「そんなことは訊こうとも思いませんでした」

警視の首ががくりと落ちる。「どうしてその男を捕まえることになったんです?」

「今シーズンは押しかけ客がずいぶん多かったんです。そうした人たちが入れないように、わたしは男性のお客様にはボタンホールに挿す花をご用意しているんです。受付で招待状と引き換えにお渡しして、パーティのあいだ中つけていてくれるようにお願いしています。毎回違う花を用意して、どの花が今度のパーティで使われるのかは事前にわからないようにしています。面倒な仕事ですわ――でも、招待されたお客様なのかどうかは、どうにかしてちゃんと見分けなければなりませんから」

「指紋を取ったらいかがですか？」

「そこまでしなければならなくなるのかもしれませんわね！」ミセス・ジョウィットは笑い声をあげた。「ええと……午前二時頃だったかしら。その日殿方にお渡しした白いバラのつぼみではなくて、クチナシの花をつけている若者がいると、グレッグが教えてくれたんです。下男と一緒にミセス・ジョセリンの書斎に入れてあると言うので、すぐにその部屋に向かいました。たぶんどこかで見たことのある男だろうと思っていましたわ。押しかけ客というのはたいてい、招待されている娘さんたちのご友人ですから。でも、そのときの男は、まったく縁もゆかりもない人物でした。

とても落ち着いていて、わたしは泥棒に違いないと思ったんです。グレッグがその男の身体を調べましたが、夕食のメニューが二枚出てきただけで、ほかにはなにも盗っていません。それって、かなり妙だと思いません？　男は平然とした顔で、自分が押しかけ客だと認めました。そして、その日の午後屋敷に忍び込んで、パーティが始まるまでずっと隠れていたのだと言うのです。どうしてと訊くと――」彼女はそのときの光景を思い出したかのように微笑んだ。「大真面目な顔で、人類学の博士論文を書いているんだと言うんですよ。『原始時代における成人儀式の復興としてのアメリカ人のお披露目パーティ』とかいうタイトルで。それで、ジョセリン家のパーティには、純粋に科学的な好奇心から、論文用のデータを集めるために来たんだと言うのです。

わたしはとてもそんな話を真に受ける気分ではありませんでした。警察に電話をして、強盗の罪に当たらないのか訊いてみると言ったんです。その男ったら、おどけたように驚いたふりをしていましたわ。ちょうどそのとき、だれが――ノックもせずに――部屋に入ってきたと思います？　ルイス・パスクーレイです」

その名前がひどい味でもするかのように、彼女は唇をすぼめた。

「あんなお節介な男、いたものじゃありませんわ。その押しかけ客を無罪放免にしてやれと言い張るんですから。この件にどういう関係があるのかは訊きそびれました。でも、それはもう大きな声で騒ぎ立てて、舞踏会にいらしているお客様に気づかれてしまうのではないかと心配になるほどでした。そんなことになったら、間違いなくスキャンダルですわ。控え目に言っても、あのお宅でのあの男の立場ははっきりしないものなんですから。それで、わたしが妥協して、その押しかけ客を解放したんです。反省するどころか、厚かましくもわたしたちを見つめてこう言ったんですよ。『夕食のメニューを二枚、いただけないでしょうか？』パスクーレイが『ええ、どうぞ、どうぞ』と答えたときには、本当に驚きましたわ。その男が間違いなく屋敷から出ていくように、グレッグにドアまで送らせました。この件についてはそれだけです」

「その男の人相を覚えていますか、奥さん？」

「いいえ。あまりよく顔が見えなかったものですから。舞踏会が始まる前に眼鏡をどこかに置き忘れてしまったんです。それがないとよく見えなくて。わかるのは、背が高くて若かったということだけです」

質問を浴びせかけられて、ミセス・ジョウィットは疲れてきたようだ。左目の瞼がかすかに震えている。机の上にあった、古風な小瓶入りの香料に手を伸ばしかけたが、途中で気を変えたようだ。

こんな小瓶なら、周囲に怪しまれずに毒を持ち運ぶには便利だろうに。フォイルはそう思わずにはいられなかった。しかし、目を上げて、ふくよかな母親らしい顔を見た途端、そんな考えを恥ずかしく思った。

警官とは厄介なものだ。どんな人間でも疑わなければならないのだから。

「わかりました、奥さん。あなたの証言は重要なものになると思います。明日にでも警察本部においでいただけますか？　それまでにあなたのお話をタイプしておきますので、お読みいただいた上で署名をお願いしたいのです」

「明日はかなり忙しくなる予定なんです。いま、タイプしていただくことはできませんかしら？　秘書たちがタイプライターを持っていますから」

フォイルが窺うとダフはうなずいた。速記者が隣の部屋に入っていくとすぐに、閉めたドアを通してタイプライターのキーを叩く音が聞こえてきた。

フォイルの目が鼈甲の写真立てに戻る。

「お嬢さんですか、奥さん？　とてもかわいらしい」

「ええ」ミセス・ジョウィットの声が突然震えだした。「去年の五月に亡くなりました」

「ああ――これは――失礼」警視はすっかりうろたえてしまった。「うちには五人おりまして――」そう言いかけて口ごもる。胸に突き刺さるような沈黙を埋めるためなら、どんな話題でも構わなかった。「女の子が三人に男の子が二人。フラットブッシュに住んでいます」そんなことばかりを、彼は話しつづけた……。

やっとダフが戻ってくると、ミセス・ジョウィットは鼻眼鏡をかけ直し、打ち上がった書類に隅々まで目を通していった。

「まったくこのとおりですわ。ここに署名をすればよろしいのかしら？」

「ええ、お願いします」普段は荒くれた悪党どもばかり相手にしているダフは、ミセス・ジョウィットを前に、冷淡な慇懃《いんぎん》さを少しばかり和らげた。

彼女はダフの万年筆を受け取ると、さらさらと署名した。

「ありがとうございます、奥さん」書類を受け取り、事務的に目を通すダフ。その目がはたと止まった。

「あのう、お名前はジョウィットさんですよね？」

「そうですけど」

「ははっ！」ダフが吹き出す。「名前が間違っていますよ。死んだ娘の名前になっています。ほら」

彼は署名部分を指差した。「キャサリン・ジョセリン」

「まあ、本当！」ミセス・ジョウィットは大きく喘ぐと、頬を染めた。「なんてばかなことを！　こんな事件ですっかり混乱してしまって、自分でもなにをしているのかわからないんだわ！」

うっかりミスを二重線で消すと、彼女はしっかりとした手つきで書き直した。「キャロライン・ジョウイット」

第16章　黄色のコンポジション

1

インダストリアル・フィニシング・カンパニーの事務所は聖堂を連想させた。間接照明はゴシック様式の窓でも通り抜けてくるかのよう。壁は、襞模様彫りのオーク材の羽目板張りで、椅子やテーブルは十七世紀のイギリス風だ。たとえニューヨーク中が、エドガー・ジョセリンとその一族を巻き込んだ犯罪の衝撃に沸き立っていたとしても、ここ、彼のオフィスでは、教育の行き届いた社員たちが声を落として会話をしていた。靴音さえもひっそりと、フラシ天（長いけばがあるビロードの一種）のカーペットに吸い込まれていく。

受付嬢は、養殖真珠のネックレスと同様、声までもがわざとらしい女教皇のような人物だった。フォイル警視がミスター・エドガー・ジョセリンに面会の約束があると告げると、物憂げに疑わしそうな顔をする。それでも、社長つきの秘書に電話で確認はしてくれた。その秘書がやっと現われたのが二十分後――司教のように厳《おごそ》かな物腰をした男だった。

「ミスター・ジョセリンがお会いできるまで、もう少し時間がかかります」教会で祈禱文の吟唱でもしているような話し方――〝祈りましょう！〟

秘書に連れられ、薄暗い廊下を進んでいく。聞こえてくるのは、いつ果てるともないタイプライターの音だけだ。やっと、ブロードウェイと港が見下ろせる、気持ちのいい部屋にたどり着いた。

エドガー・ジョセリンは二人を迎えるために立ち上がった――長身で白髪交じり。黒い眉の下の目は、ジョセリン家特有の薄い色をしている。

「まったくもって恐ろしい事件ですよ、みなさん」重々しい口調で男が話しだす。「電話で警察本部長にも話したとおり、きっとなにかの間違いなんだ。水曜の早朝に見つかったという死体の件だが。姪のキティなら、水曜の明け方まで自分のお披露目パーティで踊っていたんだからね。わたしがこの目で見ているし、二日後にはオペラで話もしている」

フォイルは、エドガー・ジョセリンと同じ率直さで応えることにした。

「あなたがオペラでお会いになったのはキティ・ジョセリンではありません」

2

代役の話が理解できるまで、エドガーにはもう少しの時間がかなりかかり、そのあとは重役会議のことなどすっかり忘れてしまったようだ。影が長くなり、西側の窓の向こうで太陽が燃えるボールのようになる。そしてやっと、二人は訪ねてきた本来の目的にたどり着くことができた——エドガー自身から証言を取るという目的に。

エドガーの口の重さはすっかり消えていた。ショックがワインのように、男の舌をなめらかにしているのか。しかし、自分もまた疑われているのだとは夢にも思っていないらしい。キティの近親者として、自分で捜査の指揮を執るのが当然だと思っているようだ。老練な役者？　それとも常に金の力で、人生の残酷な現実から守られてきた男の単純さだろうか？

「姪御さんがスヴェルティスの過量摂取で亡くなったという事実には驚かれるでしょうか？　彼女が推

奨していた減量剤ですが」

「スヴェルティスだって！」エドガーは本当に驚いているらしい。「毒が含まれているなんて知らなかったが」

「テルモルが含まれているんです。2，4‐ジニトロフェノールと言ってもいいのですが」

「そんな言葉は聞いたこともない。わたしは商売人で化学者ではないからな」

「姪御さんの身体から、致死量と考えられるだけの薬物が大量に検出されたんです」

「誤って呑みすぎたということは考えられないのかね？」

「ローダ・ジョセリンとアン・クラウドが証言しています。キティはスヴェルティスなど常用していなかったし、体重を減らそうとも思っていなかったと。二人によれば、死亡した頃にも体重を増やそうとしていたそうなんです。検死でも、標準以下の体重であったことが確認されています」

「そうでしょうな」エドガーは素直に認めた。

フォイルは違う方向から質問を試みた。「火曜の夕方、ジョセリン邸でカクテルを飲んでいた人たちの中で、疑わしいと思えるような人物はいますか？」

「それは恥ずべき質問ですぞ、警視。しかし、状況が状況だ、考えてみよう。ローダ――わたしの義理の妹――は問題外だろう。キティのデビューに全身全霊をかけていたんだから、それを台なしにするようなことはしないはずだ。アン・クラウドでもないはずだ――彼女の母親はジョセリン家の人間だからな。ミセス・ジョウィットはあっさりとした、気持ちのいいご婦人だ。彼女が蚊よりも大きなものを殺す姿など、とても想像できんよ。ニコラス・ダーニン、商売上はひどくあこぎだとも聞くが、殺人を犯すには成功しすぎているだろう。殺人者というのはたいてい、自分ではどうしても自分の環境をコントロールできない敗北者だろうからね。ということは、残るはルイス・パスクーレイとフィリップ・リーチか。正直なところ、その二人についてはなにも知らないんだ。わたしからすれば金ぴかのジプシーといった連中だからね——根を持たない人間たち。モンテカルロなんかで見かけるような……。本心から疑っている人間なんておらんよ。パスクーレイかリーチか使用人の一人だろうとは思うが。なぜなら、ほかには考えられないからな……」

警視はなにも言わなかった。質問よりも沈黙が人に多くを語らせる。彼はしばしばそれを体験していた。エドガー・ジョセリンは、その辺の小悪党よりもずっと、責めるような沈黙には耐えられなかったようだ。

「正直言って、ローダがキティの周りに集めている人間を見たときには、かなり不愉快に感じたんだ」そして、急いでつけ加える。「わたしはずっと仕事にかかりきりでね。あの親子がアメリカに着いて、ローダがこの事務所を訪ねてきたあとも、あの屋敷に足を向けてみるだけの時間がなかった。舞踏会の日の午後に立ち寄ったのが初めてだったんだ。あまり質《たち》のいい連中ではないよ、あれは——まるでギャングのようだ。特にあのパスクーレイという男は。ローダに追い出すよう言ったんだが、彼女は聞き入れなくて。それ以上、わたしになにができる？　キティをスキャンダルに巻き込みたくないのであれば？　なんと言うことだ。わたしがもう少ししっかりしていれば、彼女を死なせずに済んだかもしれないのに！　殺人なんていうもっとひどいスキャンダルも避けられたのに！」

「その件については、ミセス・ジョセリンと図書室で話されたのですか？」

「ああ。どうして知っているのかね？」

「使用人の一人がドアの外を通りかかって、言い争う声を聞いていたのです」

エドガーは眉を寄せた。「言い争っていたわけではないさ」その言葉を特に忌み嫌うかのように男は言った。「昔の馬車小屋の上をアトリエにしてパスクーレイを住まわせるなんて、とんでもない悪趣味に対して抗議をしていただけだ。時代遅れなのかもしれんが、わたしが若かった頃には、こうした情事にももう少し体裁というものが考えられたものだからね！」

「お訊きしたいことがもう一つあるんです、ミスター・ジョセリン。お父様の財産が、あなたとキティの父親のあいだでどのように分割されたかについてなのですが」

「そんなことが必要なのかね？」

「そう思っております」

「いいだろう。父はわたしにロングアイランドの古い屋敷を遺し、弟のジェラルド——キティの父親ですが——には、ローダがいま住んでいる街中の屋敷を遺した。残りの財産については、二人で等分に分けたよ。アン・クラウドの母——わたしの妹——にはなにも渡らなかったからね。ジェラルドと二人で財産分与を申し入れても、彼女のほうで断ってきた。妹がクラウドと結婚したときにできた家族の溝は、決して埋まることがなかったんだ」

「あなたと弟さんの両方が、このインダストリアル《I》・フィニシング《F》・カンパニー《C》の株を相続されたのですか？」

「それは違う。わたしたちの財産はもともと、西部の採鉱会社の株だったんだ。わたしは終戦の年に自分の相続分を売って、ＩＦＣに投資した。アメリカのほかの染料会社と同様、この会社もその年に、商売上の復興に使えるドイツのある特許権を獲得したものだからね。弟のジェラルドも自分の株を売った。でも、あいつが投資したのは、その後値が下がってしまった外国の債券と鉄道株だったんだ」

「ミセス・ジョセリンもずいぶん苦労していると言っていました」

「彼女が？」エドガーは少しも同情などしていないようだ。「それは大部分、彼女自身の責任だろう。あれほど金使いの荒い人間は見たことがないからね。ジェラルドにはいつも、みんな信託資金に入れてしまえと言っていたんだ。でも、結局はローダにうまく言いくるめられて、ほとんどが彼女の手に渡ってしまった。かわいそうなジェラルドはローダの言いなりでね。妻に先立たれ、小さな娘と取り残されてからの数年間、弟はもう二度と結婚などしないのだろうとみなが思っていた。ところが、父の採鉱会社の財産について調べに西部に行って、ネヴァダでローダに出会ったんだ。彼女はそのう――ニューヨークではあまり快く受け入れられなくてね。あの一家が外国に移住したのには、そういう理由もあったんだろう」

「では、キティ・ジョセリンが死んでも人に遺せるような金はなにもなかったのですね?」

「ああ、一銭も」

「生命保険には入っていたんでしょうか?」

「わたしにはわからん」

「で、ミセス・ジョセリンには、キティのお披露目パーティ用に準備金を出してあげているんですよね?」

「キティにも人生に乗り出すチャンスが必要だからね。彼女にとってはわたしが一番近い身内だし、わたしのところには娘がおらんし。それで、ささやかながらも金を用意することにしたんだ。五万ドルだが」

「年収六千ドルのわたしには、大金に聞こえますけどね」とフォイル。「それは純然たる贈り物だったのでしょうか? それとも、ミス・ジョセリンがお金持ちと結婚した場合、返さねばならないお金だったのですか?」

「そんな必要などあるはずがないだろう!」エドガー・ジョセリンの青白い顔が怒りで赤く染まった。

「完全な贈り物だし、ジェラルドの娘のために、わたしは喜んでそうしたんだ。あとで〝返す《ブラック》〟なんてとんでもない!」

不意に訪れた静寂に、港の霧笛《むてき》だけがやけに大きく響いた。

「ダフ、一語一句、まったく違えずに書き留めているな？」エドガーから目をそらすことなしに、フォイルが尋ねる。

「ええ、警視。一つ残らず」

「ミスター・ジョセリン、姪御さんがどなたかと恋愛中だったという話については、なにかご存じありませんか？」

「いいや、知らん」

「ニコラス・ダーニンについてはいかがでしょう？」

「キティに関する話でその名前が出てきたことはあるな。わたしが知っているのはそれだけだ。そんな結婚になど、間違いなく反対しただろうが。外国人との結婚なんて問題外だ」

フォイルは再び指輪を取り出した。

「これに見覚えがおありでしょうか？」

「なんとも言えんなあ。知っているご婦人がたはみな、似たようなカットのダイヤモンドを持っているから。わたしには、どれも同じように見える」

フォイルが立ち上がる。

「これで終わりかね？」エドガーはほっとした様子を隠そうともしなかった。

「いまのところは。あとでご覧いただいて署名していただけるように、この証言はタイプしてまいります。明日には用意できるかと思いますが」

「結構……。必要な場合には、遠慮なく電話をくれたまえ。役に立てることならなんでもするから」

3

廊下にはもう、タイプライターの音は漏れていなかった。司教のような秘書が、近道をしてエレベーターに戻ろうと、人のいない部屋を通り抜けていく。一行は、染められた布地のサンプルが、高価な美術品か骨董品のようにガラスケースに収められた展示室の中を通っていた。

フォイルが突然足を止めた。

「これは、ＩＦＣで染めたものなのですか?」

秘書は驚いているようだ。

「ええ、そのとおりです。われわれは、自社の染色技術に誇りを持っていますから」歌うように秘書は言う。「常に改良を加えるために、研究所まであるのですよ」

フォイルは眉根を寄せながら、目の前のショーケースを覗き込んだ。シルク・タフタに染めつけられた四色のサンプルが入っている――レモン色、カナリア色、バターのような黄色、濃いオレンジ。

「これはまた、きれいな黄色だ。こんな色を出すためにはどんな化学成分を組み合わせるんですか?」

秘書は仰天している。司教のような物腰など、すっかり忘れてしまったようだ。

「ええと――確か、みんなこの本に書いてあったはずです」

中央のテーブルに置かれた分厚い本だった。左側のページには、二インチ四方ほどの色見本。右側のページの対応する位置に、それぞれの色の商用名と化学成分が書かれていた。化学成分の名前はだいたいが二つ――色素化合物そのものと、それを作るために触媒として働く化学成分。

秘書が明かりをつける。

「黄色のページはこちらです。あなたがご覧になっていた四つは、シトロン、ゴールデンロッド、バターカップ、サンセットです」

ページをめくるフォイルの眉間に、ますますしわが深くなっていく。彼は黄色に当てられたすべてのページに目を通し、使われている触媒を確認した。

「非常におもしろい。ありがとうございました」

フォイルはぴしゃりと音をたてて本を閉じた。

「行こう、ダフ」

二人はあっけに取られたような秘書を残して、その場を去った。

第17章　東洋的な見方

1

　ベイジルが鳴らした呼び鈴に応えたのは、アン・クラウド本人だった。書店の上にある小さな住まいのリビングは、趣味のよい家具で飾られている。しかし、狭いことは否定できない。通りの喧騒が窓から入ってくるし、外からは揚げた玉ねぎの匂いが漂ってきた——ジョセリン邸の広さや静けさとはひどく対照的だ。不本意ながら、ベイジルはどうしても想像せずにはいられなかった——キティの病気は、最初は本物のマラリアの発作だったのかもしれない。身代わり作戦が始まったあと、アンがどうにかしてキティに毒を飲ませる方法を見つけ出した。キティの幸せを永遠に自分のものにするために。

　ありえない！　心の中でそう叫ぶ。しかし、頭のほうが反論している。毒殺者というのは常に顧みられない人々だ——貧乏な身内、年老いたメイドや使用人。自分の考えを表現するための正常なはけ口が持てず、他人の命を左右できる毒の力に密やかな喜びを見出す者……。

「ポリー、こっちに来て！」アンが呼んでいる。「わたしが正常だって証明してくれた人なの。半分ロシア人なのよ。わたしが知っている中で、十八世紀の衣装が似合いそうなただ一人の人だわ」

「はじめまして、ドクター・ウィリング」

　ポリーはかわいらしい娘だったが、アンと同じくらい質素な恰好をしていた。しかし、世の質素な娘たちと同様、彼女もまた実にうまく身なりを整えている。

「これはお仕事上の訪問ですの？」アンが窓際の椅子で身を縮めた。

「もちろんお仕事よ」ポリーが口を挟む。「キティの死因は毒殺で、あなたのお父さんは生化学者だったんだから。あなたが一番の容疑者なのに決まっているじゃない」

アンが実際に容疑者の一人だと知っていれば、彼女は決してそんな冗談など言わなかっただろう。アンのほうはもっとよくわかっていた。突然、顔が蒼白になる。

ベイジルは相手を安心させようとした。「現段階で、あなたがどうしても質問に答えなければならない義務はないんですよ。でも、キティ・ジョセリンについてもう少しお話ししていただけると助かります。彼女がどんな娘だったのか、その点だけなのですが」

「難しい質問ですね」アンの声は低く落ち着いていた。「ご存じのとおり、彼女のことは四ヵ月しか知らないものですから」

「その点については考慮に入れてありますよ」

「そういうことでしたら——キティは性格がよくて寛大でしたわ。わがままでもありましたけど。自分に対しても他人に対しても——だらしないところがありました。よくも悪くもない——どこにでもいる人間です。皮肉っぽいところがちょっとありましたね——でもそれは、環境のせいだと思います。打算的なことや不正直なことならしたかもしれませんが、残忍なことができたとは思えません。それが理解できない点なんです。どうして彼女を——殺したいと思うような人間がいたのか」

「では、今度はかなり重要な質問です」ベイジルが言う。「あなたがキティのふりをして舞踏室に現われたとき、驚いているように見えた人間はいましたか？」

アンはしばし黙り込んでいた。シンプルな普段着とただブラシをかけただけの髪が、彼女をずっと幼く見せている。ヴィクトーリンにキティの替え玉にされる前の彼女がどんなふうだったのか、ベイジルには垣間見えたような気がした。

「ドクター・ウィリング」ようやくアンは答えた。「驚いていたような人なんて、思い出せません」

ベイジルはさらにもう一つ質問を試みた。

「舞踏会で起こったことでお話ししていないことはありませんか？　どんなにわずかでも、普通と違うようなことは？」

アンの頬が見る見る赤くなる。「お話ししていないことなんてありませんわ。それに、あんなことではとても、『普通と違うこと』とは呼べないでしょうし」

「どんなことです？」

「ニコラス・ダーニンですわ。きっとひどく酔っていたんだと思います。二人きりになると、とても嫌な感じになったんですよ。乱暴につかみかかろうとしたんですから」

「あら、自慢話なのかしら」ポリーが大声で茶化す。

「だから、お話ししなかったんです。みんな、わたしが自慢しているか、嘘をついているか、そんなふうにしか思ってくれないのはわかっていましたから」

「ほかにどれだけ男の人たちをめろめろにしちゃったのか、話してしまいなさいよ」ポリーはからかいつづけた。

「変なことは言わないでちょうだい！」言い返すアン。「舞踏会がどんなものかはおわかりでしょう？フィリップ・リーチでさえ、わたしにキスしようとしたんですから。もっともローダが、あの人はだれとでも仲良くしたがる女たらしだからって、先に警告してくれましたけど……」

その建物を離れようとすると、サムソン巡査部長が書店のショーウィンドウを覗いていた。

「『エリザベス朝の小詩人たち』、関心がおありですか？」巡査部長の肩越しに本のタイトルを読みながら、ベイジルは尋ねた。

「わたしがですか！」苦々しい口調で巡査部長が答える。「ジョセリン邸のカクテル・パーティにいた人物はみな見張られているんですよ。わたしの担当は、書店の二階に住んでいる娘なんです。ダーニンの担当だったらいま頃、気持ちよく過ごしていたでしょうに。ウォルドーフのバーの絨毯に住んでいる南京虫みたいに」

「でも、パスクーレイの担当だったら、現代美術館で時間を潰さなければならなかったんですよ」

マディソン・アヴェニューを数ブロック進むと、今度はジェネラル・アーチャーの姪のイソベルに出会った。

「まあ、ドクター・ウィリング！　ジョセリン事件について教えてくださいな。怖いことは怖いんですけど、シオドア伯父様ったら、知りたくて仕方のないことの半分も教えてくれないんですもの。事件があったとき、わたしがまさにその場にいたことはご存じでしょう？　こんなことを言っても、ひどく不謹慎ということはないですよね？　この冬、エミリー伯母様がニューヨークに連れてきてくれて本当によかったわ。こんなこと、ボストンでは絶対に起こらないもの！」

ベイジルは、丹念に化粧が施された愚かな顔を、やりきれない嫌悪感とともに見つめた。

「アン・クラウドがキティのドレスを着て会場に現われたとき、驚いていた人間がいたことは覚えていますか？」

「いいえ。わたしが会場に入れたのは彼女が現われたあとですもの。かわいそうなキティは、まさにそのとき死にかけていたのよね、きっと。スヴェルティスに毒性があるなんて、夢にも思わなかったわ、わたし――」

ベイジルは、約束があるからと言ってその場を離れた。のちに彼は、その行動を悔やむことになる。

2

その夜、ベイジルはアンの最新の証言を注意深くまとめ、火曜日の朝、フォイル警視のもとに持っていった。

「またダーニンか！」報告書を読んだフォイルが大声をあげる。「はっきり言って、先生、あの男にはさんざん引っ掻き回されているんだ。引っ張ってくるのは無理だろうと思っていたよ——あれほどの大物だからね。そんなことをしたら、こっちの人生がどうなるかわかったものじゃない。それが今朝、向こうのほうから、今日の午後にでも会いたいと電話をしてきたんだ。事件について、ちょっと思いついたことがあるからって」

「で、きみとしては、贈り物を携えたギリシャ人など信用できないというわけなんだな？」

「あの男はロシア人だよ、ギリシャ人じゃなくて」フォイルはいつも細かいところにうるさい。「一緒に来てもらいたいんだがねえ」

「喜んでご一緒するさ」

「本当か？　実は昨日、ミセス・ジョウィットとエドガー・ジョセリンに会いに行ったときも、頼みたかったくらいなんだ。個人的には、まったく行きたくなかったんだから。あの男の母国語で話せば、ひょっとしたらなにか嗅ぎ出せるかもしれない」

ベイジルは左手の小指にはめた指輪を回していた。「むしろ、ロシア語なんてわからないふりをしたほうがいいかもしれないね。古いやり方だが、かなり効果的なんだ」

パトカーが住宅地を抜けているあいだに、ベイジルは指輪を外した。かなり雑に紋章を彫り込んだ、未カットのエメラルドの指輪だった。

「母方の祖父のものなんだが」フォイルとダフに説明する。「ダーニンがロシア風の細工に気づいてしまうといけないから——」

ベイジルはその指輪をポケットに滑り込ませた。

「さあ、これで安心だ。〝ヴィリング〟は少しもスラヴっぽく聞こえないし、ベイジルは完璧にアングロ・サクソン系の名前だ。それがわたしの場合、〝ヴァージリィ〟の変形だなんてダーニンは夢にも思わないだろう」

ホテルに着くと、ダーニンは塔部分の一画を借りていることがわかった。一行の案内に、秘書が階下《した》まで下りてきた。地方検事の事務所にダーニンと一緒に来ていた男、礼儀正しいがこれといった特徴のない若者だと、フォイルはすぐに気がついた。ベイジルが目に留めたのはイートンとオックスフォードの紋章が入った装飾品。エレベーターで上階《うえ》に上がりながら、彼は世の中の皮肉についてつくづくと考えていた。これほどの教育を受けた人材が、参考文献では当り障りなくパリで教育を受けたとしか記されていない人間に、秘書として仕えているとは。

「いいや、パリが教育的でないという言い方はできないな」ベイジルは心の中で訂正した。

エレベーターが止まる。一向は廊下を抜け、窓の多い居間に通された。

「ヒューーッ！」警視が小さく口笛を鳴らす。

マンハッタン島、それを覆う網の目のような道路や川が、眼下に広がっていた——暮れゆく冬の、最後の光の中できらめくガラスや金属の建物群。まるで、本物そっくりの起伏図のようだ。

「地図を作った人間が、小さな動く人形を置いたみたいじゃないか？」ベイジルが言う。「本当に生きているように見える。いや、違うな。もっと早いペースで動く仕掛けを作るべきだった。あんなにゆっくりとした動きでは生活感を損ねてしまう」

「わたしはぞっとするだけだがね」フォイルは窓辺から離れた。

ベイジルはまだ言いつづけていた。「まるで、中国人やペルシャ人が描いた鳥瞰図《ちょうかんず》みたいだ。上から見下ろしているせいで、ものがみな寸詰まりに歪んでいる。でも、高さが――アヘンのように――空間同様、時間まで歪めるとは思わなかった」

「窓から離れたほうがいいぞ、先生！　高いところから下を見下ろしていて気が違った人間もいるんだから。そして新聞に書きたてられるんだ。『墜落か飛び込みか』って」

「お待たせして申し訳ありません、警視」

ニコラス・ダーニンが音もなく部屋に入ってきた。

「こちらはドクター・ウィリングです、ミスター・ダーニン」フォイルが紹介する。「地方検事のところで仕事をしています。あなたの新しい見解について、彼も一緒に聞かせてもらって構いませんか？」

弧を描く眉がかすかに上がる。

「『時間と心理』をお書きになったドクター・ウィリングでいらっしゃいますか？　これはまた、なんと光栄な」

「そして、記録を取るのにダフ巡査も同伴させました」フォイルがつけ加える。

「どうぞ、お座りになってください」

ベイジルは、スラヴ人に特有の強い〝S〟の音に気がついた。北方ロシアに多い、冷たく薄い、かすかに霞《かすみ》がかかったような青い目にも。

「一緒にシェリーなどいかがですか？」

ダーニンの態度は、まるで一行が夕食前にちょっと立ち寄った古くからの友人でもあるかのように親しげだった。いかにも自然——なおかつしごく偽善的に、友好的な雰囲気を繕《つくろ》えるのはロシア人だけ。ベイジルはそんなことを思い出していた。外国人が居合わせるときに自分の混血が役立ったのは、なにも今回が初めてというわけではない。

「かなり珍しいアモンティリアードがあるのですが……」ダーニンがしゃべりつづけている。「だめですか？　それではせめて煙草でも！」

そう言ってテーブル越しに煙草入れを押し出した手は、肉体労働などとは無縁のほっそりとした先細りの手だった。

「ロイル警視、捜査の進展具合はいかがですか？」

「芳《かんば》しくありませんね」警視はそっけなく答えた。

「わたしの懸賞金については？　反応なしですか？」

「百も二百も。しかしそのどれもが、奇人変人からばかりですね」

「奇人？　それに、なんですって？」

「こちらのドクター・ウィリングなら神経症患者とでも呼びそうな輩《やから》ですよ」

「なるほど」声からはなにも推し量れず、顔は漂う煙草の煙で隠れて見えない。「わたしも、そんな人間がキティを殺したのではないかと思っていたのです。確かに、そんな神経症患者でもなければ、あんなにかわいらしい娘を毒殺したりはしないでしょうから……」

「それが、お話しになりたいとおっしゃっていた新たな推論なんですか、ミスター・ダーニン？」

「いいえ」ダーニンは椅子の背にもたれかかった。頭を片方に傾け、目を半分閉じている。「その毒が最初からキティを狙ったものではなかったという考えは、まったく浮かばなかったのでしょうか？　彼女の手にしたカクテルが、本当はほかの人間のために用意されたものだったとは？」

「でも、いったいほかのだれに――？」

ダーニンは口角をくっきりと上げて微笑んだ。

「例えば、わたしに対するものだったとは？」

「あなたにですって？　どうしてです？」

「まあ……」ほっそりとした手が優雅に踊った。「今日《こんにち》では、軍需品産業に関わっているというだけで、恐ろしいほどの偏見を持たれますからね――そうしたものを売り歩いている単なるセールスマンでしかないわたしに対しても。生計のために、自分が売っているものについてはなんの知識もないまま、債券だのネクタイだのを売り歩いている人間がいる一方で……。ばかげてはいるが当然なんです。民衆というのは、現実をまったく見極められないものですから。民間芸術――子どもの絵や原始宗教芸術から流行画、淫画、諷刺画にいたるまで――が感情の歪みや象徴性に根ざしているのは、そのせいなんですよ。軍需品生産者は、緋文字をつけられた女のように、ある種の象徴や贖罪のヤギになってしまったんです。民衆はそうした者を高潔ぶって中傷します――そして、真に戦争の原因となっている感情や経済的習慣のほうを崇《あが》めるようになるのです」

ダーニンは窓から、はるか下方で這い回るように動いている短縮された人間たちを見下ろしていた。

「正直なところ、そんないい加減な風潮に踊らされて判断を下すような人間には、なんの憐れみも同情も感じませんね！」またしても、うっすらとした笑みがゆっくりと広がる。男が真剣なのかどうかはわからなかった。「こうした高みにいると、人間たちがハエかノミのように地球の外皮を這いつくばっているのを見ることができます。それでもまだ、人間の生活の尊厳を信じられるでしょうか？　東洋人たちはそれほど感傷的ではなかった。〝中国では人間は雑草〟だそうですから。われわれにも東洋のものの見方ができれば……」

ベイジルは男の視線を追っていた。「そこに立ってふらふらすることはないのですか?」

「まさか! わたしは常に高みを目指していますからね、ドクター・ウィリング。わたしが恐れる唯一のものは……」夢見るようなダーニンの眼差し。

「なんなんですか?」

「貧困ですよ。若かった頃は、壁のない牢獄に住んでいるようなものでした――無学、病気、禁欲。部分的に死んでいるようなものです。いまなら、道で物乞いに引き止められても、その男が本当に餓えているのかどうかがわかりますよ。わたしには、餓えた人間に特有の臭いというのが――わかりすぎるほど――わかりますから……貧困というのは、戦争よりもずっと残酷なものです。はるかに長く続きますからね」

不意にびくりと身動きをして、フォイルが殺人事件に話を戻した。

「カクテル・パーティにいた平和論者のだれかが、軍需品生産者だという理由で、あなたを毒殺しようとしたと言うのですか?」

ダーニンの眉が上がる。

「ええ、確か執事のグレッグは元兵士でしたよね? それにカクテルを出したのも彼だった。元兵士が熱狂的な反戦論者になることはよくありますよ」

「そう言えば」フォイルがベイジルに顔を向ける。「あの男、戦争神経症だったとか言っていなかったか?」

ベイジルは顔をしかめた。「それではグレッグを疑う十分な証拠にはならないよ」

「ほかにだれか反戦論者になりそうな人間がいるかな?」考え込むフォイル。「ジョセリン家の人たちとは確か、この夏、カンヌで知り合われたんですよね、ミスター・ダーニン?」

「ええ」ダーニンは二本目の煙草に火をつけた。「キティ、その継母、ミス・クラウド、メイドのヴィクトーリン。それに、騎士的で召使いのようなパスクーレイ。みんないましたよ。わたしはひと目でキティに魅了されました。かわいらしい娘でしたからね！　白い水着を着たアルテミスとでも言うか……」

「その中では狂信的な反戦論者になりそうな人間はいないな」とフォイル。「ヴィクトーリン以外には。彼女はフランス人だし、フランスは先の戦争でずいぶん大変な目に遭いましたからね。ヴィクトーリンがあなたに対しておかしな行動を取ったことはありますか、ミスター・ダーニン？」

「そんな記憶はありませんね」

「では、さしあたり今日はこれで終わりですかね」フォイルが立ち上がる。「あなたのお考えは考慮に入れさせていただきますよ、ミスター・ダーニン」

「なんの関係もないのかもしれません。でも、ちょっと思いついたものですから、お知らせしておいたほうがいいかと思いまして。いずれにしても、わたしはこの五十三年の人生で、キティの十八年よりもはるかに多い数の敵を作ってしまいましたからね」

ダーニンがベルを鳴らす。主人ほどにも音を立てず、使用人が部屋に入ってきた――長身で腰の曲がった、白髪の老人だった。その男もまた、重たげな瞼の下に落ち窪んだ、霞がかかったような青い目をしている。やはりほっそりとした先細りの手で、爪はアーモンドのような形。

ベイジルはふとひらめいた。

「この方も夏にはカンヌでご一緒だったのですか？」

「ええ、もちろんです」ダーニンは舌で唇を濡らしている。「セルゲイは常にわたしと一緒ですから。彼なしではどうにもなりませんでしてね」

「では、セルゲイさんにも少しばかり質問をさせていただけないでしょうか？　ヴィクトーリンについては、彼のほうがいろいろ知っているのではないかと思いますので」

「ええ、どうぞ」ダーニンの声からは落ち着きが消えている。「でも、先に申し上げておきますが、セルゲイからはなにも得られないと思いますよ。ロシア人のこの身分の人間の例に漏れず、不精で愚かで迷信的な男ですから」

「そうなんですか?」ベイジルがつぶやく。「ロシア人の階層については、ほとんどなにも知らないものですから……」

部屋の中はしばらく前から暗くなっていた。いまでは劇場のセットのように、外に見える大きな建物に明かりが灯りはじめている。まるで、一つ一つの房にたっぷりと、金色に輝く蜂蜜が詰まった巨大な蜂の巣のように。

ダーニンはテーブルランプをつけ、ロシア語でセルゲイに話しかけている。まったく普通どおりの、主人が使用人に話すときの事務的な話し方。もしベイジルがロシア語を理解するのでなければ、その中に個人的な悪態が含まれているなど、決して思いもしなかったことだろう。

「こちらの人たちがおまえにものを尋ねたいそうだ——おまえのような薄汚い豚に! 嘘を交えないで答えろ——できるものならな!」

セルゲイはまったく感情を表わさない。

「英語はおわかりですか?」ベイジルが尋ねる。

「ええ、もちろんです」ダーニンがセルゲイの代わりに答えた。「外国語には堪能ですから」

「まず、あなたのフルネームは?」ベイジルが続ける。

「セルゲイ・ピオトロヴィッチ・ラダーニンでございます」見事な英語で答えが返ってきた。

「綴りを教えていただけますか? スラヴ系の名前はとても難しくて……」

セルゲイはナンセン旅券（第一次世界大戦後発生した難民に対して国際連盟が発行した旅券）を差し出した。

「わかりました。ありがとうございます。それでは、ミセス・ジョセリンのメイド、ヴィクトーリンについて、いくつかお尋ねしたいと思います。彼女のことは、夏にカンヌでお会いになってご存じですね？反戦論者でしょうか？」

「わたしは存じ上げません、お客様。二、三度、お話をしたことがあるだけですから――それ以上のことはなにも」

「フランス語でですか？」

再びダーニンが口を挟む。「ええ、セルゲイは英語同様、フランス語もよく聞き取りますからね。しかし、この男にものを訊いても無駄だと思いますよ。こんな下層民《カネイル》から、役に立つことが得られるとは思えませんから」

「ちょっと！　待ってください」フォイル警視は、それまで十分に我慢してきたと思っていた。「わたしにも話させてください」

「どうぞ、ご自由に、コイル警視」ダーニンの声は冷ややかだった。

「あのですねえ、あなたはばかにしていらっしゃるんですか、ミスター・ダーニン？　わたしの名前は〝フォイル〟なんです！　〝F〟――最初の文字は〝F〟なんですよ！」

「これは、申し訳ありません、警視。舌が滑っただけなんです。決してわざとではないんですよ」

「ふん！」警視はセルゲイに向き直った。「あなたは共産党員ですか？」

「いいえ」

「おや、違う？　『本当のことを言え』というのはロシア語ではなんと言うんです？」

「ロシア語にそんな表現はありませんよ」ダーニンが割り込む。

「結構、セルゲイ。それでは、革命前にはなにをなさっていたんですか？」

「兵士でした」

「で、そのあとは？」

「リヴィエラでフランスの鉄道会社に勤めていました。フランが上がり、アメリカ人やイギリス人の観光客が来なくなると、わたしも職を失いました」

「この男とはニースの外国人事務所《ビュロ・デス・エトランジェ》で出会いましてね」ダーニンが話を引き取る。「就労許可証《ペルミ・デ・トラヴァイユ》の期限を切らしていて、その更新に手間取っていたんです。役に立ちそうな男だったので、わたしが便宜を図ってやりました――フランスの役所には少しばかり無理が言えたものですから――そして自分の使用人として雇い入れたのです」

「なるほど。それではミスター・ダーニンには大いに感謝しなければならないわけですな」とフォイル。

奇妙な表情がセルゲイの顔をよぎった。しかし彼はただ、「さようでございます」と答えただけだった。

フォイル一行は立ち上がった。ドアを開けるために進み出たセルゲイが、ダーニンの前を横切る。その瞬間、ダーニンの目に輝いたものに、ベイジルは息を呑まずにはいられなかった。異常な心理についてはずいぶん経験を積んできた。それでも、これほどまでに剝き出しで恥知らずな憎しみは見たことがなかった。

3

「あのダーニンという男はずいぶんおしゃべりだな」ホテルの外の舗道に出た途端、フォイルが口をひらいた。「民間芸術に関するあのたわごとだが。もう二度とロシア人の参考人なんてごめんだ！　毒入りのカクテルが実は自分を狙ったもので、キティ・ジョセリンは間違って飲んでしまっただけだなんて、信じられるかね？」

ベイジルが微笑む。「グレッグの証言を忘れたのかい？　アン・クラウドも言っていたじゃないか。舞踏会の午後、ダーニンが飲んでいたのはシェリーだったと。毒を入れた人間が、カクテルとシェリーのグラスを間違うなんてまずありえない。そんな間違いをする執事がいるとも思えないし。従って、キティがダーニンの代わりにシェリーのグラスを手渡されたなんていうこともありえないだろうな」

「じゃあ、みんなでたらめだったというわけか！　あんたはそれを承知で、やつにしゃべらせておいたのか」

「彼がどうしてあんなに自分の使用人を憎んでいるのか、その理由が知りたいな」とベイジル。「憎しみというのは非常に個人的なもので……」

フォイルが答える前に、大声が響いた。

「動かないで！」

フラッシュライトが目の前で炸裂する。

「わたしが――」

飛び出したダフが、カメラマンの肩を引っつかんだ。

「まあ、警視さん、落ち着いて！　オクシデンタル・ニュース・サービスです。われわれは南北アメリカ、百四十九の新聞社に写真を供給しているんです！」

「放してやれ、ダフ。お宅のネガをだめにするつもりはありませんよ。だけど、どうして今日の午後、わたしがウォルドーフにいるのを知っていたのか、教えてもらいたいですね」

「知らせてくれた人間がいるんですよ。正直なところ――どこのだれかはわかりませんけど。今朝、何者かが事務所に電話をしてきたんです。今日の午後四時、ジョセリン事件の件で、あなたがダーニンという男に会いにここに来るはずだって」

フォイルはカメラマンを解放するとベイジルに向き合った。

「だれがそんなことを知りえたんだろうな――ダーニン自身のほかに?」

ベイジルは微笑んだ。「本当に」

「さあ、これからどうします?」とダフ。

「一緒に夕食でもどうだい、先生?」フォイルが言いだした。「事件について、じっくり話し合ってみたいんだが」

「じゃあ、二人でうちに来るというのは? 急な話でも、ジュニパーがいつもなにかしら用意してくれるから。ダフにはノートも持ってきてもらいたいんだが」

「それはいい。先にランバートのところに寄っても構わないかな? ちょっと頼んでおいたことがあるんだ。いま頃ならもう自宅に戻っているだろう」

ランバートはリバーサイド・ドライブに住んでいた。メイドが一行を寒々とした書斎に通す。

「風が強くてね」ランバートが言い訳をする。「ほかの通りより二倍も石炭を消費するんだ。エチルアルコールを水に溶かすちょっとした実験はどうなった?」

「実験はうまくいったよ」コーン・ウィスキーの瓶を見つめながらベイジルは答えた。「もしわたしが死んだら、レポーターたちには科学のために殉死した人間がもう一人出たと伝えてくれ」

「あのなあ、おれは重大な仕事の件で来ているんだ」フォイルが文句を言いだした。「昨日、キティの伯父、エドガー・ジョセリンが染料会社の社長だとわかったんだ――インダストリアル・フィニシング・カンパニーという会社だが」

「染料会社はしばしばフィニシング・カンパニー、あるいはプロセッシング・カンパニーと呼ばれていますからね」ランバートが口を挟む。

「彼の事務所にいて、たまたま黄色く染められた布地のサンプルに目が留まったんだ。テルモルが商業的な染料としても使われているという、あんたの話をちゃんと覚えていたからな。それで、ＩＦＣの商品に含まれる化学成分を記載した事典で、すべての黄色について調べてみた。ところが、そのどれにもテルモルは含まれていなかった」

ランバートの顔に傲慢な笑みが浮かんだ。

「いつの日か、すべての刑事が化学者になる日が来ますよ！」

「いいや、精神分析医だ」ベイジルが言い張る。

「テルモルだけを探したわけじゃないんだ」フォイルは慌てて先を続けた。「ジニトロフェノールもジニトロベンゼンも探してみた。染料用の化合物同様、触媒のほうも見てみたが、そんなものは一つも見当たらなかった。あの本は、わたしが訪ねる前に改竄《かいざん》されたのかもしれん。それで、ＩＦＣがテルモル系の染料を作っていたとしたら、どうやってそれを突き止められるか、あんたに教えてもらおうと思ってね。エドガー・ジョセリンには、こちらが調べていることを気づかれずに」

ランバートの笑みがくすくす笑いに変わる。

「あんたときたら、森の中の迷子みたいだ！　黄色の染料を調べるなんて！」

「だが、あれは黄色だったじゃないか！」とうとうフォイルが大声をあげた。「あんたの顕微鏡を覗いてみたから、知っているんだ！」

くすくす笑いが大笑いになる。飲んでいたウィスキーを気管に入れてしまい、ベイジルに背中を叩いてもらわなければならない始末だ。やっと落ち着くと、ランバートは目を拭った。

「化学的に色が不変なんていうことは、まずありえないんですよ！　テルモルが一般に、ミハエリス方式で水素イオン濃度の色指示薬として使われているとお話ししたことは覚えているでしょう？　その色が変わらないなら、まったくの無意味じゃないですか。硫黄と硫化ナトリウムを加えて温めれば、テルモルは黒い染料を作り出します――黄色の染料ではないんですよ、フォイル君。ＩＦＣではそれを、〝サルファーブラック〟という名前で売っています」

「黒だって！」フォイルは仰天していた。

第18章　細部の検証

「さてと」夕食を終えるとベイジルが言った。「もし、わたしになんらかの手伝いができるとするなら、事件についてきみたちが知っていることを全部話してもらう必要がある――一つ残らずだ」

「月曜の朝までのことはみんな知っているんだよな」フォイルが答える。「それからあとのことを話そう」

フォイルがここ数日間の出来事について説明するあいだ、ベイジルが時々質問をし、ダフは速記で書き取ったメモを見ながら上司を助けた。最後にはフォイル自身も、自分がどれだけ細かい点まで記憶しているかを知って驚いた。患者の記憶を刺激し、忘れてしまった過去を思い出させるのを職業とする人間によって、実に巧みに、一つの出来事からほかの出来事へと連想を引き出されていたことには気づかずに。

「まったくもってお手上げだ」フォイルが言う。「あんたが追いかける手がかりは、みんな尻すぼみで終わってしまうんだから。キティが消えたときにローダが雇った私立探偵に三時間話を聞いてみても、なにもわからなかったんだぞ。アンがキティの代役を務めていたのは知っていたと認めたが、彼女が嫌々やっていたことまでは知らないと言い張っている。その上、病院や死体仮置場は調べてみようとも思わなかったと、ずうずうしくも言ってのけるんだから。ローダが、キティは生きていると言ったんだと主張してね。そんなごまかしが通用するとでも思っているんだろうか？

うちの連中が流行《はや》りのホテルだの、不動産屋だの、クラブだのを徹底的に当たってフィリップ・リーチを探したんだ。でも、やつの居場所を知っている人間は一人もいなかった。セントラルパークのベンチででも寝ているんじゃないのか！　仕事先の編集長から写真を一枚手に入れたんで、警官たちがハーヴァード・クラブの外に停まっているタクシーの運転手だとか、やつが以前うろついていた飲み屋なんかで見せて回っている。そこからも、いまのところ成果はなしだ。

それからあの押しかけ客だが、なんの痕跡もつかめていない。あんなやつが飛び込んでこなくても、容疑者には不自由しないっていうのに！」

「残念ながら、押しかけ客というのはそういうものなんだろうね」とベイジル。「パスクーレイをつけていた警官たちのほうはどうなんだ？　薬を押収してしまったんだから、新しいものを手に入れようとするはずだと言っていたじゃないか？」

フォイルは情けなさそうに笑った。「たぶん、あのときはそう思い込んでいたんだろうな。パスクーレイを見張っていた部下によると、やつが出かけたのは一日だけで、その日もカーネギー・ホールとヴィヴィアン・ギャラリーにしか行っていないそうなんだ」

「何曜日の話だ？」

「月曜日だが」

「月曜日……じゃあ、シュトラウスのコンサートとレノルズの展示会に出かけたわけだ」

「ああ。マリンズによれば、展示会はまあまあだったが、コンサートのほうはちょっとやかましすぎたそうだ。それに、これだけじゃ足りないと言わんばかりに、スヴェルティス側が苦情を言いだした。新聞社のいくつかが、キティを殺した減量剤はスヴェルティスだと名指ししはじめたと言って。もちろん、事件がこれだけ波紋を呼べば、遅かれ早かれ新聞社は騒ぎだすんだがね」

フォイルは胸ポケットからたたんだ紙を取り出した。

「この事件に見られるうっかりミスを全部書き出してみたんだよ、先生」少しばかり自信がなさそうだ。

「全部でいくつあった?」

「九つ」いつもの歌うような調子で、フォイルはリストを読み上げはじめた。

「一、ローダ・ジョセリンはなぜ、インクをこぼしたときに慌てたのか?
二、ローダ・ジョセリンはなぜ、自分の煙草ケースをなくしたのか?
三、ルイス・パスクーレイはなぜ、キティ・ジョセリンのグラスから誤ってカクテルを飲んだのか?
四、ルイス・パスクーレイはなぜ、女物のダイヤモンドの指輪を置き忘れたのか?
五、フィリップ・リーチはなぜ、時計のねじを巻き忘れたのか?
六、ミセス・ジョウィットはなぜ、自分の眼鏡をどこかに置き忘れたのか?
七、ミセス・ジョウィットはなぜ、タイプされた証言書に自分の名前ではなくてキティ・ジョセリンの名前を書いたのか?
八、エドガー・ジョセリンはなぜ、〝戻す《バック》〟と言うべきところでブラックなどと言ったのか?
九、ニコラス・ダーニンはなぜ、わたしの名前をフォイルではなく、コイルだのロイルだのと呼んだのか?」

「九つではなくて——八つだな」ベイジルが訂正した。「アン・クラウドによれば、ミセス・ジョウィットは自分の眼鏡をなくしたわけではないようだから。ヴィクトーリンがわざと隠したはずだよ。ローダとヴィクトーリンで替え玉計画を練りはじめたときに、ヴィクトーリンがアンに言っていたじゃないか。『ミセス・ジョウィットは眼鏡をしている。もし彼女が今夜、それをどこかに置き忘れてくれれば、怪しまれる危険性はなくなる……』うっかりミスを証拠として使う場合には、それが本物のうっかりなのかどうかを確認するのが重要なんだ。そうでない場合には、心理学的な重要性もなくなってしまうからね」

「なるほど。じゃあ、あんたの言う〝心理的な指紋〟は八つだな」その言葉を使うときのフォイルの顔には、大きな笑みが広がっていた。「でも、正直なところ、おれにはそのどれに対しても、まともな説明がつけられなくてね」

「事件の早い段階では、どの手がかりも複数の意味に取れるだろうからね」ベイジルが答えた。「それは心理的な手がかりでも物質的な手がかりでも同じことだ。そしてそれが、きみたち刑事にとっては一番大きなハンディキャップになるんじゃないかな——もしその担当刑事が、いくら知ったかぶりをしていたとしてもだ。八つの失態のうち七つだったら、仮説を立てることができるよ。いまのところはまだ、どの説明も正しいとは言い切れないが」

「わかった。とにかくその説明を聞いてみよう」

ベイジルがテーブルの引き出しから煙草の箱を取り出した。

「どうぞ。少しばかり時間がかかると思うから……エドガー・ジョセリンの失敗は古典的なパターンに従っているものだ。昨今の心理学者ならたいていが、彼は嘘をついていると判断するだろう。テルモルのことなど聞いたことがないと、彼が言ったときの話だよ。そのヘマは、きみが彼に、テルモル、あるいはジニトロフェノールがスヴェルティスの原料で、それがキティの毒殺に使われたと言った直後に起こっている。彼は速やかに、そんな薬のことなど知らないと否定した。いまではわれわれも、彼の会社ＩＦＣがサルファーブラックと呼ばれる染料を作っていることを知っている。彼はそのことについて知らなかったのかもしれない——商売人というのはたいていい、技術的な細かい部分については知らないものだからね。しかし、彼が口を滑らせてブラックなどという言葉を使ったのが、単なる偶然だなんて信じられるかい？わたしには信じられない。たぶん彼は、きみがジニトロフェノールという言葉を口にした瞬間から、サルファーブラックのことを考えていたんだと思うよ。彼は、当然そこから生じてくる感情を押さえ込もうとし、それが葛藤を生み出した。その葛藤が逆に、われわれが〝舌の滑り〟と呼ぶような、ごく小さな誤りの原因になったんだ――そしてエドガーは、自分が意識的に押さえ込もうとしていた言葉――まさにブラックという言葉そのものを、ついうっかり漏らしてしまったというわけさ。サルファーを意味するブラック〟という言葉が出てきたのは、それが本来彼の言おうとしていた言葉と音が似ていたせいだろう――つまりバックという言葉と。言葉のうっかりミスはしばしば韻に関連して起こるものだからね。詩人がよくぶつぶつ言いながら考え込んでいるのは、無意識層のこの傾向が高度に発展したものなんだよ」

フォイルはじっと考え込んでいた。「確かにエドガー・ジョセリンは、自分は商人であって化学者ではないと言っていたが……」

「わざとそんなふうに言ったんじゃないのかな？　そしてダーニンは、わざと自分のことを、売っているものの技術的な知識も持たないただのセールスマンだと、わたしたちに思い込ませようとした。化学産業界では、そんないじらしい謙遜が流行しているんだろうか？

ミセス・ジョウィットの失態を解く鍵は、彼女の激しい抗議の中にあるのかもしれない――『わたしの名前が漏れないようにしてほしい』ごく普通の義務感から、彼女はキティについて知っていることをすべて話したんだと思う。でもそうすることで、ジョセリン事件とは無関係の、相容れない願望を抑圧してしまった。スキャンダルのせいで、自分のキャリアがだめになってしまうかもしれないんだからね。供述書にサインをする段になって、その抑圧していた願望が頭をもたげたわけだ――自分の名前が事件の表面に出ないようにしたい。〝反対する意志〟が無意識にでもきっぱりと、自分の名前を書くべきところに他人の名前を書かせた――役には立たないが非常に効果的なやり方だよ。キティの名前になったのはたぶん、ミセス・ジョウィットの名前を間違って旧姓を書いてしまうのと同じように。結婚生活に失望している女性が間違って旧姓を書いてしまうのと同じように。

前とイニシャルが同じだからだろう。これは、頭韻への無意識の愛着を示すものでね。犯罪者が偽名を使うときに、無意識に自分の名前と同じイニシャルの名前を選ぶことにも同じ傾向が見られるんじゃないのかな？」

「なるほど、そうだったのか！　やつらはたいていそうするよ」フォイルは思わず納得している。

「ローダが自分のドレスをインクで汚してしまった理由はもっと簡単だろう。自分を汚したり傷つけたりする形の失態は普通、隠れた自己嫌悪の表われなんだ。つま先をどこかにぶつけるようなありふれた事故によって、自らを傷つけたいという衝動が己の存在を主張することがある。自責の念による自殺というのは、その衝動が抑圧されたときに現われる一番極端な形なんだ。ローダには自己嫌悪を感じるような理由が山ほどあった。そうした無意識層の状態を示す具体的な証拠はなくても、彼女がそういうものに鈍感なことは容易に理解できるからね。

煙草入れをなくした件――煙草を吸いすぎているときにはいつも、パイプをなくしてしまう有名な精神科医がいたよ。ローダはその数日間、非常な緊張にさらされていた。わたしたちと話しているあいだも、次から次へと煙草に火をつけていたじゃないか？　ケースをなくしたのは、煙草の吸いすぎから自分の健康を守りたいという無意識の声の表われなのかもしれない。

こうしたうっかりミスの中でも一番暗示的なのは、火曜の夜、フィリップ・リーチが時計のねじを巻き忘れたということだな。わたしたちは彼に会ったことも、話をしたこともないが、その失態から、殺人の起こった日、彼が間違いなく絶望のどん底にいたことを理解することができる。時計のねじを巻き忘れるというのは、未来に対する恐怖心や無関心のはっきりとした象徴だからね。フロイトとその弟子たちはさらに進んで、自殺願望の表われ、意識層よりさらに深い部分への襲撃が存在することの表われであると考えているくらいなんだ。なぜならそれは、道徳観や自己保存本能と衝突するものだからね。わたし自身の臨床的な経験でも、常に様々な度合いの失望や絶望と結びついていた。表面上は幸せそうに見える患者でも、実際には無意識に敗北感を抱えている場合があるんだ。

パスクーレイの場合、キティのカクテルを間違って飲んでしまったという行為には、少なくとも二つの完璧な仮定が成立する。第一。パスクーレイ自身が殺人者で、テルモルについてもよく知っていた。キティのカクテルに薬を混ぜ、間違ったふうを装ってわざとその半分を飲む。モルヒネを常用しているせいで自分には薬が効かないことを当てにして。そうすることで、自分には疑いがかからないと思ったのかもしれない。それに、そのカクテルが原因でキティが死んだのだと証明することも不可能にしてしまう。つまりそれは、容疑者の枠をカクテル・パーティの出席者に限ることも不可能にするわけだ。

第二。パスクーレイは無実で、キティのカクテルに毒が入っていることなどまったく知らなかった。つまり、彼の誤りは正真正銘のうっかりミスだったということだ。その意味については、物語や民話が説明してくれるだろう。例えば、メレディス（一八二八〜一九〇五。英国の詩人、小説家）の『エゴイスト』、ある少女に恋心を持った男が、その少女が口をつけたグラスにわざと自分の唇を押しつけることで、その思いを表現したという場面がある。それに確か、ロシアや日本には、同じグラスの酒を分け合うという結婚の儀式があったんじゃないかな。ローダはキティの若さに嫉妬しているとパスクーレイ自身が言っていた。あの男が若い女に餓えていたとしても、ローダに依存している以上、そんな感情は隠さなければならなかったはずだ。ここでまたお馴染みのサイクルが登場する――願望、葛藤、抑圧。やがてその願望が、思いも寄らぬ失態という形で、無邪気にも顔を現わす。二つ目の仮定によれば、パスクーレイがモルヒネの常用によって悲惨な死を免れたのは、不精なごく潰しの幸運にすぎなかったということだろうね」

「じゃあ、パスクーレイはキティに恋していたと言うのか？」フォイルが尋ねる。

「本気というほどのものではないだろう。〝気の迷い〟程度――ちょっとしたヘマで正体を現わしてしまうような、つかの間の動物的な衝動、芸術上の夢想やその産物といったところかな。あの男が描いていたヌードが、キティに少しばかり似ていたのは覚えているだろう?」

「じゃあ、パスクーレイがダイヤモンドの指輪を置き忘れたのはどうしてなんだ?」

「それが、この段階ではまだ仮の説明もできない一件でね。役に立ちそうな仮定を組み立てられるほど、その指輪自体についてわかっていないじゃないか?」

「ダーニンについてはどうなんだ?」

「彼のなににについて?」

「だから、やつがおれのことを、ドイルだのボイルだのと呼んだことについてだよ」

「うーん、できればきみの感情を害したくないんだがねえ、警視……」

「ふん、言ってもらって構わないよ。おれなら大丈夫だから」

「アブラハム・リンカーンが機転のきかないハーティントン卿という人物を非難しようとしたとき、その人物を〝パーティントン卿〟と呼びつづけたことがあるんだ。そうすることで、ハーティントンを〝パーティントン夫人（米国ユーモア小説の登場人物）〟と同レベルに置こうとした——当時、彼女は気のきかない人間の象徴のようなものだったからね。そして、その男が正しい名前を覚える努力にも値しない人間だということをほのめかしたわけだ。リンカーンの行為はわざとだった。しかし、相手をばかにしているときに現われる無意識の行動については、多くの心理学者が認めるところでね。哀れなダーニンは、トラブルを防ぐためにわたしたちに愛想よくしなければならなかった。でも、無意識レベルでは、われわれと関わることを厄介に感じていた。彼はその思いを、きみの名前を正確に覚える労力を惜しむという形で表現したんだ。恐れるものが貧乏だけなら、あの男が崇めるものは富だけなんだろう。きみやわたしほどの所得税しか払っていない人間にへいこらしなければならないなんて、ひどく腹立たしかったんじゃないかな」

フォイルは顔を赤くすると、ダフを睨みつけた。

「なにをにたにた笑っているんだ?」

「笑ってなんかいませんよ、ボス――絶対に」ダフが慌てて切り返す。「でも、ドクター・ウィリングにお訊きしたいことが一つあるんですが」

「好きなだけ訊くといい」

「ミーナ・ハーゲンのどもりについてはどうなんですか? ああいう話し方は心理的な証拠とは見なされないんでしょうか?」

「そのとおりだ。その点についてはすっかり忘れていた」フォイルが大声をあげる。「そいつはおれの無意識層について、どんなことを証明してくれるんだ?」

ベイジルが微笑む。「きみの無意識層はきっと、わたしがこのあいだ話したことを覚えているんじゃないかな――肉体的に健全な人間の失態だけが、心理的な証拠として考えられる。ミーナ・ハーゲンはアデノイドと呼吸障害に苦しんでいる。彼女のどもりに心理学的な意味などないよ。中風の人が手を滑らせたり、梅毒感染者が鼻にかかった声を出すのと同じように。純粋に心理学的な意味を持つどもりというのも確かにある。しかし彼女の場合は違うし、彼女の話し方の欠陥を心理的な証拠と見なすこともできないだろう」

「と言うことは――」フォイルはベイジルの煙草に自分で火をつけながら言った。「あんたの説明によると、先生、八つの失態のうち、おれたちに役立ちそうなのは四つだけということだな――エドガー・ジョセリンの嘘、ローダ・ジョセリンの自責の念、パスクーレイのキティへの関心、そして、事件当日のリーチの絶望」

「ただし、これはあくまでも仮定だからね」ベイジルが念を押す。「事件が解決したときには、修正の必要が出てくるかもしれないんだから。ローダの自責の念は、単にアン・クラウドを巻き込んだ筋書きの中での自分の役割に対するもので、殺人にはまったく関係ないのかもしれない。一方、ダーニンがきみをボイルとかコイルとか呼ぶことには、彼が殺人を犯したことを心理学的に示す説明がほかにあるのかもしれない。最終的な結論を出す前に、〝心理的な指紋〟は実際の指紋と同じくらい綿密に分析されて、事件のほかの要素と照らし合わされる必要があるんだ。それには時間がかかるし……。ところで、この事件でなにが一番驚くべきことなのかはわかるかい？」

「驚くことなら嫌になるほどあるよ、先生」フォイルがうんざりとした声を出す。

「でも、一番驚くことってなんだろうね？　それがないことで、いっそう人目を引くようなものは？」

「降参」

「動機だよ！」ベイジルは突然声を強めた。「動機はどこにあるんだろう？　たいていの犯罪では、動機を持つ容疑者がたくさんいるんじゃないのかい？　刑事の仕事は、そのうちの一人に手段や機会を結びつけていくこと。でも、この事件ではまったく逆だ――手段と機会がある人間ならたくさんいるのに、論理的でやむにやまれぬ動機を持つ人間は、いまのところ一人もいない。

参考人はみな、キティを憎む理由があるような人間はいないと言うし、わたしたちが知る限りでも、彼女が死んで得をする人間もいない。ローダとパスクーレイはキティがすばらしい結婚をすることに賭けていたのに、本人は婚約もしないうちに殺されてしまった。エドガー・ジョセリンはお披露目パーティ用に巨額の準備金を約束していたが、彼女はパーティが始まる前に死んでしまった。ほかの商人たちと同様、ミセス・ジョウィットもキティのデビューで金を儲けていたが、こんな殺人事件でスキャンダルを起こし、商売上の信用に傷をつけてしまっては元も子もないだろう。グレッグとヴィクトーリンを含む使用人たち。彼らが仕事を得ることができたのは、ローダが懸命にキティのデビューを宣伝しているおかげだった。キティが死に、ローダの虚勢がばれてしまえば、彼女は屋敷を閉めて、使用人をすべて解雇しなければならなくなるだろう。ダーニン。本当にキティと結婚したかったなら、どうして彼女を毒殺したりするだろう？　わたしとしては、あれほど利口で冷たい人間が、嫉妬や失望のために人を殺して自分の首を危険にさらすほどだれかを愛するなんて、とても信じられないんだが。フィリップ・リーチにとってでさえ、キティはコラムのための記事ネタだったはずだ。アン・クラウドがキティを殺しても、死ぬほど恐ろしい思いをするだけだろう。アンが妬みからキティを毒殺する可能性についても考えてはみたんだ。あるいは、身代わりを演じているうちに、キティの幸福を永遠に自分のものにしたいという欲望に駆られたのではないかと。でもどうしても、そんな考えは受け入れられなかった。キティの俗悪な生活を妬むほどアンは愚かではないし、毒殺者になるにはまともすぎると思ったからね。最初に彼女の精神状態をテストしたときにも、異常性の証などかけらも発見できなかったし。知性の証拠なら、いくらでも出てきたんだが。

　つまり、キティが毒殺されたときにカクテル・パーティに出席していた人々の中には、動機を持っていた人間は一人もいないということなんだ――少なくとも外見上は」

「それだけじゃないぞ」フォイルが真面目くさった顔でつけ加える。「連中のほとんどが、キティのことをよく知らないんだ。伯父のエドガーは、彼女が小さかった頃に会ったことがあるだけだ。ミセス・ジョウィットとグレッグは、彼女が六週間前にこの国にやって来るまでは会ったこともなかった。この三人がそれ以前にキティを知っていた可能性はまずないだろう。キティがフランスとイタリアにいたあいだ、エドガー・ジョセリンとミセス・ジョウィットはアメリカ、グレッグはイギリスにいたんだからな。部下たちが調べても、この三人がキティやその家族と過去に個人的なつながりを持っていた事実は出てこなかった。わかっている限りでは、フィリップ・リーチだけが、こちらに向かう船上で彼女に出会っている。彼女のことをよく知っていた容疑者は、ここ数年間ヨーロッパ大陸にいた人間たちだけなんだ――ローダ、パスクーレイ、ヴィクトーリン、ダーニン、そしてアン・クラウド。この中のだれかが、犯人のはずなんだがなあ」

　ベイジルが再び微笑む。「よく知らない人間を殺すのは無作法だとでも思っているみたいだね？　まったくもってそのとおりだ！　しかし……キティをよく知っているときみが言った五人のうち、彼女を憎む理由のある人間は一人もいない――わたしが理解する限りでは。殺しの動機として考えられるものは二つしかないんだ――憎しみと貪欲。恐れ、嫉妬、復讐心という感情は、憎しみが形を変えただけのものだ――チョーサー（一三四三〜一四〇〇。英国の詩人）が言うところの〝冷たい怒り〟というものだな。キティが死んで得をする人間は一人もいない。それなら、だれかが彼女を憎んでいたことになる。でも、だれだろう？　それに、どうして？　動機について薄々でもわかれば、あとのことはすんなり収まるべき場所に収まるような気がするんだけどねえ。この事件の構成要素は、きっちりと規則的に並んでいるんだから。分子の中の原子、芸術作品の中の細部みたいに」

「パスクーレイは画家じゃないか！」フォイルが嬉しそうな声をあげる。

「でも、彼にはデザインのセンスがないからね」ベイジルの目が楽しげに輝く。「タクシーの上に座ったヌードの絵を覚えているだろう？　あれだけでも、容疑者の枠から外してしまえる。これは超現実的《スュル・レアリストゥ》な事件ではないからね。最初はまったく古典的に計画された殺人だったはずだ――建築学的に。それがだめになったのは、理由はともあれ、当初の計画にはなかったロマンティックな要素が割り込んできたからだよ――ローダの身代わり作戦とか、キティがアンの服を着て家を出てしまったこととか」

　突然鳴り響いた電話のベルに、フォイルは飛び上がった。ダフが受話器を取り上げる。

「あなたにですよ、ボス」

「もしもし？」話を聞いているフォイルの目が、みるみるうちに輝きだした。「わかった」そう言って受話器を戻す。「部下の一人が、数日前にナイトクラブの前からリーチを乗せたタクシー運転手を捕まえた。やっこさん、どこに行ったと思う？　ワシントン・ハイツさ――よりによって！　売れっ子のゴシップ・ライターが、あんな田舎でなにをしているんだか」

第19章　恋人たちの肖像

水曜の朝、警察の車がハドソン川とハーレム川に挟まれた丘に猛スピードで向かっていた。マダム・ジュメルの白い家が芝生に囲まれて建ち、ポログラウンドと街の家並みが見下ろせる場所だ。街中とも郊外とも見える小道が一本走っている。耐火性建材で建てられたアパートメントに交じって、丸天井や雷文装飾がある一八七〇年代風の木造家屋がまだ残っていた。そんな古い建物の一軒の前で、車は停まった。

家の周りをぶらついていた男が近寄ってきて、静かに告げる。「やつはまだ中にいますよ、警視」

木造のポーチに一行の足音が鈍く響く。エプロン姿もだらしない、太った女がドアを開けた。

「リーチ？　ああ、うちの下宿人だよ。二階の正面側さ。起きてるかどうかはわからないけどね」

「ジョセリン事件の参考人なんです。警察が行方を捜しているのを新聞で読んでいないんですか？」フォイルが尋ねる。

「新聞だって？　あのねえ、刑事さん、わたしには新聞なんて読んでいる暇はないんだよ！　赤ん坊に歯が生えてきた、チビのサミーが学校から早く帰ってきた。その上、洗濯だ、家事だで——」

「ラジオのニュースも聞かないんですか？」

「昔は聞いていたさ。でも、いまは壊れちまって——」

ベイジルとフォイルはダフとともに階段を上がっていった。フォイルが礼儀正しくドアをノックする。眠たげな声が返ってきた。「遅くまで寝ているって言ったじゃないか」

フォイルはその声にさらなるノックで応えた。

「ああ、わかったよ……」

木の床をはだしの足がぺたぺたと踏む音が聞こえ、ドアがひらく。

「おっと！」若い男はそう叫ぶと、慌ててドアを閉めようとした。

しかしフォイルが無理やり中に押し入った。残りの人間がそれに続く。

ミスター・フィリップ・リーチは、とても客など受け入れられる状態ではなかった。しわだらけの薄紫色のシルクのパジャマ。ひげも何日もあたっていないようだ。髪はぐちゃぐちゃで、充血した目には目やにがこびりついている。

「いったいなんだって——」怒鳴りはじめるリーチ。

フォイルは肘掛け椅子に落ち着くと、両手をひざに載せた。「わたしは警察本部のフォイル警視。こちらは地方検事事務所のドクター・ウィリングだ。われわれがやって来た理由は、きみにもわかっているだろう」

「でも——ぼくは——」

「忍耐力には自信があるんだ」フォイルが吠える。「新聞を読んでいないなんて言わないでくれよ！」

「でも、この八日間は本当に新聞なんか読んでいないんです」

「じゃあ、こんなところでいったいなにをしているんだ？」

「酒を飲んでいるんですよ」ミスター・リーチはいかにも無邪気そうに答えた。

「どうして？」

リーチが目をすがめる。「それが新聞界での慣《なら》わしですからね」

「成功した新聞記者で酒浸りになっている男の話なんて、聞いたことがないぞ」

「なら、ぱっとしない新聞記者になるためのこつもおわかりになるでしょう?」間延びした調子でリーチが返す。

フォイルは苛々と身を乗り出した。「つまりきみは、先週の水曜日から新聞一つ見ずに、この部屋に閉じこもっていたと言うのかね?」

「そのとおりですよ」

「それなら——」警視は相手をまじまじと見つめた。「キティ・ジョセリンが殺されたことも知らないわけだな?」

「キティがですって……」

男は床に崩れ落ちた。

一行が力の抜けた身体を柳細工の寝椅子に引きずり上げる。ベイジルは、男の頭をひざよりも低くしてやった。

「この男がこんな反応をするとは思わなかったな」フォイルがつぶやいている。

リーチが目を開けた。フォイルが質問をするよりも早く、男は話しはじめていた。

「彼女は、ぼくの妻になるはずだったんです……」生気のないだらりとした話し方。「お披露目パーティの翌日に結婚する予定でした。それなのに……」

ベイジルは不意に気がついた。死んでしまったキティのために、涙を流す初めての人間だと。

「ミセス・ジョセリンはひと言もそんなことは言っていなかったぞ!」フォイルが厳しく追及する。

「あの女性《ひと》はなにも知りません。ぼくたちは、駆け落ちするつもりでしたから……」リーチは悲しみに沈んだ目を上げた。「どんなふうに殺されたんです?」

フォイルは長々と男を見つめ返した。「きみが自分で説明できるのではないかね?」

「ぼくが?」男は目を見張っている。「でもぼくは、舞踏会の日以来、彼女には会っていないんですよ。ずっとここにいましたから」

「ずっと――酔っ払って?」

「ええ。眠ってその酔いを覚ましては――小説を書いていました」

「では、われわれが話すまで、キティ・ジョセリンの死についてはなにも知らなかったと言うのかね?」

「知りませんでした! 何度同じことを言わなければならないんです?」

多くの心理学者と同じように、ベイジルもまた、拷問のような取調べには信頼を置いていなかった。

「ミスター・リーチから首尾一貫した話を聞きたいなら、まずは冷たいシャワーでも浴びさせて、着替えさせることだな。大家にブラックコーヒーでも入れてもらおう」

フォイルは訝《いぶか》しげな目でベイジルを見つめた。「まあ、警察の人間はそんなやり方はしないが、医者のあんたが言うんだからな」

ひげをそって身なりを整えたリーチは、とても先ほどまでと同じ人物には見えなかった。好印象を与える、整った顔立ち。ハリウッドスターでさえ妬みそうな、波打つ栗色の髪。茶色のスーツと革靴は最高級品だ。ほっそりとした身体つきと長い脚がさらにそれを引き立てているが、本人はそんなことには無頓着らしい。どうやらだいぶ落ち着きを取り戻してきたようだ。

男は、携帯用のタイプライターの上に載せてあった、革のベルトつきの腕時計を取り上げた。

「六時過ぎだなんてありえない」

「じきに十一時になりますよ」ベイジルが答える。

「また、ねじを巻くのを忘れたんだ」男はそう言ってねじを巻き、ついでに何度か振ってから腕に巻きつけた。

「ひと口いかがですか？」リーチがウィスキーのボトルを持ち上げる。

「いいえ、結構です。ブラックコーヒーを頼みましたから」

「医者の指示には従わない主義でしてね」リーチは簡易キッチンのドアを開けると、生卵とケチャップの瓶を持ってきた。そして永年の習慣の賜物らしい慣れた手つきで、自分用の強壮剤を作りはじめた。

「では、ミスター・リーチ、あなたのほうの用意が整いましたら、どうしてワシントン・ハイツなどに隠れていたのか、その理由《わけ》をお聞かせ願えますかな？」なんとか皮肉っぽく聞こえるように苦心しながらフォイルは言った。「われわれは歓楽街だの大きなホテルだの、ずいぶんあなたを探し回ったんですよ」

「でも、ここまで探してみようとは思わなかった？」シンクに卵の殻を放り投げながら、リーチが微笑む。「隠れていたわけではありませんよ。ここに住んでいるんですから。家賃の割にはいいところですからね——大きな部屋が二つにバスルームと簡易キッチン。眺めはいいし、日差しもたっぷりで空気もいい。ぼくの給料で街中に住もうとすれば、カルカッタの土牢《つちろう》（一七五六年、狭い土牢で暑さと酸素不足のために、一夜で百五十人近くのヨーロッパ人が死亡する事件があった）のミニチュア版になってしまいますからね。その上、小説に取りかかろうとするたびに電話や訪問客で邪魔をされる。ここなら電話もありませんし、ぼくがここにいることを知っている人間もいません。毎朝クラブに顔を出して、午後からは自分の事務所にいますから、せっかくのご招待を逃すこともありませんし」

「まあ、もうすぐそこにきみの居場所もなくなるだろうけどね」口を挟むフォイル。「きみのところの編集長が、クビだと伝えてくれと言っていたよ」

「彼がですか？」リーチは顔をしかめながら怪しげなドリンクをすすり、さらにウィスキーを少量つぎ足した。

「あまり心配はしていないようだな？」

「ええ。連中はどうせまた、ぼくを引き戻しますから。いつもそうなんです。もう五回はクビになっていますよ……。でもそのたびに、ぼくと同じほど秘密情報を持っていて、安く使える人間を見つけることができないでいるんです」

「わたしだったら、もう少しけちけちしながら飲むけどねえ。給料はどのくらいもらっているんだ?」

「週、五十ドル。いくつもの会社に同じ記事を売れるほど、大物記者ではないですからね。ぼくなんか、ただの埋め草ですよ」

「それでそんな上等なものを着ていられるのかね?」

リーチは微笑んだ。「いいえ。仕立て屋の友人がローン払いにしてくれたんです。この次はいつ新しいスーツが手に入るのかなんて、見当もつきませんよ。靴は……」そう言って、ぴかぴかに磨かれたつま先を見つめる。「自分のコラムで、その靴職人を大袈裟に宣伝してやったものですから」

「週五十ドルの稼ぎで、贅沢に慣れた女性と結婚するのは、かなり無謀な計画なのではないですか?」ベイジルが問う。

「ある意味では。でも、キティが自分の財産を持っていましたから」

「それは違うな」フォイルは射るような視線を男に向けている。「彼女は一セントも持っていなかったからね」

「でも――そんなことがあるはずないじゃないですか!」リーチはぽかんと口を開けていた。「だって――彼女にはそれなりの金があるはずですよ。あの屋敷、お披露目パーティ、それに……あれだけいろんな広告に出ているんですから」

「すべてお芝居でね」にべもなく言い捨てるフォイル。

「お芝居?」

「ローダ・ジョセリンのね。彼女は義理の娘を裕福な家に嫁がせたかった。それで、エドガー・ジョセリンにお披露目パーティの準備金を出させたんだ。賭けだったんだよ――投機と言うか。ローダにもキティにも金など一銭もなかった。ローダの話では、娘のほうはなにも知らなかったそうだが」

「ええ、そうでしょうね」

「そして――きみも知らなかった？」

リーチは顔を赤らめた。「知っていたとしても、なんの違いもありませんでしたよ」

「きみのほうに、キティと結婚したあとで援助してくれる親類がいたのかな？」

リーチは空になったグラスにウィスキーを注ぐと、一気に飲み干した。

「そんな人間はいません。父はクリーヴランドの銀行家でした。向こうの警察が証言してくれるでしょうけど、一九二九年の大恐慌のあとに自殺したんです。ぼくはカレッジの一年生でしたが、もちろん学校なんか続けることはできませんでした。小説家になろうと決意してニューヨークにやって来たんです。ベストセラー作家にはなれなくても。マコイ（米国。大規模牧畜業の開拓者で、その事業に関して著書を残している）のような作品を書いたり、ドストエフスキーのようにとか……。でも、本はちっとも売れなかった。それで、くだらないたわごとを書こうと思った――ビジネス成功談、ラブストーリー、アクションもの――〝西洋民主主義に暮らす人民のための散文〟ですよ。だけど、それさえも売れない。悪魔に魂を売ろうとしても、相手のほうでこんな生気のないちっぽけな魂などいらないと言うような人間なんですよ、ぼくは……。誇りまで売ろうとしたのに、それを受け入れてくれる相手も見つけられないなんて、それほど恥ずべきことがこの世に存在するでしょうか？　つまりぼくは――掲げてきた理想をすべて裏切ったにもかかわらず、びた銭一枚稼げずにいたんです！　自分の悲しみを紛らわそうと、ある夜、小さなサロンに出かけていきました。そこで、ニューヨーク出身だったかつての学友に出会ったんです。彼は、ぼくがどれだけお金に困っているかなど知りませんでした。クリーヴランドからひょっこり遊びにきたのだと思っていたんです。それで、自分のあらゆる友だちにぼくを紹介してくれて、その人たちが次から次へとぼくを招いてくれるようになりました。招待されればどこにでも出かけていきましたよ。だって、ただで食事にありつけますからね。そんなときに突然ひらめいたんです。ゴシップ記事を書けば金になるかもしれないと。ベルビュー辺りで聞きつけたおしゃべりを速記者のように大急ぎで書き留め、ちょっと有名な名前を二、三、盛り込んで、新聞社に持ち込んだんです――あとは経歴のとおりですよ。ちょっとした成功者の経歴というわけです。

〝嫌々働くのは人間どものかすのため。荒れた筆が陳腐な文句を紡《つむ》ぎ出す……〟」

「タイプライターをお使いなのかと思いましたが」とフォイル警視。

彼がミスター・リーチをよく思っていないのは見え見えだった。しかしベイジルはその男の軽薄さの下に、自分の失敗に対する苦い思いが隠れているのを感じ取っていた。恐らくは、リーチにとっては商売道具でもある軽薄さ――ただの食事や仕立て屋のローンのために支払うコイン。

「そもそもキティ・ジョセリンとはいつ知り合われたのですか?」ベイジルが尋ねる。

「この夏です。ポロ選手のテッド・オールドリッチが、客としてロンドンのハーリンガム・スタジオに招いてくれましてね。そこから戻ってくる船上で、キティに会ったんです。その航海が終わる前に、ぼくたちは二人だけで結婚の約束をしていました。アメリカに着いてからではとても無理だったでしょうね。ローダ・ジョセリンが鷹《たか》のようにキティを見張っていたんですから。でも、ローダとヴィクトーリンとあの太った豚のようなパスクーレイは、航海中ずっと船酔いだった。だから、そこで起こっていたことはなに一つ知らないんです。ぼくたちもだれにも言いませんでした――そんなことをしても無意味ですからね。ローダが必死にキティを売り込もうとしていたんですから」

「ミス・ジョセリンは、舞踏会の前に飲んだカクテルで毒殺されたんです。そして――」

「毒殺！　カクテル！　なんと言うことだ！　ジョセリン邸で、まさにぼくがいたときに、彼女は毒を飲まされたと言うのですか？」

「まさしく。カクテル・パーティについてなにかお話しできることはありますか？」

リーチが落ち着くまでしばらくかかった。やがて彼は話しはじめた。

「あの日、ぼくはひどく気が滅入《めい》っていたんです。朝、書いていた小説が暗礁に乗り上げ、原稿なんかみんな焼いてしまって、川にでも飛び込みたい気分でした。ジョセリン邸に着くと、キティのほうもひどく惨めな顔をしていて。周りの人間からつかの間離れられたときに、彼女がぼくにこう言ったんです。『ローダが本気で、わたしをダーニンと結婚させようとしているの。ぴりぴりしていて怖いくらいだわ』

彼女とは、ぼくの小説が完成したら結婚する予定でいました。でも、彼女が周りの状況にひどく神経質になっていたので、こう言ったんです。『今夜、駆け落ちしよう――舞踏会の真っ最中はどうだい？』すでに四杯も飲んでいたカクテルのせいで、それほど向こう見ずなことが言えたんだと思います。彼女には、午後十一時に、七十九丁目の公園の入り口に車を停めているからと言いました。彼女のほうは、時間ちょうどに抜け出せるかどうかはわからないと言っていました――でも、真夜中にはならないだろうと。自分が姿を消しても目立たないほど、舞踏会に人が集まった時点で家を抜け出すつもりでいたんです。そのあとはワシントンに向かうつもりでした――急いで結婚するには、そこしかないように思えましたから。

ジョセリン邸を出たあとは、親父《おやじ》さんに会うために街中に戻らなければならなかった――うちの編集長のことですけどね。そのあとはレストランで夕食を済ませ、トニー・ベルチャーからビュイックを借りました。七十九丁目の公園の入り口に着いたのが十一時五分前。そのときには、時計の時間はちゃんと合っていたんですよ。親父さんときたら、約束の時間に遅れたとぶつぶつ言って、事務所の時計に時間を合わさせたんですから。事務所の時計っていうのは、ラジオの時報に合わせてあるんです。で、ぼくのほうは時間通りにその場所に着いていたわけです――でも、キティはいつまでたっても現われませんでした！

午前三時になってやっと、キティの具合が悪くなったか、ローダに計画を見破られて騒ぎになっているんだと思ったんです。幸運なことに、舞踏会の招待状はもらっていました。車でここに戻ってきて正装に着替え、またジョセリン邸に向ったんです。屋敷は燃え立つように光り輝き、通りまでダンスの音楽が聞こえていましたよ。中に入ってみると、キティはまったく健康そうに、なんの憂いもないような顔で踊っているじゃありませんか。ぼくを見つけると、微笑みかけてきました――まるで、なにごともなかったかのように。

最初に感じたのは安堵感でした。彼女が大丈夫そうなのを見て、本当にほっとしたんです。でも次の瞬間には、約束をすっぽかした彼女に猛然と腹が立ってきました。氷河期のような夜に、まるまる四時間も待ちつづけていたんですよ。飲み物のカウンターに行き、二、三杯引っかけました。ひょっとしたら、それ以上飲んだのかもしれません。それから、踊っていた彼女をパートナーから奪い取った――彼女がどんな言い訳をするのか聞きたくてね。ところが彼女ときたら、謝るどころか説明さえしようとしないんですよ！　陽気で楽しそうで、関係のないことばかり話して。

その頃には、腹を立てるにも頭が動きませんでした――飲みすぎのせいかもしれません。図書室の隅で二人きりになると、なにが起こったのか訊き出そうとしました。でも――彼女は耳を貸そうともしないんです！　腕を回すと、ぼくを押しのけました。それで十分です。彼女のそばを離れ、屋敷をあとにしました。なにがあったのか、想像はつきますよ。ローダが――どうにか――彼女からすべてを訊き出して、婚約を破棄するよう言いくるめたんでしょう。キティは説得に弱いし、彼女にもそうするほうが旨味《うまみ》があったんですよ、きっと！

それからはもう、すべてがどうでもよくなりました。舞踏会についての記事を会社に提出することもしませんでした。自分の部屋に戻ってきて——ええ——いいだけ飲んでは眠り、小説を書いてはまた酔い潰れていたんです。あの言い争いが彼女に会った最後だなんて、考えるのも恐ろしい……」

ベイジルが沈黙を破った。

「舞踏会に出ていたのがキティ・ジョセリンではないと、夢にも思わなかったのですか？」

「なんですって！」

フォイルがここでも、アンの代役についての話を繰り返した。

「じゃあ——キティは約束を守ったわけですか？　彼女はぼくに会いに来ようとした——病気だったにもかかわらず。そしてぼくが待ちわびているあいだずっと、数ヤード手前で死体になって横たわっていた……」

「彼女は、あなたとの駆け落ちを隠すために、最初から身代わり計画を練っていたようですね」とベイジル。「家を出るのに、自分の服ではなくアンの服を着ていったのもそのためです。自分がいかに重症かはまったく考えていなかったのでしょう。ヴィクトーリンによると、彼女はローダ同様、またマラリアが再発しただけだと思っていたようですから。舞踏会の前のあなたとの会話は、彼女がローダの計画を恐れ、もし可能ならその夜のうちに家を抜け出すつもりでいたことを示しています。その行動は、彼女に残っていた最後の力までも使い切ってしまった。死体が発見された、七十八丁目とフィフス・アヴェニューの角で力尽きたのに違いありません。あんなに遅く、しかもあれほど雪がひどかった夜では、公園沿いの舗道に人などいなかったのでしょう。そして、雪がすぐに彼女の身体を覆い隠してしまった」

リーチは両手で顔を覆った。

「踊ったときに酔っ払ってさえいなければ、偽装なんて見破れたのに——きっと。キティの顔なら、しわの一本だって覚えているんだから」

「ダーニンについてはどうなんだ?」フォイルはベイジルを見た。「やつは酔ってなどいなかった。でも、身代わりにはまんまと騙されている」

うなずくベイジル。「時々、思っていたんだが、もしダーニンが自分で言うほどキティを愛していたなら……」

リーチが二人に順に顔を巡らせる。「愛していないなら、ダーニンはどうして結婚のことで彼女を苦しめたんです?」

「彼は直接キティに、結婚を申し込んでいたのですか?」ベイジルが問う。

「そんなことはないと思いますけど。キティは彼を寄せつけませんでしたから。でも、彼がキティと結婚したがっていることは、だれの目にも明らかでした。ローダが確信していたくらいですからね」

「キティを憎む理由がありそうな人物について見当はつきますか?」

「だれも彼女を憎むことなんかできませんよ。もちろん、ミセス・ジョウィットが彼女を嫌っていたことは気づいていましたけど。だけどそれだって、ミセス・ジョウィットが暑苦しい中年女なのに対して、キティがまだ若くて幸せそうだったからじゃないですか?」

「もう一つ。これには見覚えがあるかな?」

フォイルは手のひらを広げた。その上には、例のダイヤモンドの指輪が載っている。

「えっ、母の婚約指輪じゃないですか!」

「間違いないですか?」

「もちろんです」リーチはその指輪を丹念に眺め回した。「どこかにV字形の傷があるはずですよ。キティにあげた指輪なんです。人前ではつけなかったけれど、彼女はバッグの中に大切に保管していました。

どこで見つけたんですか？」

「パスクーレイの部屋で」

「パスクーレイの――部屋？」リーチは心底驚いているようだ。「でもキティは、決してあんなところに足を踏み入れたりはしませんでしたよ！　あの男のことは嫌っていましたから。ローダ以外の人間はみな、あの男を嫌っていたんです。ぼくは――理解できないな……」

再びぐらぐら揺れるポーチに出てくると、フォイルは大きなため息をついた。

「キティが困窮していたのを知らないと言ったときのリーチだが、あれは演技だと思うか？　財産狙いが、女との縁を切るために相手を毒殺したんだろうか？　莫大な遺産を相続したと思っていた娘が、実は逆に財産持ちの男を狙っていたのだと知って？」

「可能性はあるね。でもそれなら、婚約を破棄したほうがずっと危険が少ないだろうに……」

「まったく！　次はなにが起こるのやら」フォイルがつぶやく。

その疑問の答えは、一行が彼の事務所に戻ってきた途端に示されることになった。

「ああ、ボス！」制服姿の警官が大声をあげた。「第十九分署から報告が入っています。酔っ払って大騒ぎをした挙句、警官に暴行を加えた若者を逮捕したところ、持ち物の中からフランス語が浮き彫りにされたメニューカードが二枚出てきたそうです――印刷ではなくて、本物の浮き彫り文字です。レストランの名前はありません――ユニコーンみたいなおかしな模様と日付だけ――キティ・ジョセリンのお披露目パーティがあった日と同じ日付です。ジョセリン家が使っていた仕出し屋を残らず当たったところ、舞踏会の夜食用に出したメニューカードだというのが確認されました」

「押しかけ客の再来ですか！」ベイジルが声をあげる。

「その男、分署の人間にはどういう名前を名乗っているんだ?」フォイルが尋ねた。

警官は少しばかりもじもじしている。「あのう、ボス、実は、アドルフ・ヒトラーだと名乗っているんですが」

第20章　事実の断片

1

　三十分後、フォイルの事務所に連れてこられた若者は、背が高く痩せた男だった。夜会服を着ているが、ズボンのひざは裂け、全身埃で灰色、白いネクタイの結び目もほどけかかっている。髪はぐちゃぐちゃ、切れた下唇。それでも、黒い目だけはきらきらと輝いていた。

　フォイルはしばし若者を見つめていた。

「さて、ヒトラー君、キティ・ジョセリンのお披露目パーティの夜、ジョセリン邸でなにをしていたのかな？」

「そういうことですか！」若者は許しも請わずに椅子に座り込んだ。「ぼくのポケットから引っ張り出したメニューカードで、ジョセリン家の紋章がわかったんですね？　あれが紋章学的に二つのルールを破っていることには気づきましたか？　ぼくの祖父なら、そのうちの一つは血筋のごまかしだとまで言ったと思いますよ」

「紋章？　ああ、あのユニコーンみたいなものかね？　いいや、われわれが気づいたのは日付のほうだ。いいかい、きみ、わたしはきみの自慢話にはなんの用もないんだ。これは深刻な殺人事件でね。さあ、きみの本当の名前は？」

「ぼくの名前が警察に役立つとは思えませんけどね、刑事さん。まあ、エルマー・ジャドソンといいますけど」

「ジョセリン家のパーティに押し入った理由は?」

若者は微笑んだ。「なにか食いたかったからですよ」

「なにか——食いたかった?」理由はいくらもあろうが、そんな答えばかりはフォイルも予想していなかった。

「ええ。なにか食べるため。汚いやり方ですけど、食べるのは必要ですから。将来的には人類学者になるつもりなんです。いまは働きながらコロンビア大学に通っています。ブロードウェイの小さなホテルで夜勤の従業員をしているんです——ミラマーですよ。それで、家賃と授業料と本代はまかなえる。でも残念ながら、食費というやや緊急を要する問題が残ってしまいましてね。で、これが、ぼくの考え出した解決策というわけなんです——一流のパーティに押しかけること。

ミラマーでは礼服の着用が要求されていますし、勤務時間は午後六時から午前二時まで。夜食の時間にちょうど間に合うでしょう? シーズン中の食生活は実に豪勢なものですよ。政府のどこかの省が、貧困者向けに〝バランスの取れたメニュー〟を考え出すのに、かなりの時間と金をかけていますよね。バターの代わりにマーガリンだとか、一日おきに肉を入れるだとか、オレンジよりもトマトだとか。でもぼくが貧乏人だったら、冬のあいだは、バランスはめちゃくちゃでも大いに贅沢な食事を楽しみますけどね。ただ一つ問題なのは、だんだん飽きてくることなんです。キャビアだとかキジ肉だとか、食用亀だとかフォアグラなんかに。コンビーフとキャベツのためならなんだって差し出したいくらいですよ」

「メニューカードを二枚、持ち出した理由は?」警視が問う。

「押しかけがうまくいくのは、昨今、パーティがホテルでひらかれるからだろうなんて、学友の一人が言いだしたんです。個人宅のパーティに忍び込めるかどうかに、一週間分の給料を賭けました。うまくいったことの証拠として、夜食のメニューカードを持っていくことになっていたんです」

「ジョセリン邸にはどうやって入り込んだのですか?」ベイジルが訊いた。

「あの日は午後から休みを取っていたんです。レインコートであのぼろ服を隠して、ミラマーのロビーを飾るはずだった赤いバラの花束を一つ失敬した。そして午後四時頃、ジョセリン邸に出かけていったんです。赤い絨毯がすでに広げられて、通用口には何台もの配達の車が停まり、それはもうあらゆる類の人間が出入りしていました——花屋、仕出し屋、メッセンジャー・ボーイ。その群れと一緒に地下のキッチンに下りていくなんて、造作もないことでしたよ。シェフの帽子を被った男に出くわしたんで、目の前でバラの花を振って、『これはどこに運べばいいのかな?』って訊きました。男はぎろりと睨みつけると『上階《うえ》に決まっているだろうが!』と答えました。それで、クチナシの花を運んでいた男と一緒に階段を上がっていったんです。そいつが『こっちだよ』と言って連れていってくれたのは、映画以外では見たこともないような大舞踏室でした。そこにはもっとたくさんの花屋がいて、いたるところを花で飾り立てていた。みんな忙しそうで、ぼくのことなんか目もくれませんでしたよ。それで、持ってきた花束を隅のほうに押し込んで、急いで上の階に上がっていったんです。

気が抜けるくらい簡単でした。使われていない部屋を見つけたんで、そこにもぐり込んだ。時間なんてあっと言う間に過ぎていきました。ポケットにチョコレートと本を一冊入れていきましたからね。北東インドのクキ・ルシャイ族に見られる友愛的な一妻多夫制度から生じた嫂婚《そうこん》についての小冊子。そして午前三時頃、パーティも宴たけなわだろうと判断したぼくは、ポケットに入れてきた櫛《くし》で髪を梳《と》かしつけ、煙草に火をつけて、ぶらぶらと廊下に出ていったんです。いかにも招待客だというふうを装って」

「階下《した》に着くまでは、だれにも見られなかったわけですか?」

「いいえ、一度だけひやっとしましたよ。十歩も歩かないうちに、少し先の部屋から、太って人のよさそうな顔をした男が廊下に出てきたんですから。これで一巻の終わりかと思いました。でも、ぼくを見たその男も、同じくらいびっくりしていたようですね！　顔を真っ青にして、ミス・ジョセリンに肩掛けを持ってきてくれと頼まれたから彼女の部屋にいたんだとか、そんなことを言っていました。思わず訊いてしまいましたよ。『で、その肩掛けはどうしたんです？』そしたらもっと顔を青くして、見つからなかったんだと答えました。その男、ぼくが招待客じゃないなんて夢にも思わなかったんでしょう。

そのあとはだれにも会わずに階段を下り、まっすぐ夜食用の部屋に向かいました。まあ、本当に夢の国みたいでしたよ！　どのテーブルにもバラの花とイチゴが飾られている。外では街路柱につららが下がり、作業員が雪をかいているというのに……。ぼくは念のために二枚、メニューカードをもらっておきました。それから舞踏室に入っていって、隣に立っていた男に訊いたんです。『ところで、どの娘がキティ・ジョセリンなんだい？』彼は答えました。『それがさっぱりわからなくてね。ぼくは、ミセス・ジョウィットの〝独身男性リスト〟に選ばれただけの男ですから』

ちょうどそのとき、無表情な顔をした男が近づいてきたんです。『こちらにお越しいただけますか、お客様』なにがなんだかわからないうちに、小さな部屋に連れていかれました。灰色の髪をした女が一緒でしたが、彼女にはぼくが押しかけ客だとわかっていて、警察を呼ぶとかなんとか脅しはじめたんです。ぼくはすっかり動転してしまって。でもそのとき、ドアが開くと太った男が入ってきました――上階《うえ》の廊下で会った、人の好さそうなこそこそとした男です。

そいつがぼくを見たときの驚きようと言ったら！　自分がしていたことを、ぼくがばらしているとでも思ったんでしょう。その男は女に――ミセス・ジョウィットと男は呼んでいましたけど――ぼくのことをすぐに解放してやれと言いました。女はあれこれと訊いたあげくに答えました。『いいんですか、ミスター・パスクーレイ……』ぼくはその男の目をまっすぐに見ながら言ってやったんです。『このメニューカードはどうなるんです？　持って帰ってもいいんですか？』男は明らかに震えていましたよ。『ええ、どうぞお持ちになってください！』──すぐにも、ぼくに消えてもらいたかったんでしょうね。ぼくはそのカードをまたポケットにしまい込んだ。そして、賭けをした友人に見せてからはすっかり忘れていたんです。それで、あなたたちがそのカードを見つけることになったという次第ですよ」

「キティ・ジョセリンの殺害が新聞で報じられたとき、どうしてその話を警察にしに来なかったんだ？」フォイルが詰問する。

「だって──あなたがぼくの立場だったら、そんなことをしますか、刑事さん？」若者は微笑もうとして、唇が切れていることを思い出した。「パーティ会場への押しかけなんて、大学のお偉いさんがいい顔をするはずがありませんからね。母校の名を汚したとかで、追い出されるかもしれないじゃないですか。それに、警察がぼくのことを突き止めるなんて思ってもいなかったんですよ。こんなカードをポケットに入れたまま、昨夜、リッツの舞踏会ですきっ腹にシャンパンなんかを飲んだりしなければ、見つかることもなかったんだ。でも、仕方なかったんですよ。殺人事件のことなんて、なにも知らなかったんですから」

「それはおまえさんの言い分だ」フォイルの声は冷たかった。「でも、その話を証明できるものなんか、なにもないだろう？」

若者は少しばかり考えていた。「一つだけありますよ。三階の、階段から一番遠い寝室のマットレスの下を調べてみてください。くたびれたレインコートが出てきますから。階下《した》に下りるときには、おいていかなければならなかったんです。調べ終わったら返してもらえるとありがたいんですけどね」

押しかけ客が出ていくと、フォイルは青と白のハンカチを取り出して額を拭った。

「頭の切れる若い連中と話すのは、つくづく疲れてきたよ。頭の切れる大人は言うまでもないが。昔ながらの単純な押し込み強盗と話しているほうが、よっぽどましだ。たとえ殺し屋だろうが。しかし、ローダとパスクーレイとは、まだ少し話さなければならないな」

2

ロージャ・ジョセリンはごく普通の好奇心から、かなり重々しい雰囲気のフォイルの事務所を眺め回した。白檀《びゃくだん》のケースから煙草を取り出す手は、しっかりと落ち着いている。

「煙草ケースは見つかったのですね?」ライターを取り出しながらベイジルが言った。

「ああ、これはなくしたものではありませんのよ!」まだ火をつけていない煙草を指に挟んだまま、ローダはつかの間黙っていた。「そんな小さなことを覚えていらっしゃるなんて、おかしなこと」

「なくしたケースは見つけられたのですか?」

「いいえ。徹底的に探したんですけれど。あれでも数百ドルにはなりますから。でも——」彼女はにっこりと微笑んだ。「いまそんなことをお話しする必要はありませんわよね。煙草ケースのことで、わざわざここまで呼び出されたわけではありませんでしょう?」

「もちろんですとも」フォイルは咎《とが》めるような目で相手を見た。「フィリップ・リーチを見つけたものですから」

「まあ」ローダは自分の煙草の先を食い入るように見つめている。そしてまた微笑んだ——大負けをしたばくち打ちが、泣き言も言わずに自分の負けを受け入れるような笑い方だ。

「わかりましたわ、警視さん。あなたがご質問をなさる前に、お答えすることにいたしましょう。キティが姿を消した瞬間に、あの娘《こ》はチャンスをつかみ取ったのだと直感しました。身代わりによって与えられた、フィルと逃げ出すチャンスを。あの子たちは、自分たちのささやかな恋愛を完全に隠し切っていると信じていたようですね。でも、わたしの目はそれほど節穴ではありませんわ。見つめ合う様子で、すべてわかってしまいましたもの。説明ならそれで十分じゃありません？　私立探偵には、病院や死体仮置場でキティを探す代わりに、フィリップ・リーチを探させていたんです――結婚が成立してしまう前になんとかと。もし間に合わなければ――まあ、そのときには、結婚の無効を証明するか離婚させるかしかありませんわね。残念なことに、わたしが雇った探偵は、フィルの足取りをまったくつかめませんでした。でも、あなたたちが屋敷にいらっしゃるまでは、キティが死んでいるかもしれないなんて、夢にも思っていなかったんです」

「そもそもキティが姿を消したときに、どうしてリーチといるはずだとおっしゃらなかったんです？」

「キティが死んだなんて信じていませんでしたもの。あなたたちが本当のことを話しているなんて少しも。それに、あの娘《こ》が生きている以上、フィルに熱を上げていることは秘密にしておきたかったですしね。ダーニンが聞きつけて、あの娘《こ》に興味を失ったり、焼きもちを焼いたりなんていうばかげたことが起きないように。それで、キティが記憶をなくして通りをさ迷っているに違いないなんていうお話をしたんですよ――口からでまかせというよりは、よくよく考えた結果だと思っていますわ」

フォイルがうなる。「それではほとんど偽証のようなものですよ、ミセス・ジョセリン！」

「ばかげているわ、警視さん。わたしは、宣誓の上でお話ししたわけではありませんよ」

ベイジルがフォイルに微笑みかける。「ああした状況ではまだ、ミセス・ジョセリンに事情を訊ける段階ではなかっただろうね。ところで、ほかにも知りたいことが二、三あるんですが」

「たとえば、どんな……？」ローダは嘲るように冷ややかな目をベイジルに向けた。

「あなたはアン・クラウドに、リーチは女たらしだから言い寄ってきても相手にするなとおっしゃったんですよね?」

「当然ですわ。アンには先知恵をつけておかないと、フィルが言い寄ってきたときにみんな漏らしてしまうかもしれないじゃないですか? フィルが本気でキティに恋していると知ったら、アンはあの男をからかいかねませんもの」

「キティ自身が彼をからかおうとしていたんじゃありませんか?」

「まあ、まさか。フィルを騙すために入れ替えを企てたなんて考えられませんわ。だからこそあの娘《こ》は、フィルが言い寄ってくるかもしれないなんて、アンにはひと言も言わなかったんです。舞踏会でアンが代役を務めているあいだに、フィルと逃げ出すつもりで。キティがいなくなるまでその可能性に気づかなかったなんて、残念で仕方ありませんわ」

「まあ、お言葉どおりに受け取っておきましょう、ミセス・ジョセリン! キティを毒殺して、アンに一生、その代役を務めさせる。あなたが最初からそう計画していなかったことは、どう証明なさいますか? アンはリーチと深い関わりはない。気が変になっているのだとアンを脅し、キティとしてダーニンと結婚することを強要することもできますよね。彼の金を手に入れるために」

「先をどうぞ、警視さん?」

「ひょっとしたらそれが、キティとリーチの恋愛についてなにもおっしゃらなかった本当の理由ではないんですか? あなたには、キティがダーニンではなくリーチと結婚したがっている事実が、キティを殺し、アンにその代役を務めさせることの動機になることがわかっていた。もしかしたら、初めてお会いした夜、パスクーレイも同じことを考えていたのかもしれませんね。だから彼は、キティを殺したのはあなただと叫びだした。ひょっとしたら、この身代わり計画自体があなたのアリバイなんでしょうか? キティは生きているとみなが思っていれば、あなたが殺人者として公に責められることはありませんからね。

アンがキティの役割を演じている以上、みなは彼女が生きているものと思う。そして、アンが失踪しようがしまいが、気にかける人間が一人もいないこともあなたにはわかっていた。キティに毒を呑ませたあと、彼女にアンの服を着て出ていくように仕向けたのも、あなたなんじゃないですか？　殺人事件としては予想外の展開ですからね――死体となるべき人間に他人の服を着させ、実際に死が訪れる前に現場を移動させるというのは」

ローダはフォイルの灰皿で煙草をもみ消した。

「もう少しメロドラマっぽさがなければ、ハリウッド映画のシナリオとしても十分に通用しますわね。この頃の流行《はやり》はリアリズムですから――たとえハリウッドでも。キティとフィルを別れさせるのに、そんなに手の込んだ陰謀なんて必要ないんですよ。あの娘《こ》は一文無しなんだってフィルに言ってやれば、それですっかり片づいたんですから」

フォイルは力なくベイジルを見つめた。家の名がこれ以上執拗な尋問は許さない。ローダはその利点を大いに利用していた。

「舞踏会のあいだにダーニンが言い寄ってくるかもしれないことは、アンに警告しておこうとは思わなかったのですか？」ベイジルが尋ねた。

「婚約でもしていない限り、ダーニンほどの家柄と年齢の男が、キティのような立場の娘にそんなことをするはずがないじゃありませんか」

「でも、そうしたようなんですよ――アン・クラウドによると。予想してみなかったのですか？」

「ええ。でも――本当にアンの証言が信用できるとお思いなんですか？」

ローダの笑い方がどうしても気に入らない。ベイジルは攻勢に転じた。

「ミスター・パスクーレイがモルヒネを常用していることはご存じですか？」

口紅の色がひときわ鮮やかになったのは、白粉で覆われた顔が血の気を失ったせいだろう。

「わたし——わたしは、そんなことは……」

「確かめたくなかっただけではないですか？」

「ええ、たぶん」

「彼が、あなたに内緒でキティに毒を盛ったのかもしれないと思ったことはありますか？」

「ルイスが？」呼吸が荒くなっている。「もちろん、ありませんわ！　どうして彼にそんなことをする必要があるんです？」

「舞踏会の最中、アンが彼に、キティの部屋から肩掛けを取ってきてほしいと頼んだのはご存じですか？」

「なんだってアンに肩掛けが必要なんです？」ローダの声は金切り声のようになっている。「彼女は踊っていたんですよ。家の中は十分に暖かかった。庭だってありませんし」

「それではなぜ、パスクーレイは舞踏会の夜、キティの部屋になど行ったのでしょう？」

「わかりません」

「キティ自身が彼に肩掛けを取ってきてと頼んだ可能性は？」

「キティには熱がありました。暑くて、毛布類をみんな蹴飛ばしてしまうくらい。それにあの娘《こ》は、そんなものならいくらでもあるアンの部屋で寝ていたんですよ」

ベイジルが微笑む。「ミスター・パスクーレイはどうやら、あなたほど嘘がお上手ではないようですね、ミセス・ジョセリン。彼は舞踏会の最中に、キティの部屋から出てくるところを目撃されているんです。彼は訊かれもしないのに自分から説明したそうですよ。キティに肩掛けを取ってくるように頼まれたが、見つけられなかったと。キティの部屋なら、そのときにはからっぽだったんじゃないですか？」

「ええ」

「では、この指輪についてなにかご説明できることはありますか？　リーチがキティにあげたものですが、馬車小屋の上のパスクーレイの部屋から出てきました」

ローダは、ベイジルが手のひらに載せた指輪を、ヘビでも見るような目で見つめていた。

「そんなこと信じませんわ！　彼女があそこに行くはずはありませんから！」

「だれが行こうとしないのですって？」

白粉の下の顔が真っ赤になっている。それでも彼女は口を閉ざしていた。

「キティがこっそりとパスクーレイの部屋を訪ねる可能性はありませんでしたか？　ひょっとしたら彼女は、あなたが思っているほど子どもではなかったのかもしれませんよ」

「そんなことはありえません！　ばかばかしい！」ローダは大声をあげた。ひざに載せた手がわなないている。

「舞踏会の夜、パスクーレイがキティの部屋でなにをしていたのか、まだ思い当たることはありませんか？」

「わかっていればお話しします。でも、わたしはなにも知らないんです」

「かんかんに怒らせてしまったみたいだよ、先生」ローダが出ていくとフォイルが言った。「それにしても、あれだけ打ちのめされてあの態度とは驚きだ」

「ひょっとしたら、一種の倒錯症なのかもしれない」とベイジル。「腐った果物の味を好む病的な人間のような。性的な刺激物というのはいろいろだからね——たいていは連想の問題なんだが」

「パスクーレイはいまどこにいるんだ？」フォイルが尋ねた。

ダフがノートを調べる。

「当該人物は二十分前、五十九丁目のヴィヴィアン・ギャラリーに入っていくのを確認されています」

「わかった」フォイルは、別件の報告書がうず高く重ねられた自分の机に向き直った。「今度マリンズから報告が入ったら、ここに連れてくるように伝えてくれ。パスクーレイから事情を訊く」

建物の外ではベイジルがタクシーを停めていた。

「五十九丁目のヴィヴィアン・ギャラリーまで」

第21章　カモフラージュ

ヴィヴィアン・ギャラリーはフィフス・アヴェニューからほんの少しはずれたところにあった。窓の一つには、レンブラントのセピア色のデッサン、もう一方の窓には、十八世紀のイギリスの肖像画がかかっている。金メッキの額縁に黒い題名。〝ヘロンのミスター・ヘロン〟貼り紙がひっそりと告げていた。

絵画展
サー・ジョシュア・レイノルズとその時代の画家たち
十一月―十二月

ベイジルは、若々しいが鼻持ちならないミスター・ヘロンの顔をまじまじと観察した。いかにも自然主義派の作品らしく、影の一つ一つまでもが忠実に写し取られている。この画家が心底望んでいたのは、三次元の世界を二次元の世界に正確に置き換えることだったのだろう。その技術は、超現実主義派《スュル・レアリストゥ》の心情的な象徴とは異なるものだ。散文が詩とは異なるのと同じように。ベイジルはふと、このギャラリーの持ち主であるヴィヴィアンのことを思い出した。生きている芸術家の作品は決して展示しない、意地の悪い美術商の一人だという話を聞いたことがある。死んだ人間の作品だけを選び、ヴィヴィアンのギャラリーに展示されるという希少価値的な名誉をその作品に与える。新聞や癌研究などよりはずっと高尚な関心の対象として芸術を捉える金持ち向けのギャラリー。そして、ヴィヴィアンのやり方だと、前途有望な若い芸術家は有名になった途端、故意に世間の目から隠れた場所に埋没されてしまうことになる。

ベイジルが背を向けようとしたちょうどそのとき、パスクーレイがドアを開けて外に出てきた。毛皮の襟がついたロングコートの前は開けたまま。黒いフラシ天の柔らかそうなホンブルク帽を被り、茶色の紙に包まれた平たい長方形の包みを抱えている。

「おはようございます」とベイジル。「あなたがレイノルズのファンだとは知りませんでした」

パスクーレイのほうは、会えて嬉しいという様子ではなかった。濡れた赤い唇も色を失っている。息を吸って止め、また吸い込むのに合わせて、むっちりとした喉元が小刻みに震える。と、男は不意に身を翻《ひるがえ》すと、マディソン・アヴェニューに向かって走りだした。

太った男が、腹に押しつけた茶色の紙包みをがさごそいわせ、帆のようにコートを膨らませて通りを駆け抜けていく。その姿を、通行人たちが足を止めて見ていた。ベイジルが追いついたときには、五十ヤードではなく五百ヤードも走ったかのように息を切らせていた。しかし、恐怖心が無益な勇気を奮い立たせたようだ。男の右拳があごに向かって飛んでくる。ベイジルはひらりと身をかわすと、相手の腹に軽く一撃を加えた。パスクーレイが四つん這いになって倒れ込む。帽子が落ちてころころと転がり、包みが反対側にぱたりと倒れた。男の胸ポケットから、なにかが音をたてて汚れた雪の上に転がり落ちた。

ベイジルがそれを拾い上げる。ダークサファイアの切片をはめ込んだ、女物のプラチナの煙草入れだった——高価そうには見えなくても、実は結構値の張る小物。

「ではこれが、ローダ・ジョセリンがなくした煙草入れなのですね」とベイジル。

パスクーレイが拗《す》ねたように顔を上げて言い放った。

「具合が悪くなってきました」

「人でなしの人殺し!」ローヒールの靴を履いた中年女性が、女一人で国際連盟の代わりを買って出たようだ。ベイジルの顔に向かって傘を振り回してくる。「この強盗が! あんたがこのかわいそうな男を追いかけているのを、ずっと見ていたんだからね! お巡りさん、こいつを捕まえてちょうだい!」

交通整理をしていた制服姿の警官が、集まりはじめた人ごみを掻き分けてやって来た。

「わたしは地方検事事務所のドクター・ウィリングと申しまして――」ベイジルが説明を始める。

「だから?」疑いを隠そうともせずに警官が答える。

「精神分析医なんです――」

「それで、この哀れな男の精神分析でもしようとしていたのかね? 結構。暴行の容疑で――」

「そこまでだ、ローニー。この人は確かにドクター・ウィリングだよ」

パスクーレイを見張っていたマリンズが、息を切らしながらやって来た。もともとスプリンター向けの体格ではなかった上に、彼は通りの反対側からヴィヴィアン・ギャラリーを見張っていたのだ。


フォイルの事務所に入ってきたとき、ベイジルは茶色の包みを抱えていた。カッターナイフで紐を切る。フォイルはベイジルの肩越しに覗き込んでいた。現われたのは、未着色で彫刻つきの額縁に入れられた赤い素描だった。

「十八世紀のフランスの作品に間違いないな」その絵をフォイルの机の上に置くと、ベイジルは魅力的なヌードの一群をまじまじと眺めた。どの人物も官能的な顔に、ピンクや白のオットセイよろしくなめらかな肌をさらしている。

「まあ、美術品についてはよくわからないが」警視が答える。「本部長がこの事務所にそんな絵を飾るのを許可するとは、とても思えんね」

「いやいや、これを警察本部の装飾品にするつもりなどないよ」肉感的な胸や太腿のオンパレードには目もくれず、ベイジルはナイフの先を額縁の角に突き刺した。木材が二つに割れ、緑色の吸い取り紙の上にさらさらと白い粉がこぼれ落ちた。

「芸術作品は非課税で国内に入ってくるからね。ちょっと前に新聞で大騒ぎになったのを覚えているだろう？　税関職員が現代彫刻を芸術ではないと判断して、課税しようとしたのを。でも、古い作品なら機械的に通過してしまうんだ。職員連中がこの作品を見たら、フレームよりも絵のほうに気を取られてしまうのは確かだろうし。男ならみんなそうだ。つまり、薬物を密輸入するには極めて賢いやり方だということさ」

フォイルが口笛を鳴らす。「まさか、ヴィヴィアン・ギャラリーがねえ」

「ああ、本当に。人々の尊敬を集めて然るべきギャラリーだからね――こんな疑いをかけられるなんてとんでもない」

「わかった。もう二度と心理学がどうこうなんて言わないよ」フォイルは、さも心が広いんだと言わんばかりに大声を張りあげた。「で、これをどう解釈するんだ、先生？」

「今回は心理学じゃないよ。一般常識だ。超現実主義の芸術家が、レイノルズのように厳格な描写を基本とする画家の展示会を何度も訪れるときには、芸術とは無関係の理由があると考えるのが普通だからね。パスクーレイも、超現実主義の大御所であるブレイクのように、一度くらいならばかにするために足を運んだかもしれない。でも、ほかに理由がない限り、二度も行くことはないんじゃないかな。あの男が、ヴィヴィアン・ギャラリーに本来の意味で用がないのはわかりきっているんだから。つまり、ヴィヴィアンは生きている芸術家の作品は扱わないんだからね。パスクーレイが二度も足を運んだと聞いて、本当に十二月いっぱいレイノルズの展示をしているのか確かめに行ったんだよ。もちろん、自分のひらめきについては、知らせるつもりだった。でも、パスクーレイがちょうどそのとき、この絵を抱えて出てきたものだから。わたしを見た途端に、すべてばれてしまって、所持品もろとも捕まるんだと思い込んだんだろう。慌てて走りだしたものだから——本当にこのまま取り逃がしてしまうかもしれないと思って、あとを追いかけたんだ」

「ヴィヴィアンのギャラリーはあとから調べてみなければならないな。まったく、だれがこんなことを思ったりするだろう？　あれほどお高く留まっている場所が」フォイルは電話機に手を伸ばし、麻薬捜査班を出動させるよう指示を出した。その間ベイジルは、煙草で神経を鎮めていた。

「パスクーレイが持っていたものがもう一つあるんだ」ベイジルは煙草入れをテーブルの上に置いた。

「ローダ・ジョセリンのものだよ」

サファイアがデスクランプの光を受けてきらめいた。フォイルがベイジルに目を上げる。

「じゃあ、なくしたわけではなかったんだ？」

「そう。ローダが煙草入れをなくしたのは、うっかりミスでもなんでもなかった——ミセス・ジョウィットが眼鏡をどこかに置き忘れたのと同じように」

「そして、ローダがやけに煙草を吸いすぎることも、なんの関係もなかったわけか？」フォイルがにやりと笑う。「いつもあんたが正しいわけでなくてほっとしたよ、先生。あんたが言うところの劣等生の一人になりかけていたからね。でも、パスクーレイはなんだって、ローダの煙草入れなんか欲しかったんだろう？」

「直接訊いてみたほうがいいだろう」

フォイルの机の上の煙草入れを見た途端、パスクーレイの中でなんとか燻っていた闘志も消えてしまったようだ。

「ローダには言わないでください！」目には涙が溜まっている。「決してわかってはくれませんから！」

「どうしてそんなものを盗んだんだ？」フォイルが尋ねる。

「本当の意味での盗みではありませんよ」パスクーレイは非難するような目を警視に向けた。「彼女はいつでも、自分の持ち物はすべてぼくのものだと言っていたんですから」

「では、どうして彼女にことわりもせずに持ち出したのかね？」

「ぼくはモルヒネなしでは絵が描けないんです。でも、かなり高くつきましてね。ローダがそのために金を用意してくれるとは思えませんでした。だから、彼女には黙っていたんです。カンヌにいた頃は、時々小遣いをくれることもあったんです。彼女の友だちが、結構いい値でぼくの絵を買ってくれることもありましたし。でも、ニューヨークにはヨーロッパほどの友だちはいないようです。いたとしても、ここの連中にはぼくの絵がわからないようですし。もっとも、こちらに来てからは、あまり絵を描く気にもならなかったんですけど。アメリカ人の実利主義に押し潰されそうになっていましたからね。ローダ自身が金に困っていると言っていました。もっと贅沢ができるようになるのは、キティがダーニンと結婚してからだと。彼女の家で食べて、駐車場の上をただで借りているんだから、金なんか必要ないはずだ。ローダはずっとそんな調子なんですよ。まるで、芸術家には食い物と屋根だけあれば十分みたいな言い方じゃないですか！」

パスクーレイの仔牛のような茶色い目が、もの欲しそうに光っている。「モルヒネは、カンヌよりもニューヨークのほうがずっと高いんです。でも、ぼくにはどうしてもそれが必要だった。それで――ものを掠《かす》め取りはじめたんですよ。あの大きな屋敷には、結構な金になりそうな細々《こまごま》とした骨董品がいくらでもありますからね――金と石英で飾られた呼び鈴だとかライトの押しボタンだとか、だれも取り立てて気にも留めないようなものがごろごろと。でも、それを売ってもやっと三十グラムの薬を買えるくらいの金にしかならないんです。そんな量なんてすぐになくなってしまうんですよ――ヴィヴィアンのところみたいに、重炭酸ソーダを混ぜてあるようなものは特に。キティの舞踏会の夜は、もっと高価な物を手に入れる絶好のチャンスだった。みんな忙しくて、ぼくがなにをしているかなんて、気にもしませんでしたからね。ローダのスイートに忍び込んでその煙草入れをくすねました。それからキティの部屋で、あなたたちがあとからぼくの部屋で見つけたダイヤモンドの指輪を。ローダはしょっちゅう煙草入れみたいなものをなくしているし、キティもあの指輪のことで騒ぐことはないだろうと思っていたんです。彼女があの指輪をしているところなんて、一度も見たことがありませんからね。ほかのたくさんのものと一緒に、バッグの一つにでも紛れ込んだ程度のことで収まるだろうと思っていたんです。

あなたたちが指輪を押収してしまったあとで、煙草ケースをヴィヴィアンに持ち込みました。見張られているのは知っていましたけど、芸術家が美術ギャラリーに足を運んだって、警官に怪しまれることはないでしょう？　あの腹黒いヴィヴィアンはケースを買い取ろうとしませんでした。それを質《しち》に入れるか売るかして、現金を持ってこいと言うのです。でも、警察に見張られているあいだは、それを売ることも質屋に持っていくこともできませんでした。

数日間、苦しくて苦しくて死ぬ思いでしたよ。ニューヨークでモルヒネを買える場所はほかに知りません。で、今日の午後、ヴィヴィアンのところに戻って言ってやったんです。『外で警官がぼくを見張っている。すぐに薬を渡さないなら、外に飛び出してあんたが薬の売人だってわめき散らしてやる』ってね。もし、本当に外で警官がぼくのことを待っていなかったら、その場で殺されていたかもしれませんね。それでやつは絵を渡し、額縁の中に三十グラムの薬が入っているからと言ったんです。そのときでさえ、やつは煙草ケースを受け取りませんでした――危険すぎると言って。見るからに女物のケースですから、慎重にかかったんでしょう。それに、ぼくがジョセリン事件に巻き込まれていることもありますし。もしいま、あの男の罪状を確定できるようなことを教えたら、刑務所に送らないでもらえますか？　刑務所暮らしなんて、絶対に耐えられませんから！　芸術家の感性は普通の人間よりもずっとデリケートなんです。普通の人間に耐えられるようなことでも芸術家には耐えられないし、そもそも同じ道徳律で裁かれるべきでもないんだ」

「そうかもな」警視はなんの感情も交えない声で言い返した。「でも、この州の法律ではそんなことは認められていない」

「化学を学ばれたことはありますか、ミスター・パスクーレイ？」ベイジルが尋ねた。

「いいえ。どうしてそんなことを？」

「あなたがキティのカクテルを半分飲んだのはわざとなのかなと思っただけですよ。モルヒネの常用がテルモルの毒性を薄めると事前に承知していて？」

「モルヒネのせいでテルモルが効かないなんて、どうしてぼくに前もってわかるんですか？」パスクーレイは癇癪《かんしゃく》を起こしたように声を荒げた。「ぼくがそんなことをするはずがないじゃないですか？　ぼくの命は決して危険にさらされたりしてはならないんだ――後世につなげていかなければならないんですから。どうして、そんなに恐ろしいことばかり言って、ぼくを苦しめるんです？」肉づきのいい下唇が震えている。「どうしても犠牲者が必要なら、ニコラス・ダーニンのところに行けばいいじゃないですか？　レポーターには答えないし写真も撮らせないっていうルールをどうして破ったのか、訊いてみればいい！　キティに恋していたなんて、どうしてそんなことを言いふらしてるのか、訊いてみればいいじゃないですか！」

「ほう、では実際は違ったと言うのかね?」フォイルが大声を出す。

「カンヌにいたときはそう思っていましたけど。ローダもです。でも、いまはわかりません。キティが死んで、ローダに手の出しようがなくなるまで、ダーニンが彼女との結婚のことなんかひと言も言わなかったのは、あなたたちにもわかっているでしょう?」

フォイルはわけがわからなくなってきた。「つまり、ダーニンはキティに関心を持っていたけれど、うまくいかなかったという意味かね?」

「いいえ。あなたの古臭い言い方を使わせてもらえば、やつは彼女に対して関心なんかまったく持っていなかったということですよ」

「わたしの言葉づかいなんぞ、気にかけんでくれ。キティのためじゃないというなら、どうしてやつはアメリカくんだりまでやって来たんだ?」

「そこですよ!」パスクーレイは意地悪く微笑んだ。「では、少しばかりヒントを差し上げましょうか。キティの舞踏会の一週間くらい前、ローダと二人でウォルドーフに夕食に出かけたんです。遅い時間までそこにいました。通りにはもう車の影も少なくなって――でも、そのうちの一台が、ダーニンの滞在している塔部分の入り口に停まっていたんです。中には、よく見覚えのある人物が座っていましたよ――フィリペ・エステバン・y・コルドバ大佐。サンフェルナンド共和国のアメリカ公使です」

「それが?」

「あなたの代わりにみんな考えてあげなければならないんですか? 新聞を読んで、南アメリカのサンフェルナンドとモンテンリクェズのあいだに紛争が起きていることは知っているでしょう? ダーニンがアメリカにやって来た本当の理由。それが、サンフェルナンド政府に新しい毒ガスか爆弾の極秘製法を売ることだとは考えられないんでしょうか? もしサンフェルナンドの人間が、ダーニンが住んでいて、だれもが彼の顔を知っているロンドンに、堂々と会いにいったらどうなります？　モンテンリクェズ政府が聞きつけて、スパイにその製法を盗ませようとするかもしれないじゃないですか」

「すっぽりとヴェールを被ったポーランド訛りのブロンド美人か？」フォイルがうなる。「そうでなきゃ唇の歪んだ猫背の中国人とか？」

パスクーレイが焦れる。「国際的なスパイっていうのは本当にいるんですよ」

「で、化学者をつけ狙っているっていうのか？　敵方が最新の毒ガスや爆弾を使いだせばすぐにでも同じものをまねて作れるトップクラスの化学者がいるのに、どこの国がその製法を盗み出すのにスパイを雇うっていうんだ？」

「でも、戦時には時間というものは貴重だからね」ベイジルが口を挟んだ。「モンテンリクェズとしては、サンフェルナンドがその兵器を使いだす前に製法を手に入れたいと思ったのかもしれない。その場合、サンフェルナンドはダーニンとの交渉の場をニューヨークに設けることで、そうした事実を隠そうとするかもしれないね。ここならダーニンもあまり知られていないし、自分の国の代表団も人目を引かずに彼と会うことができるから」

「で、そこにキティ・ジョセリンがどう関係してくるんだ？」

「ええと……」パスクーレイはピンクのマニュキアを塗った爪を見つめた。「ダーニンはアメリカに来るもっともらしい理由がほかに必要だったんじゃないですか？　キティがカモフラージュのようなものだったとしたらどうです？　バルザックにそんな話がありませんでしたっけ？　情事で商取引を隠した女の話。ダーニンは、インタビューにも写真撮影にも応じないというルールを破ることで、キティに恋心を抱いていたという偽りの情報を流したかった。彼女は生きていても死んでいても、あの男には大いに役立ったというわけですよ。ひょっとしたら、もっと大きな利用価値があったのかもしれませんね。彼がキティを殺害した犯人逮捕のために懸賞金を出したという記事は、オクシデンタル・ニュース・サービスが大々的に発表していますから。〝ミスター・ダーニンとの会見後にホテル・ウォルドーフをあとにするフォイル警視〟という写真つきで。オクシデンタルは、南アメリカの新聞社にも広く記事を提供していますよ……」

「ふむ……」フォイルは興味深そうにうなった。「あんたの見たのが、エステバンなんとかいう大佐なのは間違いないのか？」

「ええ、もちろんです。ぼくはサンフェルナンドの生まれですからね。子どもの頃から、エステバン大佐の容貌なら知っているんです」

パスクーレイが連れ出されると、フォイルはベイジルを見つめた。

「もし、この情報がほかの人間からのものだったら、おれも少しは信用するんだがねえ。しかし、パスクーレイでは――あんたはどう思う、先生？」

「どうだろうねえ。ニコラス・ダーニンほどの人間なら、こんなに手の込んだ予防措置を取らなくても、製造法の存在くらい秘密にしておけると思うんだが。あの男は、作り話の主人公ほどばかではないよ。新型潜水艦の設計図を胸ポケットに入れたまま、ホテルのバーで偶然知り合ったばかりの人間を自宅の夕食に招くような。イギリス政府に警察の護衛をちょっと頼めば、秘密情報なんて安全そのものじゃないか。なんだってアメリカくんだりまでやって来て、キティやローダを騙す必要があるんだろう？」

「そんなことわからんよ！　おれは、パスクーレイがどうして煙草入れじゃなくて、盗んだ指輪のほうをなくしたのか、考えていたんだから」

「たぶん、指輪のほうがずっと大きな罪の意識を感じさせるものだからだろう。殺された娘から盗んだ指輪なんだからね。キティが殺されたと聞いた途端、用心深い潜在意識がその存在を抹殺しようとしたんだ」

フォイルは考え込んだ。「うっかりミスに関する考察は、もうあまり当てにならないようだな」

「いいや。わたしはまだ――そうだな――直感と呼べそうなものを感じているんだ。すでに検討したうっかりミスの中に、謎を解く鍵が潜んでいるに違いないという」

電話が鳴った。

「もしもし？　なんだって？　見失った！」警視は見るも哀れなほど動揺している。「おまえは――おまえは――」

フォイルは叩きつけるようにして受話器を置いた。

「ダーニンにまかれた！　秘書と一緒に車に乗り込んだそうなんだ。パスクーレイが言っていたあの――エステバン大佐だかも一緒に。見張っていた大間抜けはタクシーを拾ってあとを追ったが、ホランド・トンネル辺りで渋滞に巻き込まれて見失ったそうだ。すぐにホテルに電話を入れたが、先方でも客の行き先までは押さえていなかった。それでも部屋はキープされたままで、セルゲイが留守番をしているそうなんだが」

「ホランド・トンネル……」ベイジルがつぶやく。「確かニュージャージーにはアメリカン・シェル・カンパニーの工場があったよね」

「ああ、そういうことか！　あの工場なら完璧な要塞だからな。会社の警備員ががっちりとガードしているし、やっていることをごまかすだけの政治的影響力も十分にある。もしそこに向かったんなら、おれたちはもう二度とやつに会うことはできんよ。どんなことをしても、あの男に打ち勝つことはできないんだ。弱点なんか一つもないやつなんだから！」

「だれにでも弱点の一つくらいはあるさ」

「へえ？　なら、ダーニンの場合はなんなんだ？」

「残忍さ。セルゲイと話し合ってみる時間のようだな」

「あの男がなにか知っているなら、ダーニンが一人で残していくはずがないじゃないか」

「だれでも、ときには間違いを犯すものだよ。ダーニンの過ちは、虐《しいた》げられた人々を侮《あなど》った点だ。すっかり忘れているんだろうね――そうした人々も、ときには仕返しを試みることを」

「よし」とフォイル。「ダフも連れていったほうがいいだろう。それに――」

「ダフは一緒でなくてもいいよ。きみもね。一人で行ったほうが、セルゲイが話してくれそうな気がするから」

ベイジルは自宅でゆっくりと夕食をとった。ダーニンの行き先が、ニュージャージーにあるアメリカン・シェル・カンパニーの工場などという遠方であれば、明日の朝までは戻らないだろう。セルゲイの夕食の邪魔もしたくなかった。ほんのかすかな無作法が作戦を台なしにしてしまうこともある。
夕食後は夕刊を読んで時間を潰した。〝心理学という胡散《うさん》臭い科学〟とは、通信社経由のおしゃべりに近いような記事だ。それによると、ノイローゼというのはわがままな金持ちに特有の病気で、貧困、不安、重労働が、いわゆる神経症的な病気を治すための特効薬ということらしい。彼は、経済的な不安から不安神経症に陥った患者が自分の病院の神経科で受ける治療過程のことを考え、こうした記事を書く記者がどこで情報を得るものなのかと不思議に思った。そして、彼の目はあるニュースに留まった。
スタントン、N・J、十二月十六日――（オクシデンタル・ニュース・サービス）
今朝、近郊のアメリカン・シェル・カンパニーの試験場で爆発事故が発生、三人が死亡し、五人が負傷した。半径六マイルの区域において建物の窓が破壊され、同社のビルの一棟も火災によって焼失したもよう。責任者は記者に対し、事故により不具になった関係者には年金を、死亡者の遺族には十分な補償金を用意するつもりだと説明……。

気持ちがいいほどの謙虚さ。高給で雇われている広報カウンセラーでもいるのだろう。

ベイジルは、グランドセントラル駅を越えてウォルドーフまで、パーク・アヴェニューを歩いていった。部屋のドアを開けてくれたのはセルゲイ本人だった。むっつりとした顔で髪もひどく乱れていたが、重厚な黒いシルクの部屋着をまとった姿はダーニンに劣らないほど堂々としていた。

「こんばんは」ベイジルはロシア語で話しかけた。「お邪魔してもよろしいでしょうか?」

セルゲイは大口を開け、目をぱちくりさせながら相手を見ている。ベイジルは中に入るとドアを閉めた。

「あなたとお話がしたいと思いましてね、セルゲイ。居間に移りませんか?」

ベイジルが先に進み、セルゲイがそのあとに従った。読書灯が一つだけ灯っている。その横に肘掛け椅子。低いテーブルには葉巻と酒のグラス。主人の留守をいいことに、セルゲイはおおっぴらに贅沢を楽しんでいるようだ。

「では、あなたはロシア語をお話しになるのですね?」ぶつぶつそう尋ねてくる。

「祖父が、作曲家のヴァジリィ・クラスノイでした」

セルゲイの顔が好奇心で輝いた。無愛想だった態度に突然親愛の情が現われる。「本当ですか? 若かった頃には、クロスノイが自分のシンフォニーを指揮するのを、よく聴きにいったものです。天才的な男。でも、危険な男だとも呼ばれていました。音楽同様、政治的な意味でも反逆児でしたから」

「〝反逆児〟としての祖父は覚えていませんね」ベイジルが微笑みながら答える。「でも、恐ろしいほどの独裁者ではありましたよ。四歳だった頃に、祖父の手にキスをしたことを覚えています」

セルゲイの輝いていた顔が曇った。「クロスノイのお孫さん――そんな方とこんなところでお会いするなんて……」色の薄い青い目が部屋を一巡し、ベイジルの顔で留まった。「わたしにはわかりません。あなたはアメリカ人そのもののように見えますが……」

「そうですよ。父がアメリカ人で、わたしもずっとここで育ちましたから」

「ロシア語を話される」セルゲイが同じことを繰り返す。「では、あの日の会話もすべてわかっていらっしゃったのですね？」

「ええ、すべて。ニコラス・ダーニンとはどういうご関係なのですか？」

遠くで行き交う車の音以外、静けさを乱すものはない。セルゲイがやっと口をひらいた。

「どうしておわかりになったのです？」

「似ていらっしゃるところがあるからです――年齢のひらきを斟酌《しんしゃく》しても。あなたはダーニンと同じ目をしていらっしゃる。それに、名字が似ていることも気になりましてね――ダーニンとラダーニン。あとは、彼のあなたに対する態度です。家族間の憎しみほど隠せないものはありませんからね。家族間の愛情と同じことです――抑えることができないという意味で」

セルゲイの顔が苦悩に歪んだ。ベイジルが続ける。

「あなたの手は農民や労働者の手ではありませんよ。それに、英語も実に堪能でいらっしゃる。どこで習われたのですか？」

「イギリス人の女家庭教師がついておりました。オックスフォードでも一年学びましたし」

「ダーニンの従兄弟なのですか？　それとも、歳の離れたご兄弟とか？」

セルゲイは首を振った。

「父親ですよ」

第22章　父と子

「彼の――父親ですって！」ロシア人の息子や孫たちは家長を絶対的に尊敬する。ヴィクトリア朝の人々がその古いしきたりを大いに敬ってきたのはベイジルもよく知っていた。

「そんなに理解しがたいことではないですよ」セルゲイが微笑む。「ちゃんとご説明しましょう。その前にコニャックなどはいかがですか？　家族の一員として、客人に酒を勧めるくらいの自由はわたしにもあると思いますよ」

男はグラスを満たすとベイジルに手渡した。威厳とユーモア感覚が、おもしろいほどに調和している。

「ニコラス・ダーニンはわたしの庶出《しょしゅつ》の子なんです」セルゲイは静かに話しだした。「十八世紀のロシアでは、私生児は父親の姓から最初の音節を取った名前を引き継ぐ。そんな習慣についてお聞きになったことはありませんか？　ほかの古い伝統と同じように、片田舎ではそんな習慣も十九世紀の終わりまで続いていました。お話ししたとおり、わたしのフルネームはセルゲイ・ピオトロヴィッチ・ラダーニンです。従って、わたしの庶子であるニコラスは、生まれ育った村では、うしろの二つの音節を使って呼ばれていました――すなわち、ダーニンと。その後、いくらでも名前を変えられる時代になっても、私生児であることの印にこだわっていたのは、あの子の特徴とも言えますね。苦い思いを楽しんでいるのです」

「わかりはじめてきたような気がします」ベイジルがゆっくりと言う……「でも、どうして彼の使用人になることになったんです？」

「戦争でニコラスは豊かになり、革命でわたしは没落しました」セルゲイは諦めともつかぬ落ち着きで説明した。「かつては地主でしたし、シェヴァリエ守備隊の大尉だったこともあるのですよ……。前回お話ししたとおり、わたしたちはニースの外国人事務所で再会しました。あいつは、自分の影響力にものを言わせて、地元の権力者とトラブルを起こしたイギリス人運転手に身分証明書を発行させようと、そこに来ていたのです。それで、就労許可書の更新に来ていたわたしの名前が呼ばれるのを聞いたというわけです。まったく、なんという巡り合わせでしょう！　父親であるわたしが落ちぶれ、年老い、金に困っている。私生児の息子は成功して大金持ちだ。これほど突然、しかも完璧に立場が逆転してしまうことなど、人生でもそうそうあることではありませんよ……。

あいつが生まれたとき、母親だった農民の娘には、その身分にあっただけの金を与えて生活を保証してやりました。金に苦労はしなかったでしょうが、村のほかの女たちからずいぶんいじめられたことと思います。自分では寛大なことをしたつもりでいたのです。なんと愚かだったのでしょうねえ。あの当時、わたしはあいつが伝えてくるメッセージに気がつきませんでした。心が屈辱に喘いでいるときに、物質的な慰めなどなんの役にも立たないのだと。間違ったことをしている相手に感謝しなければならないことほど、腹立たしいことはないのだと。ある意味、これはあいつの報復なのでしょう。あいつはわたしに、物質的なものならなに不自由なく与えてくれます――食べ物、衣服、安全な家、いい給料。でもその一方で――わたしはあいつの――自分の息子の、使用人なのです。どうして拒むことなどできます？　説明しなくてもおわかりでしょう？　こんな歳で、職業的な訓練も受けておらず、友だちもいない一匹オオカミが、どんな類であれ仕事を見つけるのがいかに難しいことであるか。一人の嫡出《ちゃくしゅつ》の息子は戦争で死にましたが、孫が一人残っています。その子にはなんとかして教育を受けさせてやらなければなりませんし、面倒を見なければならない妻もいます。高い給料をもらっていてこそ、それも可能なのです。苦しいのは心だけです——自分の息子の使用人であるという不面目。ダーニンの少年時代、彼の辛さが心の問題だけであったのと同じことです——彼にとっての不面目は、私生児であるという事実でした。あいつにしてみれば、これほど愉快なことはないのでしょうね。わたしに対するあいつのものの言い方をお聞きになったでしょう？　あれでも、月日がたつうちにだいぶよくなってきたのですよ。あなたに、わたしの階級のロシア人がいかにあいつが言っていたのは、旧支配階級のロシア人のことですよ。あいつはどれほど楽しんでいたことでしょう。もちろん、あいつが"怠惰で愚かで迷信的"かと言ったとき、あいつはどれほど楽しんでいたことでしょう。もちろん、あいつがこの上なく憎んできた。でも、あなたがたには使用人階級のロシア人のことに聞こえるはずだと思っていた——あいつはあなた方に対してそんなジョークを楽しんでいたのです——わたしに対するのと同時に……。まったく、あいつはたいした男ですよ。父親であることを誇りに思えるくらい……。

十二歳になった頃、あいつは母親の村から逃げ出しました。当然ながら、わたしはあいつに、母親の身分以上の教育を与えてやろうなどとは微塵《みじん》も思っていませんでした。農民以上の頭があるなどとは思っていなかったのです。母親の村で、一生農夫として終わるのだと信じていました。逃げ出したあとどうやって生活したものか、わたしにもわかりません——金など一銭も持っていなかったのですから。でも、あいつはどうにかして教育のようなものを受け、金を稼いだ。革命後の経験で、やっとわたしにも、あいつがどれだけの苦労をしたものか想像できるようになりましたよ。最初はパリで、売春宿の経営者に安アパートを貸すことから始めたのだと言っていました。本当の話ではないのかもしれませんが、わかるような気もします。売春宿の元締めから軍需品産業の経営者。いかにもありそうな転身ではありませんか——不健全さの売り買いから死の売り買いへ……。

あいつには哀れみというものがありません。毎日のように、わたしを辱《はずかし》める方法を見つけ出します。あいつのもとを離れてほかの仕事を探すには、わたしがあまりにも怠惰で臆病なのがわかっているのでしょう。これだけの給料を取れる仕事がほかにないことも。わたしが食べ物も寝る場所もなく過ごしたことがあるのを、あいつは知っています。だから、それを確保するためならどんなことにも耐え忍ぶだろうと思っているのです。残忍な男ですよ。でも、あいつをそれほど無情な人間にしたのは、ほかならぬこのわたしなのです……」

「そんなことはありませんよ」ベイジルは相手を慰めようとした。「残忍性というのは生物の最も古い特性なんです。わたしたちには、人を残忍にすることなどできません――そのように生まれついてくるのです。そして子ども時代に何年もかかって、人間らしさを養う訓練を積んでいくんです」

「ええ。そしてわたしは、あいつからその訓練を受ける機会を奪い取ってしまったのでしょう。あいつの子ども時代はとてもまともではなかった。その責任はわたしにあるのです……」

ベイジルは両手に包んでいたグラスを置いた。

「ラダーニン大尉――」

「ああ、どうぞ〝セルゲイ〟とお呼びください。いまではそれ以外の呼び方では不自然ですから。それに、これだけのことをお話ししたのですから、いまではあなたのことを古くからの友人のように感じはじめているのですよ」

ベイジルは微笑んだ。「お話を伺って、いっそう呼びにくくなってしまいました。あなたのお立場はとても――特異ですからね。残念ながら、お訊きしようと思っていたことも訊けなくなってしまいました」

「どのようなことですか？」

「たぶん、この世で一番よくダーニンのことを知っているのはあなたでしょう。彼はキティ・ジョセリンを愛していたと思いますか？　彼女が彼以外の人間を愛していることがわかったときには、殺してしまうほど？」

セルゲイは首を振った。

「どうして違うとお思いなんです?」ベイジルが問う。「彼は、あれほどキティに惹かれていることをアピールしていたではないですか?」

まるで、はるか遠くのものを見るように、セルゲイは青い目を細めた。「なるほど。あなたが今夜ここにいらしたのは、わたしが裏切り行為を働くほどダーニンを憎んでいるとお思いだったからなのですね?」

「あなたが彼の父親だとは夢にも思わなかったのですよ」

「そうでしょうね。普通の人間なら想像もつかないでしょう。ダーニンのように狂った心を持つ人間だけが、こんなことを考え出せるのです」

男はしばし、酒をすすりながら黙っていた。ベイジルも急かすことはしなかった。

「お気づきですか?」やっと男が口をひらいた。「ここ数年であなただけだったのですよ。わたしが一人前の人間であるかのように話しかけてくださったのは。そして、わたしがなんの遠慮もなく話ができたのも、あなただけでした。キティに対するダーニンの本当の態度についてお話しすれば、あなたの調査に役立てるのですね?」

「ええ、確かに——もし、そうしていただけるなら」

「できると思いますよ。いずれにしろ、たいした忠誠心も抱いておりませんから。自分の——雇い主に対して」男の笑みにはたっぷりと皮肉がこめられていた。「少々お待ちください」

セルゲイは部屋を出ていくと、赤い革張りのマホガニーの小箱を抱えて戻ってきた。ロシア帝国の鷲《わし》の紋章が金色に光っている。ひび割れてたわんではいたが、公文書の保管箱のように見えた。ベイジルは、決して不快ではないロシアの革製品の匂いを捕らえた。祖父の旅行鞄や財布などを思い出させる香りだ。

「ダーニンは、読み終えた手紙や書類は非常に注意深く処理する男なんです」とセルゲイ。「しかし、従者としてのわたしには、例外的な機会に恵まれることもありましてね。息子の机や、ときにはアイロンを当てるように渡された衣服のポケットから、書類の切れ端などを集めてきたのです。秘密の多い男です。もし、本当に価値のあるものでも手に入れれば、あいつの鼻先に突きつけて年金を出させ、家族のもとに帰ることができるかもしれません。とても信じ難いショッキングな話でしょうね？　英語ではなんと言うのでしたっけ？　脅迫《ブラックメイル》ですか！　まともな紳士なら、決してそこまで身を落としたりはしないものです。まあ、わたしはもう紳士ではありませんし、これはとてもいい考えだと思っているのですよ」

セルゲイは、小さな金色の鍵で革張りの箱を開けた。中にはなんの脈絡もないような書類がごちゃごちゃと放り込まれている。ロシアの脅迫者は決して体系的ではないようだ。電報、ビジネス文書、社交的な連絡、走り書き……。

セルゲイはその中を掻き回すと、濃い縁取りがついた薄い緑色の便箋を引っ張り出した。隅のほうにも濃い緑で、手書きそっくりに印刷された署名が斜めに走っている。〝スージー〟細かく小奇麗な文字がフランス語でびっしりと並んでいた。

「これは、ハーレクィン劇場のスージー・カミングスからの手紙ですね？」とベイジル。

「ああ、そこまでご存じなのですね？　では、お読みになるといい。昨日届いた手紙です」

手紙の切れ端は唐突に始まっていた。

……あの愚かなマダム・ジョセリンが、あなたの鼻先にけばけばしい娘をぶら下げて説得にかかったという話には、どれだけ笑ったことでしょう！　あまりにも見え透いた口実なんですもの。あの哀れな娘を遺産相続人にでっち上げたやり方はアクロバット並みでしたけどね！　こんな喜劇の真っ最中に、どうしてあなたが厳《いかめ》しい顔をしていられるのか、不思議でなりませんわ！

でも、わたしだって、舞台じゃなくてもお芝居くらいできるんですよ。このあいだアンブロージン・デジィがやって来て、延々とおしゃべりをしていきました。あなたがわたしを捨てて、アメリカの小娘と結婚しようとしているなんて残念で仕方がないって――遺産を相続する娘、そうでしょう？　新聞記者に囲まれたあなたのように、わたしも顔をしかめて言ってやりましたわ。ため息をついて、肩をすくめながら。『ああ、あんな人たちのことなんて！』いかにも、捨てられた女のように。あなたが戻ってきて、またわたしたちが一緒にいるところを見たら、彼女、どれだけ憤慨するでしょうね。わたしの愛しい人――できるだけ早く戻ってきてね！　彼女もあなたのことを懐かしがっていて――。

あなたのスージーより

ベイジルは緑色の便箋を下ろした。

「ダーニンはこのアメリカで、なにをあんなにこそこそとしているんです？」

セルゲイが肩をすくめる。「ビジネスのことはわたしにはわかりません。その点については、わたしにお尋ねになっても無駄ですよ」

ベイジルは微笑まずにはいられなかった。「ビジネス上の情報というのは脅迫にはとても重要なのですよ」

「そうなのでしょうね。しかし、結局のところ、わたしは素人ですから。プロではありません」

「残りの書類を見せていただいてもよろしいですか？」

「ええ、どうぞ！」

ベイジルは書類箱をひざに載せると、驚くべき寄せ集めの数々を体系的に分類しはじめた。まるでそれらが、不全麻痺の発熱療法や、工業や農業の共同体における不安神経症についての報告書でもあるかのように。

薄っぺらな白い紙が一枚、ふわりと床に舞い落ちた。ベイジルはそれを拾い上げた。タイプ文字が紫色のインクで謄写版印刷されたもので、新しい爆弾をテストしている専門家からのレポートの一部のようだった。ダーニンが株を保有しているアメリカン・シェル・カンパニーの重役に宛てられたものだ。その断片もまた、唐突に始まっていた。

13ページ

P・D・30／60に関して。極秘事項。

……P・D・30／60入りの薬莢《やっきょう》を使用した百センチのヴェルトハイム・ラカーズ砲六基で攻撃をした場合、六・〇五分で標的の小区域は完全に壊滅。この区域内にいる者は、防備を固めていようとなかろうと、いかなる反撃行動にも出られないことと思われます。

すでにご報告したとおり（本レポート六ページ、第二パラグラフ参照）、P・D・30／60はシェリーテに第三の原料を新たに加えて改良したもので、これまでの爆弾に比べて二つの顕著な利点を有しております。（1）はるかに低温で爆発。（2）約二倍の範囲まで薬包の破片を飛ばし、恐るべき破壊力を発揮する。

P・D・30／60は目的にかなった、まさに理想的な爆弾と断言できるかと思います――文明社会を築き上げる者が、長いあいだ、いまかいまかと待ちわびてきたものであると。

生産の可能性については極めて有望。非常に安価で生産できますし、製法についてはわれわれ及び海外の関連会社のみが独占しておりますので、将来的にも確実な利益が期待できるでしょう。

印刷の文字はそこで終わっていた。しかし、縁のほうにメモ書きが残っている。

この新型爆弾の噂がすでにアメリカン・シェルの株価を十五ポイント引き上げ、さらにこれからも上昇が期待できることをつけ加えておく。われわれの船荷がさらなる繁栄の波をもたらすことは間違いないだろう。

法的には、大統領が南アメリカでの戦争状態を宣言するまでなら、P・D・30／60は合衆国から輸出することができる。それ以降の注文は、われらがよき友、ブエノスアイレスのコーポラシオン・デ・ミユニシオン・デ・アルジャンティーナにさばいてもらうことになるだろう。われわれの国際的な取引がすばらしく拡大しているときに、これ以上厄介な条例が制定されないことを願うばかりだ。加えて、どのような手段を講じても政府への陳述運動を強化することをお薦めしておく。

モンテンリクェズの公使からP・D・30／60の注文があった際には……。


ベイジルは眉根を寄せた。書き間違いだろうか？　エステバン・y・コルドバ大佐はサンフェルナンドの公使だ――モンテンリクェズの攻撃に備えて武装策を講じようとしている国の。パスクーレイがダーニンと一緒にいたと言っていたのはその男だし、警察によると、今朝方、ダーニンと一緒に車で走り去ったのもその人物だ。新型爆弾の威力を見せるために、ダーニンはエステバンをアメリカン・シェル・カンパニーの工場に連れていったのではなかったのか？　試験場で事故があったと新聞の夕刊が伝えていた。すべて辻褄が合うのだが……。

一つのことを除けば。エステバンはサンフェルナンドの公使。それなのに、このレポートでは、モンテンリクェズの公使がP・D・30／60を注文したらと言っている……。

ベイジルは突然テーブルを叩いた。「わかったぞ！　一度尻尾をつかめば、これほど簡単なことはないんだ！」

セルゲイがじっと見つめている。

「そのレポートからなにかわかったのなら、あなたはよほど賢くいらっしゃるのでしょうね。ひどく苦労をして手に入れても、わたしにはその途端に、なんの秘密もないただのレポートに思えてしまうのですから」

「シェヴァリエ守備隊の大尉だった方がなにをおっしゃるんですか！　コルダイト・スキャンダルについてはお聞きになっているでしょう？」

「ええ、覚えているような気もしますが――」

「覚えていらっしゃるはずですよ！　軍需品産業のスーパー・セールスマンが企てた、最も古くて最も有名な陰謀なんですから――極秘製法を敵対する両国に同時に売りつけようとした。サンフェルナンドもモンテンリクェズも、P・D・30／60を独占的に使用できるものと信じている――十九世紀にロシアとイギリスがそれぞれに、コルダイト（ひも状の無煙火薬）が自分たちの秘密兵器だと信じ切っていたのと同じように。秘密裏にことを運ぼうとしているのはサンフェルナンドの公使ではありませんね。ダーニンのほうです。それに、秘密にしておきたいのも製法そのものではなくて、両方にそれを売りつけようとしている事実のほうだ。ダーニンは、その秘密が国際的なスパイに盗まれて、サンフェルナンドとの交渉が終了する前にモンテンリクェズに売られるのを恐れているわけではない――モンテンリクェズには、もう自分で売ってしまっているのですから！

これこそ、ダーニンがサンフェルナンドとの交渉を確実に秘密にしておきたいと思う理由ですよ。彼は交渉の場として、これ見よがしに中立国であるアメリカを選んだ。そして、しつこい新聞社に突然のアメリカ訪問の理由を提供するために、おおっぴらにキティへの思い入れを見せつけた。彼は舞踏会でキティに言い寄ることまでしたのですよ。彼女がそれに騙されて、この茶番劇でそれなりの役を演じてくれるように。サンフェルナンドでもモンテンリクェズでも、疑いが持ち上がるようなことはなにも報道されないはずです。サンフェルナンドからのP・D・30／60の注文にはある一社が応じ、モンテンリクェズからの注文には別の会社が応える。その二社間のつながりに気づく人間はほとんどいないはずです——たまたま、ダーニンが両方の会社の株主であるという事実以外には……。あとで、サンフェルナンドの兵士が敵方も同じ武器を使っていると気づいたとしても、説明は簡単につくでしょうしね。

『モンテンリクェズにP・D・30／60を売ったのはアメリカン・シェル・カンパニーではない。まったくの別会社だ——プラハのバルカ（あるいは、ロンドンのインペリアル・エクスプローシブでもどこでも構いませんが）。奇妙なことに両方の会社が同じ製法を知っていた——しかし、化学者たちがまったく個別に同じ発見をすることはよくあることで……』」

「では——その紙切れには価値があるのですね？」

興奮のあまり、ベイジルはセルゲイの存在などほとんど忘れていた。

「そうです」彼はその紙を折りたたむと、スージー・カミングスの手紙と一緒に胸ポケットにしまい込んだ。「非常に貴重なものです。だから、これでダーニンを脅すとなると、あなた自身の身がかなり危険な状態に追い込まれます」

ベイジルは躊躇っていた。もし相手がセルゲイでなければ、手にした書類を買い取ることも申し入れられただろう。しかし、セルゲイは魅力的とも言える率直さで脅迫をほのめかしたのだ。ダーニン以外の人間からの金の提示など、侮辱と受け取るかもしれない。

「本当に助かりました」ベイジルはやっとそう口にした。「これが私の住まいです。またいつか、あなたとロシアのお話ができることを楽しみにしております……」

次の日の朝、机の上に置かれたスージー・カミングスからの手紙を見てフォイル警視が言えたのは、ひと言だけだった。

「『かわいらしい娘――白い水着を着たアルテミス』――とんだペテン師だ！」

「いくらダーニンでも、本物の遺産相続人相手にこんなことはしなかっただろうね」ベイジルが考え込みながら言う。「でも、キティは彼の目的にぴったりだった。すばらしい美貌、計算高い継母。そして、本当は貧困に喘いでいることも嗅ぎつけていたんだろう」

「そのとおりだ、先生。実はおれも、スコットランド・ヤードからファックスをもらったときに思ったんだよ。やつは、苦しむ人間からさらに貪り取ろうとするような手合いじゃないのかってね。この秋にはこのスージーなんとかという女と遊び回っていたわけだろう？――夏にキティと知り合ったばかりなのに。ソーベルの事務所に最初にやって来たときには、そりゃあ悲しそうな顔をしてキティの死について話していたんだ。でも、その肩が妙に楽しげに揺れていてね。テルモルはシェリーテの製造にも使われているとランバートが言っていなかったっけ？」

「言っていたね。〝P〟はたぶんピクリン酸のことだろう。そして〝D〟はジニトロフェノール、もしくはテルモル。含有量のどちらかが三十パーセントでもう一方が六十パーセント、残りの十パーセントは名前も出せないほど極秘裏に管理されている第三の成分。たとえヨーロッパから化学者を連れてこなくても、ダーニンにはいくらでもテルモルを調達できたはずだ。アメリカン・シェル・カンパニーの研究所からでなくても……」

ベイジルが自分の事務所に戻ると、数分もしないうちにソーベルの秘書が声をかけてきた。

「地方検事がお呼びです。エドガー・ジョセリンが見えているんです」

第23章　浮上してきた人物

エドガー・ジョセリンは室内を歩き回っていた。

「こちらがドクター・ウィリングです」ソーベルが紹介する。「法廷精神科医でしてね」

「なんですか、それは？」

「そうですね、法律と犯罪学の両方の知識を持った精神科医というところでしょうか。今回の事件についてはわたし以上に詳しいですから、十分にあなたのお役に立てると思いますよ」

ソーベルの目にきらりと光るものを認めたベイジルは直ちに理解した。アメリカの古きよき習慣、〝面倒の押しつけ〟というものを。

「わたしの事務所にいらっしゃいませんか？」ベイジルはそう促した。

「いいだろう」エドガー・ジョセリンは明らかに機嫌が悪そうだ。「こちらはわたしの弁護士でミスター・グレスピー」ベイジルは、背が高く厳しい顔つきをした男に会釈した。黙ってはいても、こんなことは嫌でたまらないという態度を隠そうともしない男だ。

ベイジルは二人を廊下へと導いた。

「どうなんです、ドクター・ウィリング？」三人だけになるやいなや、エドガーがしゃべりだした。「わたしは、自分の姪を殺した容疑をかけられているわけかね？」

「カクテル・パーティにいらしたほかの方よりも、深い嫌疑をかけられているわけではありませんよ」

エドガーのぼさぼさとした黒い眉がきゅっと上がる。「まったく、こういうのを忌々しいと言うんだ！　忌々しいと！　ちゃんと税金も払っている善良な市民が、その辺の犯罪者のように警察にうるさくつきまとわれているんだから！　フォイル警視にも警察本部長にも抗議したんだ――それなのに、まだつけ回されている。それが気に入らないんですよ！　バハマに行きたいんだがね。この季節には毎年出かけているんだ。なんとかこの街から出られるようにはしてもらえないのかね？」

事件の容疑者が、急にどこかに出かける用事を思いつくのはいつものことだ。初めはダーニン、今度はエドガー・ジョセリン。両方とも罪悪感に駆られた結果だろうか？　それとも、パニックを起こしているだけか？

「残念ですが無理でしょうね」できるだけなだめるような口調で言う。

「じゃあ、きみや警察がこの件でのらりくらりとしているあいだ、わたしはずっとニューヨークにいなければならないわけかね？　精神分析医というのは嘘発見器を持っているんだろう？　それでわたしをテストして、無実なのを証明してくれればいいじゃないか？」

「ここには嘘発見器などありませんよ」とベイジル。「ある人物が嘘をついているかどうか、科学的に証明できる嘘発見器など存在しないと、個人的には思っていますし」

「それはよかった」グレスピーの冷たい顔が少しだけ弛んだ。「わたしは犯罪専門の弁護士ではありませんから」必要もないのに、そんなことを説明しだす。「犯罪事件に関する手順はまったく知らないんです。でも、常々思ってはいましたけれどね。人が嘘をついているかどうかを判断するような、いわゆる科学的方法と呼ばれるものこそ、法廷の伝統を汚すものだと」

「まさしく、そうかもしれませんね！」思わず笑みが漏れる。「もちろんここにも、自由連想時間テストというものはあるんですよ」グレスピーが大いに不安がってくれることを期待しながら、ベイジルは言い足した。

「もしそれが、あの忌々しい知能テストのようなものだったら、絶対にそんなものは受けないからな!」エドガーが叫んだ。「E、R、G、R、A、Tなんていう文字からどうして一分半で、男ものの衣服の名前なんぞ思いつくんだ? それで、とどのつまりが六歳児程度の知能しかないなどと言われるんだ!」

ベイジルは無遠慮に笑い声をあげた。「わたしはそうした学派の精神科医ではありませんよ。綴り字遊びがどれだけ早く解けるかで、大人の本当の知能が測れるなんて夢にも思っていませんから」

「ふむ、では、きみのテストを受ければ、バハマに行けるのかね?」

「わたしのテストではありません。ユングのテストです。でも、バハマのことについては、なんのお約束もできませんね。ただ、このテストを受けていただければ、われわれの調査には大助かりですが」

「なあ、ジョセリン、気は確かなのか?」グレスピーが警告する。

エドガーは帽子と手袋をテーブルの上に置くとコートを脱いだ。「それで、どうすればいいんだ?」

「お座りになって少々お待ちください」

ベイジルは隣の部屋に駆け込むと、速記者に手伝ってもらって、百もの言葉のリストを用意した。そして、自分の事務所に戻ってくると、かなり複雑な機械を調整しはじめた。

「刺激語がこのカード表出装置に現われますから、心に浮かんだ最初の言葉を答えてください——どんな言葉でも結構です。機械は、リップ・キーで制御された回路の中に置かれ、クロノスコープと接続されています。刺激語が出ると電気回路が閉じられ、クロノスコープが作動しはじめます。あなたが答えを言うと回路がひらき、クロノスコープは止まります。そのような仕組みで、あなたが答えを言うまでにかかる時間を、このクロノスコープが千分の一秒単位で記録していくんです」

「悪魔の機械だ!」グレスピーの目には、法廷の伝統が揺らめいている。

「答えを出すのに、ご自身の平均的な反応時間よりも長くかかった言葉があったとします。その場合には明らかに一つ、二つのことが考えられます。心に浮かんだ最初の言葉を退け、ほかの言葉に差し替えてごまかそうとした。あるいは、その刺激語自体があなたにとって重要な意味を持つ。反応時間を意識的に調整することはできないはずです。わずか千分の何秒かの躊躇いを意識できる人間などいませんからね。そのように極端に短い時間の反応を調べていくのは、思考の過程を顕微鏡で捉えるようなものです。意識層はごく微分な時間は認知できませんからね。裸眼でごく微小なものを認知できないのと同じように」

「悪魔の機械だ！」グレスピーが繰り返す。

エドガーに椅子を差し出したとき、ベイジルは自分が悪魔的なのだろうかと考えていた。というのも、二人にこのテストの目的を知らせていなかったから。ある分野についての人の知識量を確かめる方法がある。その人物がどれだけの言葉を無意識に、その分野の専門用語と結びつけるかを調べればいいのだ。

「こんなやり方は公明正大ではないぞ」グレスピーが言っている。

「まあ、拷問よりは痛くなくて済みますよ」ほのめかすベイジル。「それに、ずっと正確ですし」

「ジョセリン」グレスピーはなおも食い下がる。「警告するのもこれで最後だ、頼むから――」

「わたしには、やましいことなどかけらもないんだ！」エドガーは椅子の肘掛けを握り締めると、表出機を睨みつけた。「こんなものなど怖くない！　始めようじゃありませんか、ドクター・ウィリング」

ベイジルは電流のスイッチを入れた。刺激語が飛び出してくる。エドガーは、気の進まない仕事を大急ぎで片づけようとする人のように、不機嫌な顔で答えた。

〝溶剤〟

「破産！」

〝はかない〟

「色褪せる！」

〝エステル〟

「レイチェル！」

〝還元する〟

「はかり！」

〝オイル〟

「株！」

〝異性体〟

「そんな言葉は知らん。古代語かね？」

「もっと単純な言葉にしましょう。でも、答えるのはやめないでくださいよ」

ベイジルが機械を再調整し、テストは続いた。

〝毒〟

「ストップ！」グレスピーが叫ぶ。「ばかばかしいにもほどがある！　もし、ドクター・ウィリングと地方検事がすべての答えに対して免責特権を認めないなら……」

「これ以上中断されるなら、テストは続けられませんよ」ベイジルが反駁する。

「自分のことは自分でわかっているよ、グレスピー」エドガーが答えた。

百もの反応語が記録されるあいだ、弁護士は最初のむっつりとした閉鎖的な態度に戻ってしまった。

「ありがとうございました、ミスター・ジョセリン」とベイジル。「できるだけ早く分析することにしますよ」

「分析だって？」エドガーはやっと、こうしたテストに隠されている可能性についてわかりかけてきたような顔をしている。「ふむ――わたしとしては、こんなわけのわからないことから少しでも善意が示されることを願うばかりだ！」

ベイジルは一人になるとすぐにざっとした分析を始めた。その結果のおもしろさに、ただちにフォイルのところに持っていったほうがよさそうだと判断した。

フォイルの事務所からは女のすすり泣きが聞こえていた。ノックをすると、ダフがドアを開けてくれた。フォイルは自分の机についている。その前の二つの椅子を占めているのは、サムソン巡査部長とミーナ・ハーゲンだった。前のめりになっているサムソンの目には、どこか野蛮で生々しいものがある。

「さあ！　さっさと白状するんだ！　証拠はつかんでいるんだからな。おまえは電気椅子行きだ！　おまえの指紋がスヴェルティィスのボトルから出てきたんだぞ。毒っていうのは女の武器だからな。おまえはキティ・ジョセリンを憎んでいた。おまえの持っていないものを彼女がみんな持っていたからだ――きれいなドレス――楽しい毎日――男友だち。おまえがやったんだろう！」

「あたしはやっていません――やっていません――やっていません！」弱い者に特有なしぶとさでミーナは繰り返している。

ベイジルは、ローダ・ジョセリンがいかに特別扱いの尋問を受けていたのかを思い出して、サムソンに近づいていった。

「もうそれで十分だろう」

「しかし、先生――」フォイルがなだめるような口調で言いかける。

「スヴェルティィスのボトルにミーナ・ハーゲンの指紋がついていた理由なら、わたしが説明できるよ」とベイジル。「でも、できればサムソン巡査部長の助けはなしにそうしたいね」

サムソンがフォイルを見やる。フォイルは部下に言った。「下がってよし」

ベイジルはサムソンが座っていた椅子に腰を下ろした。

「だれもあなたが殺したなどとは思っていませんよ」

ミーナがベイジルを見つめる。唇がひらき、丸々としたピンク色の頬では涙が乾きかけていた。

「でも、どうしてあなたがミセス・ジョセリンのバスルームの戸棚にあったボトルから錠剤を取り出したのか、その理由については教えていただきたいですね」

「あの——ご存じなんですか?」

「知っていますよ」

「あたし、な、なにも、悪いことなんかするつもりはなかったんです」彼女は哀れっぽい声を出しはじめた。「一度に一錠ずつ取り出していただけで、そんなにたくさん取るつもりはなかったんです。ボトルは、届いたその日にミセス・ジョセリンの居間の屑カゴに入っているのを見つけました。ミセス・ジョセリンかミス・キティが間違って捨てたんだろうと思ったんです——黄色い絹の房がついた、き、きれいなボトルで、錠剤がびっしりと詰まっていましたから。それで、奥様のバスルームの戸棚に移しました。そのときに——ボトルに書いてある宣伝文句を見てしまったんです。『スヴェルティスが健全な減量法であることは科学が証明済み』——あたし、ものすごく、ふ、太っていますから。みんな、あたしを見て笑ったり、〝デブ〟って呼んだり、つ、つ、つねったりするんです! それで、あたし——一錠だけ取りました。次の日にも、い、一錠。でも、ミセス・ジョセリンはなにも言いませんでした。たぶん、戸棚のものより、小さな冷蔵庫に入っているものを多く使うんだと思います。そして——気がついてみると、ボトルの半分も呑んでしまっていたんです。ミス・キティのようになりたかったんです! 魅力的で——お、男の子みたいにほっそりとして!」

「警察がボトルについた指紋について訊いたときに、どうしてそう言わなかったんです?」

「ミス・キティはスヴェルティスで毒殺されたんだって新聞に書いてありました。警察が、映画でやっているみたいに、あたしのことも罪に陥れるんだって思いました。だから、どんなことをされてもあの錠剤についてはなにも言わないって心に決めていたんです」彼女はごくりと唾を飲み込んだ。「あたし――た、逮捕されるんですか？」

「なんの罪で？」

「スヴェルティスの錠剤を、ぬ、盗んだことで」

「いいえ」ベイジルは微笑んだ。「地方検事に、起訴猶予の書類を書いてもらえると思います。あなたは危ないところを助かったんですよ――少なくとも一つ以上の点で。一度にたくさんの錠剤を呑んでいたら病気になっていたかもしれない。目が見えなくなったかもしれないし、死んでしまったかもしれないんですから」

「まあ！」ミーナの目は恐怖で丸くなっている。「みんな、本当だと思っていたのに。広告に書いてあったことは。食事制限や運動をしなくてもモダンになれて、ずっと細いままでいられるって……」

「あなたの場合、仕事をしながら運動をしなければなりませんね。ソフトドリンクや甘いデザートなんかがお好きなんじゃないですか？」

「いいえ、そんなことはありません。時々、チョコレート・ドリンクが飲みたくなることはありますけど。パイなら大好きです。特に、パイ・ア・ラ・ポンパドゥールが。レモンパイですよ。トッピングにチョコレート・アイスクリームとホイップ・クリームと……」

「どうしてそんなことを思いついたんだ、先生？」ミーナが帰ってしまうとフォイルが訊いた。

「ドクター・ダドリー・シェーンフェルトの理論の応用だよ」ベイジルは生き生きと話しはじめた。「彼は、犯罪の証拠を刺激物とみなし、犯罪行為そのものをそこから誘発された反応であると考えたんだ。そして、どんなタイプの人間が、ある刺激物への反応として特定の犯罪を犯すだろうかと自問自答した。こうして彼は、その犯罪に特徴的な方法や対象から、未知の犯罪者についての暫定的な横顔を絞り込んでいった。わたしは、半分なくなったスヴェルティスの錠剤から、どんなタイプの人間ならそれを盗むという反応を起こすだろうかと考えたんだよ。答えはしごくわかりやすいんじゃないかな？――太っている人物。スヴェルティスを自分では買えない人物。ローダ・ジョセリンのバスルームに出入りできる人物。あまり賢くなく、宣伝文句の暗示力とか〝洒落た現代的なボトル〟の魅力に抗《あらが》うことのできない人物。こうした条件をすべて満たす人間は一人しかいないよ――ミーナ・ハーゲン。ボトルに指紋を残していたメイド、血色がよくて、食べ物に変な味がすると言っていた人物。少量でもテルモルを毎日服用すると、血色のよさと味覚障害を引き起こす。ランバートがそう言っていたのは覚えているだろう？　もちろん、〈ムリリョの間〉で最初に話を聞いたときに彼女をあれほど怯えさせたのは、きみのコートのポケットから垂れ下がっていたスヴェルティスの黄色い房飾りというわけだ。彼女は、自分がそれを盗んでいたことがばれてしまったと思ったんだろうね」

「へえ、ずいぶんすんなりと説明がつくものなんだな」フォイルは素直に認めた。

ベイジルの茶化すような態度が変わった。「あとは、同じ方法を殺人事件の推理に応用してみなければ」

フォイルが顔を上げる。「つまり――キティ・ジョセリンが刺激物というわけか？」

「そして、殺人がその反応。容疑者の中で、そんな刺激に反応して殺人を犯すのはだれだろうね？」

「その殺人で得をするのはだれかという意味か？　そんな方法で犯罪を解決するなら、警察がずっとやってきたことじゃないか！」

「いいや。ドクター・シェーンフェルトの問いかけは、〝犯人はだれか〟なんていう単純なものではないんだ。〝だれがその犯罪で得をするか？〟彼はそんなことなど訊いていない。彼が尋ねているのは、〝どういう心理的な傾向を持った人間が、こういうタイプの犯罪で感情的な満足感を得るのか〟ということだよ。すべての犯罪は、感情的な満足のために犯されるというのが現在主流の理論だからね。どの時点で利益という要素が発生してくるのかは二の次なんだ――問題は、犯罪の原因というより必要性だな」

「頭の古い人間にいくら新しい知識を詰め込んでもむだだよ！」フォイルはいきなり立ち上がった。「おれだって、あんたのやり方よりサムソンや彼の荒っぽいやり方のほうが手っ取り早いというのは気に入らないんだ。でもあいにく、頑固な参考人に口を割らせるのには、そんな方法しか知らなくてね……。なんなんだ、これは？」

「エドガー・ジョセリンの連想時間のテスト結果だ」ベイジルは、自分が試みたことを説明した。「分析してみると、エドガーはすべての化学用語に対して、彼の平均的な時間内で反応している。つまり、それらの化学用語に答えるとき、彼にはこちらを騙そうとする意思はなかったということだ。それに彼は、〝溶剤《ソルヴェント》〟に対して〝破産〟、〝還元する《レデュース》〟に対して〝はかり〟と答えているんだ」

「つまり、あの男の、自分は商売人であって化学者ではないという言葉は真実だということか？」

「そのとおり。化学者なら〝ソルヴェント〟という言葉に対してはまず、化学的な可溶性を連想するだろうからね。エドガーは、〝破産〟という答えでもわかるとおり、経済用語的な意味のほうを感じ取っている。〝レデュース〟という言葉に対しても、化学者なら普通、脱酸素の過程を思い浮かべるものだ。エドガーは〝細くなる〟という意味に取って〝はかり〟と答えた。〝オイル〟という言葉に対しても、化学者なら名詞と受け取って化学的な用語に分類するはずだろう？　エドガーは形容詞と受け取って、その〝株〟価を連想した。ごく一般的な化学用語の〝エステル〟まで、綴りを人の名前の〝エスター〟と勘違いして、〝レイチェル〟という人名を返しているんだ。五十の化学用語を含んだ言葉のリストに対して、ほぼ同じ結果だった。ただ一つだけ例外があったけどね――〝はかない《ヴァラタイル》〟という言葉に対する反応さ。これはおおかたの人間にとっては、人の行動の軽薄さだとか気持ちの移ろいやすさを意味する言葉だが、エドガーは間違いなく化学的な意味に取って、〝褪せる《フェイド》〟という言葉に関連づけた――はかない布地に染めつけられた染料の色褪せだと。明らかに彼の化学知識は、商売上身につけた中途半端な染料産業用語に限られているようだね。テルモルがサルファーブラックの媒介だと知っていたのもそのせいだよ」

「そういう見方をすると、彼は容疑者の枠からは外されるわけだ」フォイルは考え込んだ。「テルモルがスヴェルティスの原料だと知るためには、犯人は化学にも薬学にも精通していなきゃならないんだから。あんたがずっと言ってきたように、犯人は殺害の事実を隠すために、キティがスヴェルティスを推奨していたことを利用したのは間違いない。それにしても……〝毒〟のところで弁護士がエドガーの邪魔をしなければよかったものを」

フォイルはしばしそのテスト結果を見つめていたが、自分のポケットに押し込んだ。「昼飯を食いながら見ることにするよ。一緒にどうだい？」

「いいや、わたしはまだ」

ベイジルは、フォイルの机にはとても不似合いなものばかりの山を眺めていた。ジョセリン事件の関係資料だと知らなければ、警視が中古品店の手入れでもしてきたのかと思うことだろう。

未着色で彫刻入りの、割れた額縁に入った、赤いチョークの素描。

ダークサファイアの小片がはめ込まれた、女物のプラチナの煙草ケース。

ローズカットのダイヤモンドが入ったプラチナの指輪。

半分空になったスヴェルティスのボトル。

汚らしいカーキ色のレインコート。

「やつが言ったとおりの場所にあったよ」フォイルが説明する。「三階の階段から一番離れた寝室、ベッドのマットレスの下に」

「やつというのは？」

「エルマー・ジャドソン。例の押しかけ客さ」


耳が折れた薄汚い雑誌。裏表紙にキティが推奨するスヴェルティスの広告が載っている。『顔色だって、どれほどバラ色に輝いてきたことか。スヴェルティスは無害なだけではありません――元気も美しさも与えてくれるんです！　（署名）キャサリン・ジョセリン……』

死体となったキティ・ジョセリンの写真、ジョセリン邸の各部屋の写真。

キティに宛てられ、彼女の机から警察によって押収されてきた手紙、請求書、招待状、広告物。

そして、タイプされた書類のぶ厚い束――参考人の証言や刑事たちの報告書。この事件に関して作成された警察の公式記録だ。

「きみが昼食に出ているあいだ、あのファイルにもう一度目を通してもいいかな」ベイジルが言う。

「ご自由にどうぞ！　おれはもううんざりだから」フォイルはコートと帽子に手を伸ばした。「ほかになにか必要だったら、ダフが外の事務所にいる。それじゃあ！」


突然訪れた静寂の中、ベイジルには〝自分が頭の中で考えていること〟まで聞こえてきそうな気がした。あるいは、聖書の言葉のように〝静けさの声〟が聞こえてきたと言うべきか。絶え間ない車の音も気にならなかった。海岸に打ち寄せる規則的な波の音にも、煩わされることはなかっただろう。オーケストラのようなざわめきに紛れると、個々の物音は意識下に侵入する力を失うものだ。

彼はフォイルの机につくと、順番に一つ一つのものを見ていった。そして、タイプ打ちの原稿の束を取り上げる。すでに一冊の本と言ってもいいくらいの厚さになっている。ちぐはぐな事実の寄せ集め。まるで、写実主義と呼ばれる現代小説を適当に掻き集めてきたような感じだ。

「なにを除外すべきかだけでもわかるといいんだがなあ」とベイジルは思った。「すべては数学的な図式と同じなんだ。どの事実が互いに抹消し合うのかがわかれば、残っているものが犯人と被害者の図式になるのに……」

慎重に一つ一つの言葉を追っていく。まるで、まったく新しい物語を読んでいて、次の展開がどうなるのかも知らないかのように。最後まで読み通すと、机の上に広がる展示物に目を戻した――そしてやっと、以前には見落としていた証拠のかけらのようなものに気がついた。なんと小さな事実！　フォイルと二人で検討するたびに見落としていても、これでは仕方がないというものだ。

「ただの偶然かもしれない……」自分にそう言い聞かせる。

しかし、〝静けさの声〟が自分自身の言葉を呼び戻してくる。「個々人の行動で偶然というものはありえないんだよ……」

再びぶ厚い書類の束をめくりはじめる。指を止めては読み返し、眉をひそめた。

これこそ、自分が探していた〝暗号化されたメッセージ〟なのだろうか？

答えは電飾のまたたきのようにひらめいた。

まったく正常に見える殺人者は、法廷精神科医にとって珍しくない。異常性の兆候が、最も親しい友人でさえ何年も気づかないほど小さな場合もある。それに、冷静さは常に、毒殺者の大きな特徴だ。あのクリッペン（妻を毒殺し処刑された英国の米国人医師）でさえも、最後にはとても落ち着いていた。

「でも、そんなことはありえない――あっていいはずがない！」声に出してそう言っている自分に気づいて、ベイジルはぎょっとした。

この瞬間まで、自分を引っ張ってきたのは知的好奇心だった。謎そのものが、殺人よりもずっと重要だった。チェスや数学の問題のように、自分に挑みかかってきたもの。

それがもはや、謎でもなんでもなくなってしまった。ただの駒を操るゲームでもなければ、数学者の頭の中にだけ存在する命題でもない。自分は、同じようにものを感じ、望みを抱く人間と関わっているのだ。考え、苦悩する人間と……。

第24章　結晶化

1

上司の事務所から出てきたベイジルを、ダフは不思議そうに見つめた。なんらかの思惑が顔に出ていたのだろう。彼は、アン・クラウドに電話をつないでくれるようダフに頼んだ。

「カクテル・パーティのとき、部屋は閉め切られていて蒸し暑かったとおっしゃったのを覚えていますか？」

「ええ。でも、どうしてです？」アンの声は当惑している。「花の甘い香りが充満して、頭が痛くなりそうなほどだったんです。ミセス・ジョウィットが、グレッグに窓を開けてくれと頼んでいましたわ」

「それは、グレッグがフィリップ・リーチの到着を告げる前のことですか？　そのあとのことですか？」

「ええと……直前だったと思います。ええ、やはりそうですわ。フィルがドア口に現われたときに、ひらいた窓から風が吹き込んできたのを覚えています」

ベイジルは警察本部を出ると、タクシーを拾って四十二丁目の公共図書館に向かった。一階の新聞室で、青白い顔をしたワイシャツ姿の青年に声をかける。

「今年のタイムズはどこにありますか？　あの棚。手伝ってください。いいえ！　下ろすのを手伝ってくれるのは、あなたしかいないんです！」

ベイジルは大変な思いをして、膨大な量のファイルを閲覧用のテーブルに運んだ。そして、ここ八ヵ月分の新聞の、普段なら無視する部分に丹念に目を通していった――社交欄。

十月八日――
ミス・キャサリン・ジョセリンの最新のスタジオ写真。彼女はこの十二月、義母のジェラルド・ジョセリン夫人が主催する舞踏会で社交界にデビューする予定で……。

十一月十六日――
昨日、クイーン・メアリー号がニューヨークに到着。乗客にはシカゴのエルマー・バートン・ベリー氏（対リベリア、前アメリカ公使）、ボストンのダラス・ディリングハム夫妻、ニューヨーク及びパリのジェラルド・ジョセリン夫人、その令嬢、ミス・キャサリン・ジョセリン。
『ヨーロッパに戦争の危険はありません』ミスター・ベリーは船上レポーターにそう語った。『一年半もリベリアで公使をしていた人間には、普通の旅行客や記者には持ちえない情報源がありますからね』
同船にはほかに、オーストリアのウェルター級ボクサー、マウリッツ・シュアー、画家のルイス・パスクーレイ、流行の女性雑誌でファッション部門を担当するリザ・ジネットの各氏が乗船していたもよう。『今年の冬はミニスカートが大流行よ』とはミス・ジネットのご意見。『それに新しい帽子には、言葉にできないほど画期的なデザインが登場します……！』

十二月一日――
昨夜、レインボー・ルームでミスター・ニコラス・ダーニンが友人たちとの夕食を楽しんだ。ゲストには、ジェラルド・ジョセリン夫人、令嬢のミス・キャサリン・ジョセリン、ミスター・フィリップ・

リーチ。

十二月四日――

一月八日、サード・エンパイアー・バルにて、中国人戦争孤児のための歴史劇に参加する予定の著名人は以下のとおり。ウジェニー皇后役にローレンス・デヴェルクス夫人、ナポレオン三世役にエドガー・ジョセリン、その姪に当たるミス・キャサリン・ジョセリンはカスティリョーネ伯爵夫人を演じる予定で……。

十二月十二日――

一月八日、中国人戦争孤児のための開催される歴史劇で、カスティリョーネ伯爵夫人役はミス・リリアン・ホープが演じる予定。数日前にお披露目の舞踏会を催したミス・キャサリン・ジョセリンは、健康上の理由からこの役を下り……。

この記事が新聞に報じられた頃にはキティはもう死んでいた。その事実に気がついて、ベイジルはかすかに身震いをした。「健康上の理由……」もちろん、キティが姿を消した時点で、ローダが差し迫った約束をキャンセルしたのだろう。

彼は二階の雑誌コーナーに上がっていった。

「雑誌を探しているのですが――ええと――ファッションや社交関係に詳しい」

司書は目を丸くした。ひと目見たときには、もっと知的な印象を受けたのに。軽い軽蔑を抑えながらも、彼女はつやつやとした表紙の雑誌を何冊か彼の前に運んでやった。記事と広告の区別もつかないような雑誌ばかりだ。どの本も、極めてファッショナブルな衣服に身を包んで、自己満足げな顔をした男女の写真や絵で飾られている。独特な語り口もみな同じ。

『今年のミンクはゼッタイ黒！』――ある広告が感性の鈍いベイジルにそう教える。かと思うと、別の記事では恐ろしいことに、彼自身が〝フロイト派の心理学者〟だと紹介され、ショックと不安症の最高の治療法として高額な美容トリートメントが宣伝されていた（広告をご覧あれ）。思うに、経済的な不安など、彼が思っているよりずっと些細な問題らしい。

春、夏を通してどの号にもキティ・ジョセリンの写真が掲載されていた。彼女のカンヌでの一時逗留やアメリカへの到着を大袈裟に報告している記事もある。しかし、どのような長さのものであれ、十一月の彼女の行動に関する第一報は、すべて〝ローウェル・カボット〟の名で書かれていた。

どこから聞いても、ジョセリン家で催される来月の舞踏会は前代未聞のスケールで……。

ベイジルはにやりと笑った。

……なんと言っても最大の関心事は、今回の催しが、キティ・ジョセリン本国初の公式なお目見えになるということです。この夏、カンヌで彼女に会った人々は口をそろえて噂しています。今シーズン最も美しいデビュー嬢になるのは彼女だろうと。キティ――本名はキャサリン、しかし知人はみな彼女を〝キティ〟と呼びます――は背が高く、非常にほっそりとした女性です。この国で数多く出回っている白黒写真からは、彼女が持つ色合いまではわからないでしょう。黒い眉と睫の下の目は驚くほど淡いグレーで、髪は漆黒。肌は、新鮮なオレンジの皮のわたのようなクリーム色。かの有名なジョセリン家のパールをみごとに引き立てています。ドレスの好みは非常にうるさく、マダム・サブラン同様、決してけばけばしいものを着ることは……。

現在時制の文章にはどこかぞっとするものがあった。それでもベイジルは、図書館が提供できるすべてのキティ・ジョセリン関係の出版物に目を通していった。

その作業が終わるとしばらくぼうっとして、外の砂利敷きの庭で丸くなっている鳩を眺めていた。

一つ一つの事実が、結晶化の過程のように、然るべき場所に収まっていく。あれだけ不鮮明でばらばらだったものが、一つの形を形成していく。自分の心の悪戯だとはとても思えなかった。じっと眺めているうちに、事実のほうが勝手に動き出して整列していくような感じ……。

身体は疲れていたが、心が休息を許さなかった。つやつやとしたファッション雑誌の山を戻すと、彼は初冬の黄昏《たそがれ》の中へと歩き出した。

図書館前の階段で立ち止まり、はるか先の四十一丁目の角に、見張り番のように立つ三本の煙突を見つめる。そして、やって来たタクシーを拾うと記録局の住所を告げた。

「ジェーン・ジョウィットの死亡証明書を見たいのですが。亡くなったのは去年の五月です」

数分後、彼は手書き文字がぞんざいに書き込まれた書類を見ていた。

『死因――異常高熱』

『死因を誘発したもの――ヒドロキシジニトロベンゼン‐1，2，4を含んだ市販薬』

ベイジルは医者の名前を書き取ると、再びタクシーを拾ってその個人病院へと向かった。

医者宛てのメッセージを走り書きした名刺を受付に差し出す。よく舌の回る小男が大儀そうに待合室に出てきた。

「ドクター・ウィリング？　これはこれは！　その件についてならよく覚えていますよ。非常に興味深い特徴がありましたからね」医者は得意げな顔で話しだした。「急に亡くなった上に、熱を保ったままの硬直だったので、ひどく関心を持ったんです。解剖はしませんでした。はっきりしていましたからね。死亡する前の尿から、デリアンの報告のケースだとわかっていたんです。お知りになりたいのは、そういったことでしたか？」

「市販薬の名前を知りたいのですが」

「なんですって？」医者はもっと医学的な質問を期待していたのだろう。ベイジルを不思議そうに見つめている。が、やがて秘書を呼ぶと、そのときのカルテを持ってくるように指示した。

「あまり雑誌類はお読みにならないのですね？」ベイジルが問う。

「雑誌ですか？　もちろん読みますよ！　『バイオメトリカ』、『J・A・M・A』、『ランセット』、それに——」

秘書がカルテを手に戻ってきた。

医者は眼鏡の位置を直すと忍び笑いを漏らした。「連中が考え出す名前ときたら！　お信じになるかどうかはわかりませんが、〝スヴェルティス〟という名前ですよ」

「そのときには、スヴェルティスという名前は新聞には出なかったのでしょうか？」

「ええ」医者はまだくすくす笑っている。「会社の人間が手を回しましたから」

「それで、ジョセリン事件が新聞で報道されたとき、二つの事件のつながりについてはなにも思い浮かばなかったのですか？」

医者はぎょっとしている。「ああ、まさか！　あなた――そんなはずはないでしょう――あの娘も殺されたと言うのですか？」

ベイジルは説明などしなかった。それでも、デラックス広告社の極めて美しい事務所に着いたときには、もう薄暗くなっていた。真珠貝の妖精が針代わりを務めるオニキスの時計は、五時十五分を示している。ダブルのチョッキを着込んだ見目《みめ》のいい若者が、セールスマンや広告関係者にありがちな慇懃な挨拶で彼を迎えた。

「キティ・ジョセリンの推奨を手がけていらっしゃったときには、直接彼女と交渉をなさっていたのですか？　それとも、第三者があいだに入っていたのでしょうか？」

「最初は、パリの仕立て屋から彼女のことを聞いたんです。そのあとはずっと、本人との直接交渉でしたよ。今回のジョセリン事件は、当社に大金をもたらしてくれました」

「と言いますと？」

「スヴェルティスの会社と新しい契約が成立したんです。今回の殺人事件で被った悪い評判を打ち消すために、教育的なキャンペーンを打ち出したいと。そのために彼らは、五万ドルの予算を組んでいるんです」

「教育的な――とおっしゃいましたか？」

「ええ――意味はわかっていただけると思うのですが」

「ええ、残念ながらわかります」ベイジルは立ち上がった。そのとき、不意にひらめくものがあった。「ほかにもスヴェルティスを推奨しているお嬢さんはいらっしゃいますか？」

「ええ。キティ・ジョセリンが最初でしたけれど、ほかにも十人ほどの娘さんたちがいらっしゃいますよ。国中の各地域から一人ずつ」

「地方検事用に、そのリストのコピーをいただけないでしょうか?」

「わかりました。われわれとしてはいつでも警察に協力するつもりでおりますから。しかしできれば――もちろん、ご理解いただいているとは思うのですが――わたしどもの社名が、不愉快なことがらに巻き込まれないことを望んでおりまして。つまり――」

若者の声は徐々に遠のいていった。リストを見ていたベイジルは眉をひそめた。見覚えのある名前が一つある。

『ボストン――イゾベル・アーチャー』

2

「どうして、今夜また殺人事件が起こるなんて言い切れるんだ?」ソーベルの顔は、デスクランプが落とす光の影に入って見えない。それでも声は不安げだった。普通の告発現場では決して聞かれない声――被告側に発するには、あまりに自信に欠けた声だった。

「キティ・ジョセリンが殺された夜と状況がまったく同じだからですよ」ベイジルが説明する。「外的な条件が同じ場合、犯罪者は同じ犯罪を繰り返す傾向があります。ドイツ兵に捕らえられた戦争神経症の患者を扱ったことがあるんです。その人物は、小さな森を抜けている最中に、そのドイツ兵を殺して逃亡しました。その後彼は、だれかと二人きりで小さな森にいると必ず、相手を殺したいという衝動に襲われるようになったんです。フランスの警察が、犯罪現場の再現に犯罪者の自白を強いる力があると考えるのは、そうした理由からなんですよ」

「しかし、その戦争神経症の男は、自分の犯罪に動機を持たないわけだろう――正常じゃないんだから。今回の事件では、異常者による犯行という疑いはまったく存在しないんだ。正常な犯罪者なら、同じ方法で同じ犯罪を繰り返したりなどしないよ」

「正常な犯罪とか、正常な犯罪者なんて存在するんでしょうか？」ベイジルは言い返す。「もっともな動機があるときでも、犯罪者は同じ方法でいつまでも犯罪を繰り返しますよ。犯罪の常習者が習慣や伝統の虜《とりこ》であってくれるおかげで、その犯罪のテクニックからだれの仕業か認識できるというのは、あなたにもわかっていることではないですか？〝自動化された行動様式〟――それこそ、目に見える心の弱さの形なんです。毒殺者は、同じ毒を繰り返し使用することでその傾向を示します。今夜、われわれが立ち向かうのも毒殺者なんですよ。それに、テルモルに対する解毒剤は存在しないんです」

「しかし、確かモルヒネが――」

「事前に長期間、使用していた場合のみです。致死量のテルモルを摂取したあとで、初めてそんなものを呑んでみても、なんの役にも立ちません」

「それなら、わたしのところになど来ないで、アーチャーに直接警告すればいいじゃないか！」

「もう、しました。先の春からイゾベル・アーチャーがスヴェルティスを推奨していると知った時点でアーチャーに電話を入れて、彼女が直面している危険を説明しました。なにも食べさせたり飲ませたりしないことには同意してくれたのですが、それ以上の予防措置は取ろうとしないんです。わたしの言うことが単なる心理学的な証拠でしかないとか、自分は現代心理学にはなんの用もないとか文句を言うばかりで。初めて会ったときと同じことの繰り返しですよ――戦時中のことですが。時代遅れの軍人にすぎないんですよ、彼は。戦争神経症にかかった兵士は、病院に送られる代わりに、臆病か仮病の罪で銃殺されるべきだと考えているんですから……」

「愚かな年寄りめが！」ソーベルが立ち上がる。「できるだけ早くアーチャーの家に行ったほうがいいだろう。途中でフォイルを拾っていこう」

警視は容易に信じようとはしなかった。それでも、ベイジルの話が彼の心を動かしたようだ。

「こんなのは嫌だな、先生」ぶつぶつとそんなことを言っている。「なんだか——恐ろしくて」

「確かに」ベイジルも認めた。「犯罪というのはだいたい、個人の社会への不適合が原因なんだ。でもこの事件は、個人に対する義務を果たしえなかった社会の失敗が原因だけどね」

第25章　見返し

1

イゾベル・アーチャーは鏡台の前に座り、頭の花飾りの具合を確かめていた。もう少し左寄りのほうがいいんじゃないかしら？　ヘアドレッサーが帰ってしまったあとではもうどうしようもない。こんな重大なことをメイドに任せる気にはなれなかった。手が冷え切って、震えていることに気づいて驚く。自分のお披露目パーティのことでこんなに緊張するなんて、ばかげている。

ドアがノックされ、クレイリーが入ってきた。

「奥様が、舞踏会の前にはなにも召し上がらないほうがいいとおっしゃっています、お嬢様」

「くだらない！　わたしはいつも、パーティの前にはブラックコーヒーを飲むのよ。今夜は特に必要だわ」

「でも、奥様が――」

「エミリー伯母様のことなんて気にしなくていいわ。コーヒーが飲みたいし、絶対に飲むんだから！」

クレイリーは肩をすくめるとキッチンに下りていった。舞踏会の前には、イゾベルになにも食べさせたり飲ませたりしないように。ミセス・アーチャーがそう言ってくる前から、コーヒーは沸いていたのだ。クレイリーは筋の通らない指示だと思った。決まりが悪そうな態度からして、ミセス・アーチャーも同じように思っているのだろう。なんの説明もなしに、そんなことを大袈裟に言い張っているのは、あの年老いた家長だ。クレイリーは主人の知性になんの尊敬も感じていなかったし、そんな人間の指示に背《そむ》くことにもなんの躊躇いも感じなかった。

彼女はトレイを手に階段を昇り、廊下の奥へと急いだ。イゾベルの部屋のドアをノックする。いきなり開いたドアに、危うくトレイを落としそうになった。しかし、ドアを開けたのは、ミセス・アーチャーでもなければ、この家の家長でもなかった。今夜、リッツでひらかれる舞踏会に関係している、ミセス・ジョウィットとかいうおばさんだ。こんな時間にどうして彼女がホテルにいないのか、クレイリーにはわからなかったし、考えてみようとも思わなかった。

「わたしがいただくわ、クレイリー」

「でも、マダム、わたくしが――」

「わたしがいただきます」

クレイリーはトレイを手渡すとキッチンに戻った。

「コーヒーが来たわよ、イゾベル」とミセス・ジョウィット。「わたしが注ぎましょうか？」

口先だけの問いかけだった。ミセス・ジョウィットは答えを待つこともなくコーヒーを注ぐと、カップを手にイゾベルに近づいていった。

イゾベルはそのカップを受け取りながら考えていた。「この女性《ひと》、今日はずいぶん興奮しているみたい。お披露目パーティなんか、もう十分に慣れっこでしょうに」

彼女は声に出して言った。「ありがとう。髪飾りのクチナシの花、これでいいかしら？　もうちょっと左側のほうがいい？」

頰を上気させ、目を輝かせながら、ミセス・ジョウィットはイゾベルの手に包まれたコーヒーカップを見ていた。

「コーヒーをお飲みなさい——冷めてしまわないうちに」やさしく声をかける。

「お砂糖は入れてくれた？」

「ええ、もちろん。二つね」

イゾベルが微笑む。「いつもお砂糖を二つ入れること、覚えていてくれたのね！　ブラックコーヒーに砂糖を入れるなんてぞっとするって言う人もいるけど、わたしはそんなの構わないわ。だって、入れなければ苦いんですもの」

二人の耳に、廊下を近づいてくる足音と話し声が聞こえた。ドアが跳ねるように開き、だれかがイゾベルに突進してきた。熱いコーヒーがチュールのスカートのひざにこぼれ、彼女は大きな悲鳴をあげた。

「臭い消しですか——ここでは嫌な臭いなどしないのに……」ベイジルは、ミセス・ジョウィットの手から緑の小瓶を取り上げた。

彼女の顔が痙攣し、歪んだ。掻き回されて波立つ水面《みなも》に映る顔のように。唇から言葉が漏れる。麻酔にかけられた人間が発する、うわ言のような言葉が。

2

「キティ・ジョセリンを殺せて嬉しいわ」そう言いながら、彼女はスカートのしわを伸ばして微笑んだ——穏やかな、母親らしい微笑。かつてフォイル警視が、日の降り注ぐキッチンと焼きたてのパンを思い浮かべた笑みだ。ダフが彼女の供述を書き留めていた——警察の記録に残る限りでも、最も奇妙な供述の一つを。

「夫は数年前に亡くなりました。わたしにはこの世に、娘のジェニーしかいなかったんです。去年の五月、あの娘《こ》は十五歳で、まだ小さな子どものように丸々と太っていました。あの娘《こ》がそれを気に病んでいるのは知っていましたが、スヴェルティスを呑んでいるとまでは思いませんでした。四時間も苦しんだ挙句に、ひきつけを起こして死んでいったんです。広告で言われている以上の量を呑んだわけではありません。でも、医者が言うには、その薬は気まぐれだからと。わたしは何度も訊きつづけました。『ああ、ジェニー、どうしてそんなものを呑んだの？』そのたびにあの娘《こ》は答えましたわ。『キティ・ジョセリンのような女の子が言っているんだもの、安全だと思ったのよ。彼女は自分でも呑んでいるし——推奨文の中でそう言っていたもの。写真に写っている彼女のようになりたかったの——スリムでモダンで……』

キティ・ジョセリンがわたしの娘を殺したんです——あの女がジェニーの心臓にナイフを突き立てたようなものですわ。でも新聞は、キティの名もスヴェルティスの名も出さずに、〝市販の減量剤による事故死〟なんていうもっともらしい報道で済ませた。弁護士にも相談にいったんです。キティに対してもスヴェルティス側にも、訴訟手続きなど起こせないことがわかっただけでした。民事で損害賠償を請求できるのが関の山だと言うのです。スヴェルティス側は確かに、二万ドルの損害賠償を支払う用意があるという手紙を寄越してきました。ヨーロッパにいたローダ・ジョセリンからも手紙が届きましたわ。この冬、ニューヨークでキティのお披露目パーティを予定しているから、その準備を頼めないだろうかと。

三月にキティの件は断ったとフォイル警視にお話ししたのは、本当のことだったんです。嘘をついたのは断った理由についてだけです。この秋、ローダとキティが考え直してくれないかと事務所にやって来たときには、本当に驚きました。キティを見たのはそのときが初めてだったんです。きれいな娘だと思いましたわ——ジェニーが生きていても、これほどまでには決してなれないだろうと思うくらい——そしてわたしは、彼女に憎しみを感じるようになったのです。キティにとっては、人生も恋もこれから。わたしのジェニーは死んでしまったというのに。ローダはすがりつくように言いましたわ——『キティは人生のチャンスをつかまなくてはならないんです!』わたしは微笑みながら、ジェニーのことを思っていました。人生もチャンスも奪い取られてしまった、かわいそうな娘のことを。それもみな、あのばかで自分勝手で軽薄な小娘のせい。パーティには五万ドルをかけるつもりだと、彼女たちは言っていました。そのお金の二割だって、わたしは生きているジェニーにかけてあげることはできなかったんです。そのとき、自分の感情が表に出ていたとは思いません。わたしはただ、キティのように華々しく宣伝されている娘のデビューには関わらないのだとだけ言ったんです。

そうしたら、キティは笑って言いましたわ。『スヴェルティスのことね? 〝洗練された減量法〟っていう?』

それに答えたときの冷静さときたら、自分でも驚くほどです。『ええ、そうね。ご自分でも本当にスヴェルティスを呑んでいらっしゃるの?』自分の答えがどれほど重要なものになるか、あの娘にはわからなかったんでしょう。彼女はまた笑いながら答えましたわ。『呑んでいるわけがないじゃありませんか!』その瞬間、わたしは心を決めたんです。キティ・ジョセリンも、娘と同じように死ぬべきだと——同じ毒によって、美しい顔も同じように黄色いしみで汚されて、娘と同じだけ長く、同じように苦しみ悶《もだ》えて。キティは、自分で自分の首を絞めたんですわ。いくら、自分が推奨していた薬を誤って過量摂取してしまうことなんてありえないと言っても、そんなことを法廷で証明できるはずがありませんものね。あの女の死も、ジェニーの場合と同じように、薬の気まぐれだと見なされるべきだったんです。あの女も同じように、医者から学術的に極めて興味深い例だとおもしろがられるべきだったんです。

キティのパーティの準備を引き受けたのは、それであの女を毒殺するチャンスができると思ったからにすぎませんわ。ローダが言い出した二倍の料金を受け入れたのも、警察が調べだしたときに、気を変えて仕事を引き受けた理由が必要になるのがわかっていたからです。

キティがヨーロッパで慢性のマラリアに苦しんできたという話をローダから聞いたときには、運命の女神が自分に味方しているんだと思いました。ジェーンが死んで以来、テルモルに関して手に入るものはすべて読んできたんです。それで、マラリア患者が普通の人よりもテルモルの毒に反応しやすいのがわかっていましたから。スヴェルティスのボトルは規制のない市外で買い求めました。夫の調剤室の手伝いをしていましたから、ああした錠剤が砕きやすいのもすぐにわかりました。わたしはそれを、簡単に注げるように少量の水に溶かしておいたのです。市販の薬のおおかたがそうであるように、スヴェルティスも口当たりがいいように甘さを加えてあります。キティが、テルモルの苦さに気づく心配はありませんでした。

六週間というもの、キティが飲もうとしている飲み物にその毒をこっそりと注ぎ込む自分の姿を何度も思い浮かべたものです。その白日夢が、実際よりもずっと現実味をおびるようになるまで。チャンスはとうとう、舞踏会の日の午後にやって来ました。〈ムリリョの間〉でひらかれたカクテル・パーティです。室内には花の香りが充満していました。息苦しいと訴え、グレッグに窓を開けてくれるよう頼みました。それで、香料の入った小瓶の蓋を開けたまま持ち歩く口実ができたわけです。グリーンのガラスは、スヴェルティスの溶液をごまかすのに役に立ってくれましたわ。キティは落ち着きなく、グラスを手に部屋の中を歩き回っていました。グレッグがフィリップ・リーチの到着を告げると、みなが一斉に彼のほうに顔を向け、キティが四分の三ほど残ったグラスから手を放しました。手首のひと捻りで、小瓶の中身はグラスの中に消えていきましたわ。それほど素早く器用なことができたのも、ずっとその場面を空想しつづけてきたからなのでしょうね。まるで、永年習慣にしてきたことを行動に移しただけのようでした。意思の力なんて入り込む隙もありませんでしたもの。キティがそれを飲むのを、嬉々とした思いで見ていました。

あの娘ときたら、自分の飲み物になにが入っているかなんて、まるで無頓着なんですもの！

　そのときですわ、目もくらむような思いがわたしの中を駆け抜けたのは。スヴェルティスを推奨しているすべての女を殺さなければならない。スヴェルティスによって命を落としたり害を受けた人間のことは、新聞ではほとんど取り上げられませんし、その薬の名前が発表されることもありません。でも、スヴェルティスを推奨している有名な女たちが次々にテルモルの毒で死んでいけば、新聞だってすべてのことを報道しないわけにはいかなくなるでしょう？　そうすれば、その薬を作っている会社も潰せるし、スヴェルティスを市場から駆逐することもできます。どの場合にも、警察が殺人であることを証明するのは難しいでしょう。スヴェルティスの服用を宣伝している女たちが、実際にはそんなものを呑んでいないどころか触りもしていないことを、法律的に証明することなんてできませんものね。従って、彼女たちが誤ってその薬を過量摂取して死ぬはずがないのだということも、証明できないはずですわ。ジェニーが名前をあげたのはキティだけでした——あの娘《こ》はほかの女たちの宣伝が始まる前に死んでしまったのです。でも、その女たちだって、キティがジェニーに対してしたのと同じくらい悪いことを、ほかの人たちにしているんですから……。

　舞踏会でのアン・クラウドの変装には完全に騙されましたわ。キティが生きているのを見ても、そんなに驚くことはありませんでした——パスクーレイが間違って半分も飲んでしまったので、薬が致死量に達しなかったのだろうと思っていたんです。キティの死が新聞で報道されるまで、自分がうまくやりおおせたことを知らずにいました。

　フォイル警視とお話ししたときには、自分が持てるすべての技術を総動員してお芝居をしていたんです。自分が言ったりしたりしたことのなにが疑いを招いたのか、いまだにわかりません。ジョセリン家で起こった殺人事件が、自分の仕事に悪影響を及ぼすかもしれないなどという心配は、もちろんでたらめですわ。

どうしてわたしが、あんな仕事のことを心配しなければならないんです？　わたしが働いてきたのは、わたしが生きてきたのは――すべてジェニーのためだったのに。あの娘《こ》が死んだときに、わたしの中の一部も一緒に死んでしまったんです……」

3

「彼女は正体を現わしましたよ」再び、ベイジル家の居間の暖炉前。彼はアーチャーに説明をしていた。

「彼女が供述書に、キャサリン（Catharine）・ジョセリンとサインしたことについては覚えていらっしゃいますよね？　キャロライン・ジョウィットとサインすべきところに」

「わたしとしては、単なるうっかりミスだと思っていたんだが」

「この事件の早い段階でフォイルにも話したように、うっかりミスというのは結構犯罪の証拠になっているんですよ。ハンス・グロズが、ミセス・ジョウィットと似たような例を示しています――あまりに興奮して、自分を襲った男の名前を思い出せなかった女性の件です。でも、いざ供述書にサインをする段になると、彼女は自分の名前の代わりにその男の名前を書き出しました――まったく無意識に。警察がその男を調べてみると、有罪の証拠が出てきたというわけです」

「でも、ミセス・ジョウィットの場合、彼女自身が犯罪者で、彼女は自分が殺した人間の名前を書いたんじゃないか！」アーチャーが反論する。

「確かに。でも、最初のうっかりミスの過程で、彼女はさらに二つのミスを犯してしまっているんです――文字の綴りに関する間違いを二つ。キティの名前には四通りの綴りが考えられます――Katherine、

Katharine、Catherine、Catharine。本来の名前に使われているのは〝K〟と〝e〟――〝Katherine〟です。フォイルが彼女の机から見つけてきた手紙や請求書はすべて〝Katherine Jocelyn〟になっていましたし、小切手帳の現金化されていない小切手の署名もそうなっていました。しかし、ミセス・ジョウィットが間違ってキティの名前を書いたとき、彼女は〝C〟と〝a〟を使っているんです――〝Catharine〟と。

二つの綴りの間違いについては、ある日、フォイルの事務所で事件の調書を見ていて気づいたんです。三つのうっかりミスには、なにか心理的な理由があるはずだと思いました。なぜならわたしはフロイト派の、個々人の行動に偶然というものはないという仮説の支持者ですからね。

ミセス・ジョウィットなら当然、キティの名前の正しい綴りはわかっていたはずなんです。報道関係者にキティに関する記事を用意するのは彼女の役目でしたし、そうした記事にはちゃんと〝Katherine〟という正しい綴りが使われていたんですから。公共図書館で調べてみました。キティに関する記事はすべて〝Katherine〟になっています――ただ一つの例外を除いて。スヴェルティスの広告ではキティ自身、あるいは印刷業者が――どちらかなんて、わたしたちにはわかりませんけどね――ついうっかりしたようですね。推奨文のサインは、ミセス・ジョウィットが自分の供述書にサインしたとおりの綴りになっているんです――〝Catharine Jocelyn〟、〝C〟と〝a〟です。その推奨に関して彼女自身がなんの関わりも持っていないという話は本当でしたけれどね――デラックス広告社に行って確認してきました。

キティの名前の綴りに関して、スヴェルティスの広告以外にはどこにも現われていない間違いを彼女が繰り返すというのは、単なる偶然でしょうか？　一つだけなら、そんなこともありえると思ったかもしれません。でも二つ。しかも、どちらもスヴェルティスの推奨文が犯したのと同じ間違いです。偶然とみなすには特徴的すぎるのではないでしょうか？　これまでに何人も、意識的に盗作をした作家が有罪宣告を受けてきました。彼らは無意識のうちに、オリジナルの中の間違いを自分の作品にも取り入れてしまったからです。

もし今回の件が偶然ではないなら、ミセス・ジョウィットはスヴェルティスの広告を単に知っていたどころではなくなります――キティの推奨文が載った特定の広告を実際に見ていたことになるんです。でも彼女は、フォイルがその件について訊いたときには否定していました。

そうなると、可能な解釈は一つだけです――彼女は嘘をついている。嘘ほどうっかりミスを引き起こすものはありませんからね。キティの推奨文など見たことはないと否定した途端、彼女の手が主人を裏切ったというわけです。自分の名前を書くべきところにキティの名を書かせた。それも、スヴェルティスの推奨文が間違っているとおりに、綴りを書き間違えて。彼女の意識が自分に使える唯一の手段――それもかなり象徴的な手段――を用いて、嘘の存在をわれわれに訴えてきたわけです。〝無意識的な自白〟の明確な例ですね。

でも、どうして嘘などついたのでしょう？　自分に疑いがかけられているときに人々がつくような、でまかせの嘘の一つでしょうか――エドガー・ジョセリンがテルモルのことを知らないと言ったような？　それとも彼女が殺人者で、キティがスヴェルティスの推奨をしていることを知っている事実が、自分にとって不利な証拠になると思ったのでしょうか？　彼女の意識は、そんなに回りくどい面倒な方法を取って、わたしたちに嘘の存在を伝えようとしたのでしょうか？

ありえない！　まずそれが最初に思ったことでした。人は、知り合って六週間の相手、しかもその間にほんの数回しか会ったことのない相手に、殺そうとするほど強烈な憎しみなど持ちえるものではありません。殺人課の捜査では、ミセス・ジョウィットとキティ・ジョセリンが以前からの知り合いだったという事実は出てきませんでした。キティと義母がニューヨークに到着するまで、彼らは顔を合わせたこともなかったのです。

やがて、新たな考えがひらめきました。殺人の動機を探すのに、キティと殺人者の過去の面識など調べる必要はなかったのです。キティは一般市民とは違うのですから。ローダとデラックス広告社のおかげで、彼女は人々によく知られていました。従って、会ったこともなければ、個人的に知らない人々の中にも、敵を作ることはいくらでも可能だったのです。

そこで、シェーンフェルトの方法を応用してみようと思ったんです。キティは刺激物――殺人は反応です。そのような刺激に反応して殺人を犯すのはだれでしょうか？

そういう見方をすれば、物事ははっきりしてきませんか？　キティが死んでも金銭的に得をする者はいない。アンによれば、彼女は寛大で、軽率で、他人にも自分にもいい加減なところがあった。過去を徹底的に調査して、彼女が他人の利益を害するようなことがあったのは一度だけです――テルモルのように危険な成分を含んだ市販薬を無責任に推奨したこと。キティを殺した人物は、そうした無責任な推奨によって苦しんだ人間のだれかであるはずです。その場合、殺人者は本能的に、その推奨について知っていることを隠そうとするかもしれません。疑わしい人物はミセス・ジョセリンしかいませんでした。

スヴェルティスのような広告を真に受けるのは、精神的にも肉体的にも未成熟な人間だけです。ミセス・ジョウィットの事務所には、十五歳くらいの丸々と太った女の子の写真が飾られていました――娘のジェニー。キティの推奨文が雑誌類に登場しだした昨年の五月に亡くなっています。ジェニー・ジョウィットとキティのあいだにつながりがあるかもしれないなどとは、われわれはだれ一人として思いつきませんでした。ジェニーは、キティがこの国に着いてミセス・ジョウィットと会うかなり前に亡くなっているのですから。

ミセス・ジョウィットの事務所を初めて訪れたときのフォイルの観察力には、感謝しなければなりませんね。毒を持ち運ぶのに都合がよさそうな、香料の小瓶に気づいたのですから。彼は、ミセス・ジョウィットの神経や精神状態が完全に健全ではないことを示す瞼の痙攣にも気づきました。彼は彼女のことをい、、、、、かにも母親的なと表現したんですよ——心理学的には、未成熟な者に対してなされた悪に復讐を企てようとする典型的なタイプです。

男性的な感情——強欲さとか強い欲望——が幅を利かせている社会で生活しているわれわれは、殺人事件というと、そうした二つの感情が侵害されたときに起こるものだと思いがちです。しかし女性にはもともと、本能的とも言える第三の感情が存在しています。非常に根源的な感情で、多くの原始社会においてその土台となっていたものです。この母性本能は、文明化された社会の多くでは縮小されつつあります。しかし今日《こんにち》でもまだ、なににも増してまず母親であるというミセス・ジョウィットのような女性は存在するのです。この母性愛が踏みにじられたときには、対極的な存在である強欲さや欲望がそうされたときと同様、憎しみや復讐、殺人までをも招くことになるでしょう。自分の子どもに代わって復讐しようとする原初的な心を持った母親は、少しもサディスティックなものではありません。そこには自分のことを構う気持ちなどかけらも存在しないからです。

ミセス・ジョウィットは、この原初的な心を持った女性でした。彼女がもう少し思慮深かったなら、社会のことや娘の死の意味についても、もっと深く考えてくれたかもしれません。そうすることで、彼女自身の心の痛みも多少は和らいだかもしれません。でも彼女は、そんな理屈には目を向けなかった。キティ・ジョセリンこそ、彼女が攻撃の刃《やいば》を向けることのできる、生きた憎しみの対象だったのです。娘に代わっての復讐が、彼女の人生の目的だった。彼女の言葉を覚えていらっしゃるでしょう？　『ジェニーがわたしのすべてだった』それが殺人の一番の動機だったのですよ。精神の崩壊というのはそういうときに起こるものなのです。人がただ一つのものに自分のすべてをかけてきて、それになにかが生じたときに……。

この不幸な事件は、犯罪捜査における心理学の価値を示してくれたのだと思いますよ。うっかりミスというのは、犯罪者が決して防ぐことのできない手がかりの一つの形ですからね。隠すこともできなければ、破壊することもできない――人間の意識によるコントロールをまったく受けない手がかりなんです。ミセス・ジョウィットの場合、ペンの滑りだけが彼女の罪悪感を示す唯一の証でした。そのほかに彼女の有罪を示す物証はなに一つとして存在しなかったんです。そして、この事件の混沌とした事実の山から彼女の動機を浮き上がらせたのが、シェーンフェルトの方法の応用だったというわけです」

4

アーチャーが帰っても、ベイジルはずっと暖炉の前に座っていた。ジュニパーが心配になるほど長く。

「なーにかできること、あーりますか、ドクター・ウィリング?」ついにジュニパーが声をかけてきた。

ベイジルはやっと口をひらいた。

「ああ――もう二度とスヴェルティスなどという名前は聞かせないでくれ！　それとラジオをつけてもらえるかな――ストラヴィンスキーのコンサートをやっているはずなんだが」

雑音が続き、やがて震えるような声がはっきりと聞こえてきた。

「……ストラヴィンスキーの『火の鳥』をお届けしています。提供は、洗練された減量法を提案するスヴェルティス。科学者たちは……」

精神分析医探偵ウィリング博士の初舞台

千街晶之（ミステリ評論家）

一九三〇年代にデビューした英米の本格派作家の中でも、ヘレン・マクロイ（一九〇四〜一九九二年）は、翻訳の数は多くないにもかかわらず、日本での評価は以前からかなり恵まれている部類と言えるのではないか。本格ファンにもサスペンス小説ファンにもアピールする作風だからだろうし、文章力が非凡なため、今読んでも古びた感じがしないという理由も大きい。

マクロイの作風の変化や経歴、各作品の内容については、『割れたひづめ』（国書刊行会）の加瀬義雄氏の解説に記されているので、詳しくはそちらを参照していただきたいが、デビュー以降しばらくは黄金時代風の本格ミステリを専門とし、やがて幻想的な要素を含むサスペンス小説で新境地を開拓したこと、長篇も短篇も得意とする全方位型作家であったこと、ミステリ作家ブレット・ハリディと結婚したが離婚していること、女性として初めてアメリカ探偵作家クラブ（ＭＷＡ）会長に就任したことなどは、彼女に関する最低限の知識として押さえておきたいところである。

今回邦訳された『死の舞踏』（*Dance of Death*, 英題 *Design for Dying*）は、一九三八年に発表されたマクロイのデビュー作にして、精神分析医探偵ベイジル・ウィリング博士の初登場作品でもある。

冬の早朝、ニューヨークの路上で死んでいる若い女性が発見された。ところが、死体は雪に埋もれていたにもかかわらず熱を帯びており、検視によって死因は熱射病と判定される。また、死体の肌は黄色く染まっていた。一方、警察にはアン・クラウドという若い女性が助けを求めて駆け込んできた。彼女は資産家令嬢キティ・ジョセリンのいとこだが、社交界デビューする予定のキティが急病になったため舞踏会で身代わりを務めたところ、ジョセリン家の人々によって、舞踏会の終了後にもアンではなくキティとして振る舞うよう強制されたというのだ。ニューヨーク地方検事事務所の顧問を務める精神分析医ウィリング博士は、この不思議な事件の捜査に関わることになった。

初期のマクロイ作品は、限定された登場人物の中から真犯人を理詰めで特定する本格ミステリであり、サスペンス性は後年の作品ほど顕著ではない。アメリカの先行作家であるS・S・ヴァン・ダインやエラリイ・クイーンの初期の作風がそうであったように、不可解な事件に対する天才型名探偵の捜査を主眼としており、適度なペダントリーの彩りも、先行作家たちをある程度意識しているように見える。第一長篇である本書も、魅力的な謎を冒頭に置き、その解決を主眼とした堂々たる本格長篇である。基本的に尋問とデータの検討の繰り返しによって成立しているのだが、読者が退屈しそうになった頃合いを見計らって、思いがけない爆弾情報を投入するタイミングは絶妙であり、やはりマクロイの小説家としての天稟《てんぴん》はデビュー当時から紛れもないものだったと確認させられる。

しかし、単にそれだけならばヴァン・ダインやクイーンのエピゴーネンの域から大きく出るものではない。本書の段階で早くも顕著なマクロイならではの特色は、何といっても犯人特定の論理に精神分析を活用したことにある。ヴァン・ダインのデビュー作『ベンスン殺人事件』(一九二六年)以降、二〇〜三〇年代のアメリカのミステリには心理学の理論を援用したものが増えたが、マクロイは中でも最も果敢に、無意識という領域に踏み込もうとした作家だった。折しも、小栗虫太郎が犯罪の真相に到達し得る手段は犯人の心理分析のみであると探偵・法水麟太郎に高らかに語らせたり、木々高太郎が精神医学者の大心池章次教授を探偵役として活躍させたりしていたのと同時代のことである。

本書でウィリングが唱えている捜査方法は「心理的な指紋」の重視である。血痕や指紋などの物的証拠だけを確実なものと見なし「すべての警察官がフロイトの『日常生活の精神病理学』を読むべきだというきみの意見には、どうも賛成しかねるね」「世界中から心理学の理屈を掻き集めてきても、たった一つの鮮明な指紋に比べればなんの価値もないんだ！」と言う警察本部長に対し、ウィリングは「どんな犯罪にも、心理的な指紋が残されているものなんですよ」「そして、それを隠せる手袋は存在しないんです」と反論し、精神分析の重要性を主張する。

ウィリングの主張の中で最も注目すべきなのは、人間の言動にしばしば見られるちょっとしたミスは、決して偶然などではなく、必ず何らかの心理的な背景が存在する——という考え方だが、これは明らかにフロイトの説を援用している。ちょっとした尋問で判明する程度の動機から犯人を絞り込もうとしても無駄で、関係者の無意識にまで迫らなければ真相は見えてこない——本書で提唱されているのは、そんな新時代の犯罪捜査の手法である。

こういう心理的なアプローチは、場合によっては恣意的な理屈に流れがちなものだ。本書にしても、その弊を完全に免れているわけではないかも知れない。しかし、第18章で事件関係者たちのうっかりミスを列挙したリストを作成し、事件に関係なさそうなミスを取り除くことで真相に近づくという具体性と両立させているので、さほどアンフェアな感じはしない。

もうひとつ、本書の特色と言えるのはモチーフの社会性だろう。上流階級の社交界デビューという虚栄に満ちたしきたり、ダイエット食品に群がる大衆、誇大広告、軍需産業の暗躍……。そういった要素を一冊の小説にこれだけ取り入れた例は、それまでの本格ミステリでは珍しかった（例えば本書には、ニコラス・ダーニンという軍需産業の経営者が登場するが、これは明らかに、一九三〇年代を通じての欧州や極東の剣呑な情勢を反映している。ナチス・ドイツのポーランド侵攻を発端として第二次世界大戦が勃発するのは本書刊行の翌年のことだ)。犯罪捜査の方法論として精神分析に着目する先見性の持ち主だったマクロイは、その他の社会一般の情勢に対しても鋭い感覚を具えていた作家だったのだ。マクロイの好奇心は、ジャーナリスティックな方面に向かう場合と、空飛ぶ円盤やドッペルゲンガーといった超自然的な方面に向かう場合とがあったが(短編集『歌うダイアモンド』を参照のこと)、いずれも彼女の関心の幅広さと尖鋭性を示していることに変わりはない。

ただし、先見の明を強調するあまり贔屓の引き倒しにならぬよう記しておかなければならないが、マクロイの扱ったモチーフのすべてが、作品が発表された時代に先駆けていたわけではない。例えば、精神医学がアメリカの大衆のあいだに拡がり熱狂的に受容されたのは一九二〇年代のことであり、彼女がデビューした三〇年代後半には、フロイト主義が社会に与えた衝撃は幾分薄れていた。

また、商品の宣伝広告が発達してアメリカ社会に大きな影響を及ぼしたのも二〇年代のことだった。二〇年代アメリカの世相を振り返ったフレデリック・ルイス・アレンの『オンリー・イエスタデイ』(一九五九年)には、ある映画女優が広告に出演した際、それまで一度も使ったことなどなさそうな商品をもっともらしく使いながら旅をしてみせたエピソードや、専門家から効能に疑問が寄せられたにもかかわらず、人々の恐怖心を煽るような広告のせいで口臭防止剤が爆発的に売れたエピソードなどが紹介されているが、本書の内容はまさに、そういった実際の出来事を織り込んだかのようであり、それだけに、二〇年代に始まったアメリカ社会の変化を少し後追いで反映しているようにも思える。とはいえ、それらのモチーフを他作家に先駆けて本格ミステリに取り込み、読者に新鮮な驚きを齎《もたら》したマクロイの時代意識は、幾ら称賛してもしすぎるということはない。

邦訳のあるマクロイの初期長篇としては、本書は第五長篇『家蠅とカナリア』(一九四二年)の高い完成度にはやや及ばない。特に、今となっては、精神分析の取り入れ方が幾分図式的に感じられてしまう面は否めないだろう。しかし、その図式性からはかえって、デビュー作であるからこその作者の熱い意気込みが滲み出ている。

また、キティの身代わりに仕立て上げられそうになったアン・クラウドの窮地の描写は、『暗い鏡の中に』（一九五〇年）や『殺す者と殺される者』（一九五七年）といった後年の傑作群で繰り返される「自分という存在は本当に確実なものなのか」というアイデンティティ・クライシス・テーマの萌芽と言えるだろう。いかにもデビュー作らしい意欲と、後年の作風を特徴づける数々の要素が盛り込まれているという点で、本書はマクロイ・ファンにとって必読の小説である。

Dance of Death

(1938)

by Helen McCloy

〔訳者〕

板垣節子（いたがき・せつこ）

北海道札幌市生まれ。

通信教育課程にて慶應義塾大学文学部を卒業。

インターカレッジ札幌にて翻訳を学ぶ。

死《し》の舞踏《ぶとう》

——論創海外ミステリ 51

2006年6月10日　初版第1刷印刷

2006年6月20日　初版第1刷発行

著　者　ヘレン・マクロイ

訳　者　板垣節子

装　幀　栗原裕孝

発行人　森下紀夫

発行所　論　創　社

〒101-0051 東京都千代田区神田神保町2-23 北井ビル

電話 03-3264-5254　振替口座 00160-1-155266

印刷・製本　中央精版印刷

ISBN4-8460-0666-2

落丁・乱丁本はお取り替えいたします